书法帖选

一生一世美人骨

墨宝非宝 著

国际文化出版公司
·北京·

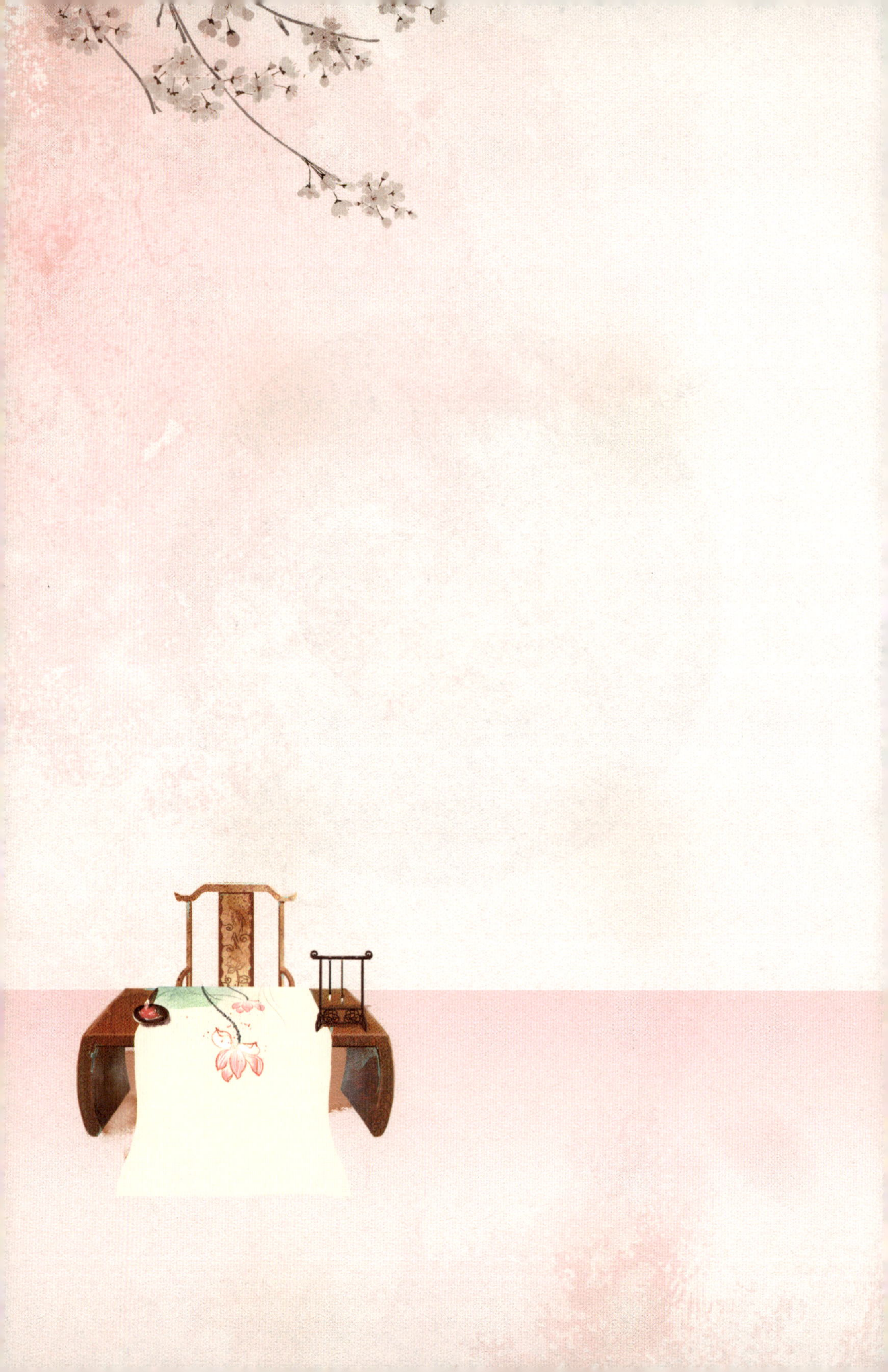

美人骨，世间罕见。
有骨者，而未有皮，有皮者，而未有骨。
世人大多眼孔浅显，只见皮相，未见骨相。

目录

第十一章	初妆一如你	163
第十二章	何曾无挂碍	177
第十三章	解不开的谜	192
第十四章	心头血	207
间章		
第十五章	繁华若空候	211
第十六章	独留半面妆	227
第十七章	世人的角色	243
尾声	月光照故里	258
番外一	浮生若梦，为欢几何	275
番外二	若有来生	279
番外三	人间炊烟	283
番外四	百年相守	288
	汉之西都，我朝长安	293

楔　子	看不穿前尘	001
第一章	今生的前世	003
第二章	昔日的镇江	020
第三章	故事在城内	035
第四章	陈年的旧曲	051
第五章	美人骨	067
前世间章		082
第六章	色授谁魂与	091
第七章	十八子念珠	105
第八章	总有离别时	119
第九章	情爱如何解	133
第十章	一如你初妆	148

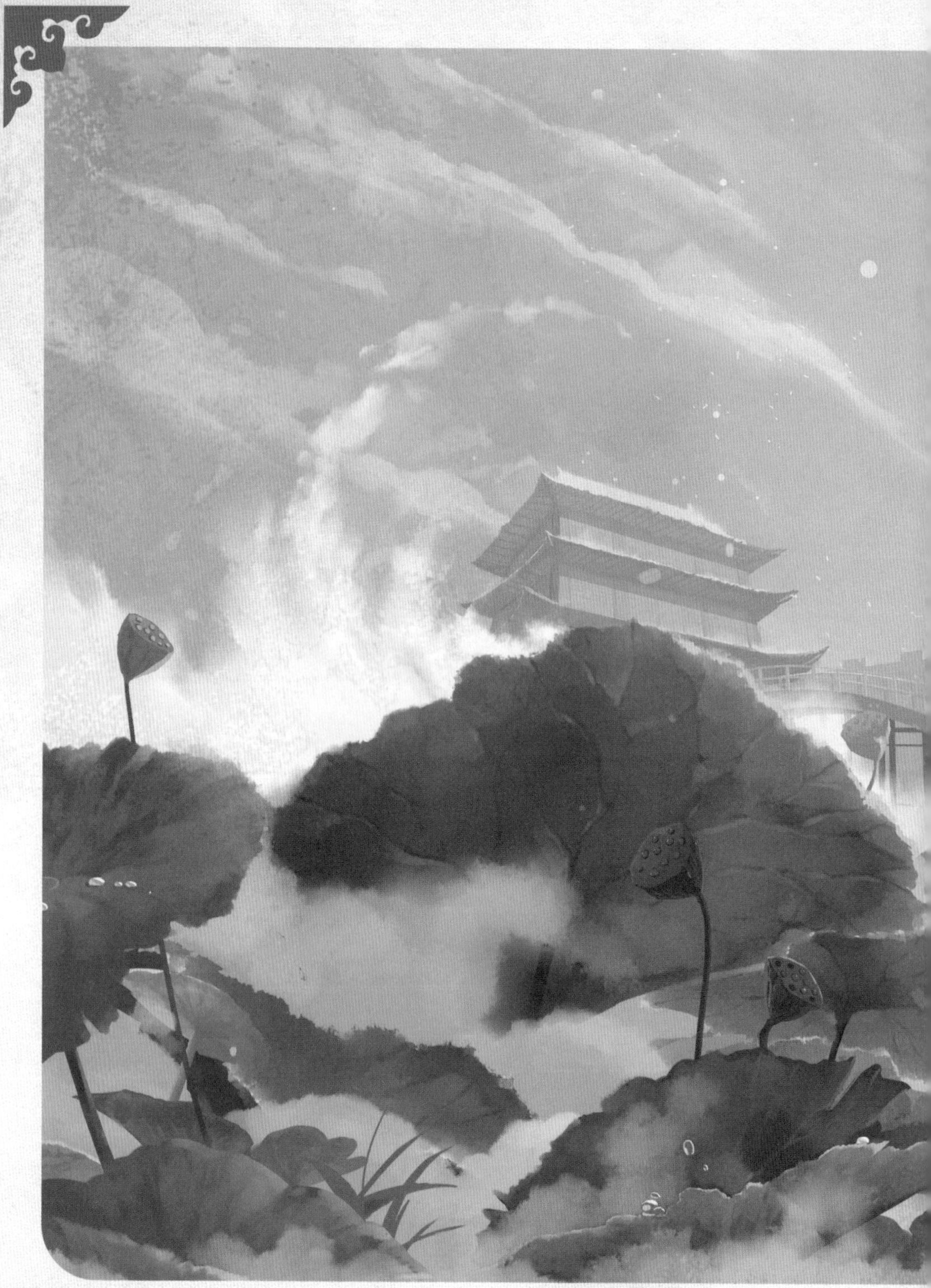

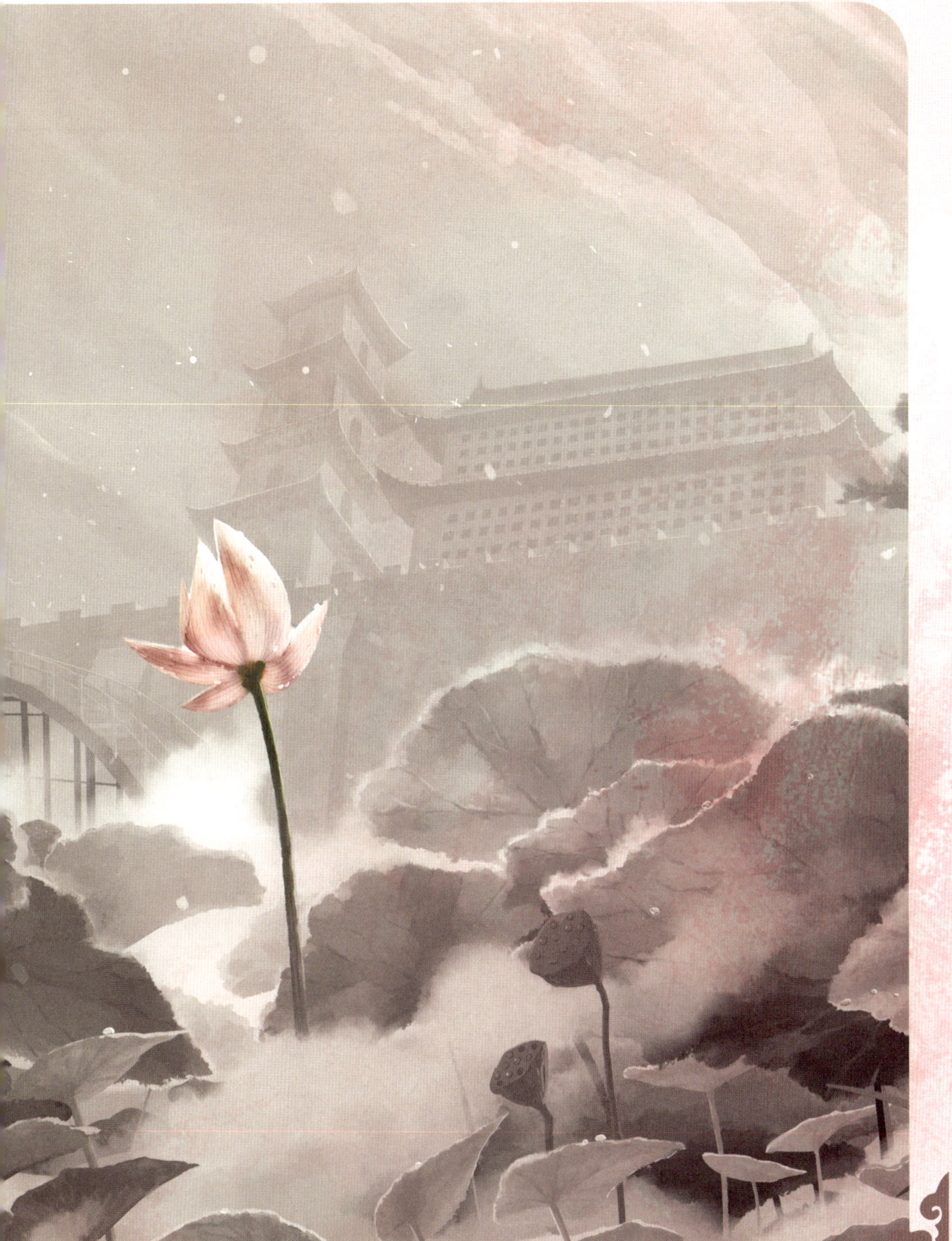

长眉连娟,微睇绵藐,
色授魂与,心愉于侧。

楔子

这一世已过去二十六载。

时宜靠在窗边,看车窗外掠过的路牌,不禁感叹这好天气,没有一丝浮云的碧蓝天空,让人心情也好起来。出租车一路畅通无阻,她下车后,手续办得亦是顺畅,却不料在安检的门内,来回走了两次,都警报声大作。

最令人烦躁的是,隔壁的警报声也响个不停,不知是哪个倒霉鬼和她一样,遇到不讲理的安检门。

"小姐,麻烦你把鞋子脱下来,我们需要再检查一遍。"她点点头,在一侧的座椅上坐下来,低头脱掉鞋的瞬间,她看到隔壁那个男人的背影。

很高,背脊挺直。她看到他的时候,他正拿起自己的手提电脑。

安检门的另一侧,长队如龙。

而这一侧,却只有他们两个在接受检查。

"周生辰先生?"安检人员拿起他遗落的护照,"你忘了护照。"

"谢谢。"他回过头来。

他留意到她的目光,抬眼看过来。

那一瞬的对视,压下了周遭所有的纷扰吵闹。所有的一切,都不再和她有关系。时宜目不转睛地看着他,再也挪不开视线。她想笑,又想哭,却无论如何都说不出话，哪怕是半个字。

　　你终究还是来了。
　　周生辰①，你终究还是来了。

---

① 周生辰：《路史》曰："帝尧之后有周生氏。"周生，今世罕见的复姓，甚至百家姓都未收录。

第一章 看不穿前尘

雨水淅淅沥沥的，把西安弄得如同烟雨江南。

明明是三秦大地，却已不见长安古城。

时宜靠在窗边，看着车窗外掠过的路牌。

"你想要吃什么？"身边的宏晓誉笑着将叠成小册子的地图展开，边用手机翻着美食攻略，边规划下榻后的路线。

"先把你的采访弄完吧。"

时宜笑着提醒她。一旁的小摄像师原本在摆弄摄影机，闻言也笑了。

三人下了车，绕过安静的街，辗转数个错落的平房，终是找到了地方。

开门的是个很年轻的女孩儿，只有二十岁出头的模样。而宏晓誉的采访对象，就是这个女孩儿的老公，一个一脸憨厚的男人。

几个人进门后，夫妻俩都有些羞涩，招呼着时宜他们坐下。

"不用紧张，就是随便闲聊。"宏晓誉和善地笑笑，示意男人坐到自己面前。

阴雨天，房间很暗。

只有黄澄澄的一盏灯，放在采访者和受访者之间。

在一问一答的访谈中，时宜渐渐了解了这样一个故事。

面前的男人来自非常贫困的地方，勤劳数年，赚了些钱后，却一分不留，投资了家乡的教育，帮助比他更穷的家庭。

没有家产，没有房子。

却是个人格高尚的人。

而这个故事之所以吸引媒体，却是因为他的小妻子。面前这个眉目清秀的女孩子，是个大学毕业生，也是这个男人的同乡，只因在新闻里看到了他的故事，就找到他，然后嫁给了他。

故事的前半段很感人，而后半段才真正出人意料。

阴雨天，这房间里又没有什么取暖设备。

时宜和宏晓誉始终坐着，早已手脚冰凉。

幸好采访已到尾声。最后，宏晓誉终于转向那个姑娘，"按照普通人的标准，你丈夫真不算好归宿。你们接下来的计划是什么？"

那姑娘笑笑，看了眼男人，"我们都有赚钱的能力，身体也健康，等过两年回家后，一定会过很好的生活，而且……"姑娘低声笑了会儿，"我不担心他会做任何伤害我的事，他是好人。"

小妻子的话，为今天的采访收了尾。

工作结束。

他们就近去了米家泡馍，非常小的店面，人挨人，环境嘈杂，生意却格外好。时宜边吃边看四周，发现竟还有人捧着碗站在一旁，边用手掰馍边耐心等着空位。

宏晓誉也有样学样，掰了块馍，"今天的采访，有没有什么特别的感触？"

时宜"扑哧"笑了一声，"是不是想写博客，缺引言？"

"死女人，"宏晓誉瞥了她一眼，"快说。"

时宜喝了口汤，想了会儿，才说："世人大多眼孔浅显，只见皮相，未见骨相。这个小姑娘很少见，能一眼看到这个男人的本质。"

宏晓誉"唔"了一声，"这话听着有味道，我喜欢。"她往汤里加了辣，忽然想到什么，"你昨天说，那个在广州机场认识的什么研究员，这几天也在西安？"

时宜嘴里还含着东西，声音含糊："他的大学最近在和中科院做项目交流，在这里出差。"

"说实话，我看不出那个人有多特别，长得也普普通通，没想到你竟然会主动去认识他。"宏晓誉笑嘻嘻地看着她,"这就是所谓的看对眼了?"

她无奈地瞅了宏晓誉一眼,"我只是想认识他,没有任何不良企图……"

话未说完,时宜感到肩上微微一沉,一只男人的手搭了上来。

宏晓誉顺着那只很漂亮的手看上去,不禁暗暗笑起来:真是巧啊,来的正是两人谈论的人。

这个男人眉宇间书卷气极浓,面容普通,说不上难看,也说不上英俊,难以令人印象深刻。他穿着常见的实验者专属白大褂,却没有系纽扣,只是这么敞开着,露出里边的衬衫和长裤。

非常整洁,没有任何不妥,就是和周围的环境极不搭调。

时宜则含着汤,傻愣愣地看着他。

她很偏执地觉得,他这样的容貌非常好,不会有太多攻击性。除了在书卷气中有浅浅的距离感外,这张脸真的是再好不过,再舒服不过。

他不紧不慢地收回手,坐下来,把手腕搭在桌子边沿,说:"好巧。"

话音未落,就对老板轻轻招了招手。

"世人大多眼孔浅显,只见皮相,未见骨相,"待老板应了声,他才又去看时宜,"这话不错。"

宏晓誉也感叹了声"真巧",颇有意味地看了眼时宜。

若论外貌,时宜绝对是上上品。眉眼、轮廓,都仿佛用手工笔精心描绘而成。她的美毫无攻击性,却不同于周生辰的平凡。尤其看你的时候,她的眼睛很亮。当真正在社会上遍阅美女后,你会发现,真正的美人,她的眼睛一定很亮,而非浑浊不堪。

最主要的是,时宜很传统,从来不肯穿露出肩膀的衣服。

一个非常传统的美女,简直是罕见的宝贝。

宏晓誉再去看这个男人。

算了,只要好朋友喜欢,男人的脸也没那么重要。

"是很巧。"男人说话间,拿了副一次性筷子,掰开,把两根筷子放在一起,相互摩擦着,去掉上边的碎木毛刺,"你们来西安旅游?"

"晓誉来这里采访，"她说，"我们准备趁着这次公差，在这里玩几天。"

始终在埋头吃东西的摄像师，咂巴了下嘴，放下筷子，热情地递出一张名片。

男人接过，单手探入裤子口袋里，摸索半晌，也没找到该回赠的东西，"不好意思，没有随身带这种东西的习惯。"他简短地介绍了自己，"周生辰，伯克利化学学院副教授。这段时间，在中科院西安分院有机化学研究所高分子材料研究室做交流项目。"

一连串看似专业高深的名词，更让摄像师刮目相看。

"生辰？好名字，"他笑着说，"叫我小帅好了，我是宏晓誉的同事。"

周生辰很礼貌地笑了笑，"复姓周生，单名辰。"

小帅"哦哦"了两声，"周生先生。"

时宜忍不住笑了，这个姓的确少见，也难怪别人会觉得奇怪。

小帅似乎觉得自己说错别人的姓氏，十分不妥，于是很认真地给自己找了个台阶下，对周生辰说："我觉得，时宜的那句话真不错。"

晓誉没等周生辰说什么，倒是先乐了，"你懂什么意思吗？"

小帅骑虎难下，只得继续掰扯："当然懂，不过这种话，绝对是只可意会。"

"别意会了，我告诉你这句话出自哪里，"晓誉好笑地问他，"《醒世恒言》知道吗？"

小帅一愣。

"'三言''二拍'知道吗？"

小帅觉得有些耳熟。

"高中历史书上提到过，明末小说。"晓誉拿出一双新筷子，敲了敲他的碗，笑着说，"这句话的意思呢，就是现在的人啊，只能看到别人的外在条件，什么票子、车子、房子，还有样子，唯独看不到内在的品质。"

小帅很长地"哦"了一声，尾音还拐了个弯，"佩服。"

"该佩服的是时宜，"宏晓誉刻意地看了眼周生辰，"这些，都是她从小逼着我读的。"

周生辰居然明白了她的意思，笑了笑。

晓誉还以为他是真的赞誉地笑；时宜却明白，他的笑，只因为识破了宏晓誉的小心思。宏晓誉知道时宜对他有好感，自然会拐着弯地夸她，让周生辰上心。

但是宏晓誉并不知道，周生辰对时宜真的算是印象深刻。

他们是半年前在广州机场遇到的，那时两个人分别在不同的安检入口接受机器的扫描，又都引起了特殊的警报声，当她脱掉鞋子检查金属物时，看到了他。

只是这么一眼，她就知道是他。

虽然容貌不同，声音不同，任何的外在都和她记忆里的那个人完全不同。但是她就是知道，一定是他。

他被检查完后，拿起笔记本电脑，很快就向着安检口外走去。时宜只记得，当时自己脑子里一片空白，光着脚就追了上去，她不敢错过这个人，自然就忘了自己身处什么环境。

于是，他看到时宜的第一眼，非常滑稽。

身后有机场工作人员追上来，而她只是急切地看着他，"等等我，我需要和你说句话。"

周生辰当时的表情是什么，她真没顾得上看。

那真是她初次觉得自己的外貌还有些用途，比如机场工作人员对她还算是客气，只当她是碰到多年的朋友，有些忘形。她边穿着鞋，边用余光看着他，生怕他离开。

幸好，周生辰真的就没走，始终在等着她。

这场相识很唐突。

后来她无法解释，只好对周生辰说，他像极了自己的朋友，不管信不信，他没太反感就是了。只不过在她更唐突地要他的手机号码时，他竟以没有手机为理由拒绝了。

当时她很尴尬，幸好，他主动留下了电子邮箱。

从认识到现在，不觉大半年了，两个人再没见过面，只是邮件往来。而且在邮件里也说不出什么特别的话，周生辰是搞高分子有机化学的，而她则是个配音演员，没有任何交集的两个职业。

就这样，时宜养成了每天登录邮箱的习惯。

有几次被宏晓誉发现了，嘲笑不止。所以这次宏晓誉来西安出差，一听她说周生辰就在西安出长差，不由分说就把她拉了来。时宜昨晚出了机场，甚至在踌躇，要不要约他出来，如果约，用什么借口。没想到这么巧就碰到了。

周生辰吃饭的习惯很好，从开始落筷就不再说话。

宏晓誉几次看时宜，都被她低头躲开了。

"周生老师，"店门口跑进个大男孩儿，收了伞就往这边走，"我下月发了薪水，送您部手机算了，我负责充值充电，只求您为我二十四小时开机。"他估计一路走得急，牛仔裤脚都湿透了，"我都跑了好几个地方了，要不是看见研究所的车，还不知道要找多久。"

他一路进来，只顾着看吃饭的周生辰，却没有留意背对着自己的时宜。

待到走近，不免怔了怔，大男孩儿没想到周生老师对面坐的，竟是个大美女。

他磕巴了半天，勉强找回声音继续说："那什么……周生老师，研讨会，估计要迟到了，我找了你半小时……估计我们已经迟到了……"

"知道了，"周生辰又慢条斯理地继续吃了两口，放下筷子，"我有事先走，有机会再联系。"时宜看他站起来，感觉腿被狠狠踢了一下。

回头看，宏晓誉已经清了清喉咙，对周生辰说："听说青龙寺的樱花最近开得很好，我们都不是西安人，难得来一次，要不要一起去看看？"

周生辰的脚步停住。

他抬起头，看了眼外边的雨势，"这两天西安一直在下雨，等雨停了，如果你们还没走，我们再约时间。"

"那就说好了。"宏晓誉揽住时宜的肩说，"到时候让时宜给你发电邮。"

他点头，算是答应了。

等到时宜和宏晓誉回了酒店，裤脚都彻底湿透了。

时宜冲了个热水澡，在屋子里翻了半天也没找到速溶咖啡，只得烧了热水，拿简易纸袋的菊花茶，泡了满满两杯。

时宜递了一杯给宏晓誉，对方接过后随手放在床头柜上，边看邮箱，边扯着卷筒纸擦鼻涕，"通过今天这顿简陋的午饭，我终于勉强发现了周生辰的另一个优点，就是够男人、不扭捏。这么说也不对啊，"她抬头看看，时宜只是把长发草草绾起来，这么个邋遢造型就够拍杂志硬照的，"从小到大，我只要以你为借口，还真没有约不到的人。这么看，他也不算特别。"

时宜没有理她的调侃，拿过电脑，登录邮箱。

看到收件箱里并没有新邮件，她莫名有些失落。

她很快合上了电脑，说："再好看的脸，最多从十六岁看到三十六岁。"

"我喜欢看漂亮的东西，尤其是一对最好，"宏晓誉狠狠擦着鼻子，"而且有利于下一代的基因。"时宜抿嘴笑笑，眼睛亮亮的，真是漂亮极了。

两个人白天冻坏了，此时就依偎在白色的棉被中，靠近对方相互取暖。
"时宜，你真的喜欢他啊？"
"也不是，"她说话的时候，觉得自己都没底气，"只是觉得，他很特别。"
"哪里特别？"
时宜找不到借口，只好说："名字特别。"
真的是名字最特别，和她记忆中，曾经的他的名字是相同的。
"我的名字更特别，"宏晓誉索性脱下牛仔裤，拉过棉被盖上，"'晓谕天下'，可怎么没见你对我另眼相看？"
"这个解释不好，"时宜有意把周生辰的话题避开，转而逗宏晓誉，"我给你想个更浪漫的，方便你以后嫁出去。"
宏晓誉听得兴致勃勃，"快说快说。"
"让我想想，"时宜仔细想了想，终于再次开口，"虽然有些牵强，但你肯定喜欢。你听过纳兰性德的一句诗吗？"她挨着宏晓誉说，"'愿餐玉红草，长醉不复醒。'"
"没有，"宏晓誉摇头，"有什么典故？"
"传说有一种玉红草，只长在昆仑山中，若有人采集误食，会长醉三百年不醒，"她刻意换了个语气，用配音演员的声音，幽幽地念着她的名字，"'宏晓誉'，'宏誉'，'玉红'，你说你这个名字，会不会就是玉红草的意思？"
宏晓誉被她说得直乐，"你怎么忽然神道道的？不对，你从小就神道道的。是有点儿牵强，不过挺文艺的，我喜欢，以后就这么解释了。"

忽然，窗外响起几声惊雷。
宏晓誉得了便宜，很快就恢复了原状，嘲笑她，"看来这雨是要下上几天了，也不知道青龙寺的樱花，还有没有机会看了。"
"看不到就不看了呗，"时宜皱了皱鼻子，长长呼出一口气，"又不是一辈子不来了。"

次日清晨，她是被手机铃声叫醒的。
接起来，是录音室的电话，头脑还没清醒，就听那边絮絮叨叨地说着工作安排:"你可真是红了,多少人都点名要你配音。光是你去西安这四天,你知道少赚多少吗?"

她翻了个身,宏晓誉还睡得沉,没有任何醒来的迹象。

怕吵醒晓誉,她轻声说把录音的时间安排发过来,就挂了电话,然后轻手轻脚从地上拿起笔记本电脑,放在膝盖上打开。收件箱里很快进来了四封邮件,她匆匆扫过标题,发现其中一封是无主题邮件,寄信人是周生辰。

4:36走出实验室时,没有下雨。如果11:30也没有下雨,12:00青龙寺见。

周生辰

时宜看到这封邮件后,视线移到了显示屏右下角,刚刚7:36。

她有些担心,这次约会会不会又如同先前一样,因为天气突变、忽然染病、工作繁忙,或是各种奇怪的突发事件而取消。

没想到老天忽然开了眼,没有再下雨。

摄像师本就是陕西人,虽然不是出生在西安,对这里倒也熟悉。时宜怕迟到,紧张兮兮地让宏晓誉和摄像师确认从这里到青龙寺的时间,结果早到了足足二十分钟。

或许是樱花时节,又难得放晴。青龙寺门口人来人往,颇显拥挤。她们挑了个醒目的地方,约莫十分钟后,看到周生辰独自一个人,从远处走过来。

时宜迎着日光,眯着眼认清是他,心悄然安定了下来。

"时宜,你中毒了……"宏晓誉低声说,"看你脸都红了,别告诉我是晒的。"

她摇头,"我不和你解释,反正也解释不清楚。"

"早到了啊,周生老师,"宏晓誉抿起嘴角,笑着打招呼,"早到了十分钟,这是你的习惯吗?"周生辰伸出手,递出两张票给时宜,"我一般和别人约见面,都会早到十五分钟,刚才用了五分钟的时间,去买了门票。"余下那张,他顺手给了摄像师。

时宜说了声"谢谢",接过来,狠狠把其中一张拍在了晓誉手里。

宏晓誉没有来过这里，自然不知道自己约的这个地方小得可怜。

几个人进了寺，转了一会儿，樱花是张扬肆意的，飞檐是古色斑驳的，只不过那些树下三三两两坐在报纸上闲聊的人，冲淡了不少赏花的意境，让这次出游更像是一场普通的春游。即便是如此拥挤的小寺庙，也还有几批游客，在导游的解说下肩并肩走着。

"1986年，青龙寺从日本引进樱花植于寺院，共有十二个名贵品种，早期开放的有彼岸樱、红枝垂樱……"导游一板一眼地复述着解说词。

时宜听得有趣，拿出手机偷偷录了一段，可惜那个导游很快就走了。她试听了几秒，声音很嘈杂，犹豫着要不要删掉。

如果想要回味，或许用相机拍几张解说牌好一些。

"我刚来的几天，这边研究所的人送了本西安《城市笔记》，如果喜欢，可以送给你。"周生辰语气平淡地对她说，"这个城市，到处都是故事。"

时宜颔首，视线从他身上飘过去，像是对樱花很感兴趣。

"你喜欢看书吗？"她忽然问。

"每天都有固定时间用来看书，"他说，"不过，也并非海纳百川，要看书是否有趣。"

时宜"哦"了一声，试探性地继续问他："那你去过那种很老式的藏书楼吗？有一层层的木架，无数的书卷那种。"

她脑海里的藏书楼，不是非常清晰，可却和他有关。

那里不经常有人，有时候打开窗户通风，有风吹进来时，架子上的书都被吹翻了数页，哗哗作响。

周生辰不大懂她的话，微笑道："我经常去的地方，也有一层层的木架，不过架子上都是瓶瓶罐罐，各种危险仪器，轻易不能碰。"

时宜笑笑："听着挺有趣的。"

"有趣？"他兀自唇角带笑，"轻则烧伤，重则爆炸。"

时宜真被唬住了，"高危职业？照你这么说，谁还愿意进实验室？岂不是整日草木皆兵，战战兢兢的，那还做什么科研？"

"也不会这么可怕，早就习惯了。"他话说得浅显，像是说着再平常不过的事情，"刚学这个专业的时候，有一天晚上我忘了东西在实验室，第二天只好一大早就过去，当时没有一个人在，却发生了爆炸。半个实验室就在我面前炸没了，幸好我晚到了几分钟，保住了一条命。"

她听得哑口无言,"然后呢?"

"然后?"周生辰略微想了想,"还好,我实验用的十几个材料都还在,当天下午就把它们转到了隔壁实验室,继续做耐受测试。"

周生辰说得太随意,像说着阿猫阿狗的事情,她却听得后怕,忘记避开身侧的樱花树枝。直到周生辰的手臂从她面前抬起来,拨开了满枝的馨香,时宜这才反应过来,忙不迭说了句"谢谢你"。

寺庙不大,逛了一会儿也就结束了这场春游。

反正时间还早,他们就近找了间茶楼休息,楼内几近满座。周生辰的那个学生却坐在二楼靠窗的位子上,像是等了很久,一看到他们出现,就站起身招呼:"周生老师,这里这里。"

"哎?周生老师还真有心,安排自己的学生占了位置?"晓誉拉过椅子,先坐下来。

"不是老师安排的。"那个学生忙不迭解释,"这是我爸爸开的,我今天正好休息,昨天和老师半夜做完实验,老师说今天要来青龙寺赏花,我就特意留了位子给你们。"

那个大男孩儿边说边亲自去端了茶来,挨个放到各人面前。到时宜时,大男孩儿竟有些不好意思,腼腆地笑了笑:"忘了说,我叫何善。"

她"哦"了一声:"挺好记的。"

何善对这个漂亮的大姐姐很有好感,特意把茶递到了她手里。

宏晓誉从小和时宜是邻居,早对这种情形见怪不怪了,倒是瞥了眼周生辰,又去看时宜。还别说,这个姓周生的人真挺特别的,起码没有因为美色乱了阵脚。

"来来,玩会儿双升吧。"宏晓誉乐悠悠地摸出两盒纸牌,倒出来,把桌面摊得满满的,"时宜不会打牌,正好我们四个人来。"

时宜看她牌瘾发作,马上配合地让到了最里处。最后周生辰和摄像师对家,恰好坐到时宜的身边。时宜看到窗台上有本书,不知道是哪个游客落下的《新周刊》,她随手拿过来准备打发时间,翻开内页,随意看了下去。

周生辰摸牌的动作不紧不慢,同时还和几个人随便说着话。

他坐姿很规矩,看起来像是习惯如此,即便是陪他们玩扑克牌,也能从细微处看出来,他有很好的教养。时宜只是在他出牌的时候,用余光悄悄看他,非常有趣的是,他手里的牌也整理得非常整齐,随时保持着对称的扇形弧度。

恰到好处。所有一切都恰到好处。

可也是这样，才让她有距离感。不管坐得多么近，两人间都像是隔着无形的一道墙。

摄像师话最多，扯了会儿，就扯到了自己当年的成绩，"说起来，我当年成绩那叫一个差，高考成绩才过三本线，悬悬考上了大学。周生老师，你是不是属于为科学献身的那种人？"

"不算是，"他抽出一张牌，放到木桌上，"我只是一直想不好，除了科研还能做什么。"

摄像师不说话了。

宏晓誉咂巴嘴："周生老师，不要这么有距离感，聊些大众话题吧。"

"好，你说。"

"你有没有什么……特庸俗的爱好？"晓誉问他。

"很多，比如看电视剧。"

"看电视？不算多庸俗啊，"晓誉笑了两声，"你平时看得最多的是什么？"

"《寻秦记》。"

"正常正常，"晓誉终于找回了正常人的底气，"原来化学教授也爱看穿越剧，还是《寻秦记》，我大学时的男朋友也特别喜欢看，看了足足四遍。"

"我可能看了七十多次，"周生辰不大在意地笑了笑，"准确一些说，是七十九次。"

宏晓誉也不说话了。

整个下午，这几个人就和一百零八张牌较劲，周生辰的那个学生显然很崇拜他，时不时透露些唬人的事迹，不过大多数和科研有关。时宜他们听不懂，只是频频表达佩服之情。

到了傍晚，茶楼的人渐渐少了。

而时宜手里的杂志，却只翻了不到三页。

天黑下来，窗口有些冷，店里的服务员过来关上窗，还殷勤地替几个人拿来了小碟的点心。

时宜拉过装点心的小碟子，挑了个瞧着味美的，咬了一口。

没想到，周生辰忽然就用手指把她手里的书翻过去了一页。她这才发现，周生辰虽然在陪着他们玩牌，视线却落在杂志上。

他读完最后几行字，收回视线看手里的牌，抽出两张，轻飘飘掷到了桌上。

宏晓誉扫了眼他扔的牌，马上哀号："完了，彻底输了。"

就这么耗费了整个下午，等几个人走出茶楼时，天已经黑了。摄像师热情招呼着，想要请大家吃晚饭，没想到周生辰却抬起手腕，看了眼表，"晚上还要开会。"何善是他这几个月在西安的助理，纵然有心吃饭，也只能跟他回研究所。

两批人分开，周生辰带着何善去坐公交车。

时宜他们则在另一侧等出租，隔着一条马路，远远地，都能看到彼此。

周生辰站在大片拥挤的人群后，等着返回研究所的400路，这个时间正是高峰期，接连开来了三四辆车，却都是人满为患。

而他们在相隔十几米的地方，也因为人多，抢不到出租车。

时宜丝毫没有等车的不耐烦。

她觉得这样很好，隔着不远的地方就是周生辰，身边的何善在和他抱怨着什么，他脸上的笑容很快浮起来，说了两句话，同样的不急不躁。

时宜看着他，猜想他会说什么样的话，来安抚身边的小研究生。

"没坐过400路，你绝对体会不到什么叫挤公交，"摄像师小帅看着周生辰，笑着感叹，"不过我们也差不多，还不知道谁能先回去呢。"

"要不要我们打到车后，带他们一程？"时宜马上提议。

"我们现在还站在人海中，前途渺茫呢。"晓誉彻底被她逗笑了，趴在她肩膀上低声说，"时宜美人，从幼儿园开始，不管谁要扮演什么王子、公主，你都是那个公主。所以还是安心做公主好了，这个人好像真的对你没什么意思，那句话怎么说来着？你不是他的那杯茶。"

晓誉的几句话间，又一辆公交车进站。

周生辰和何善终于挤上车，消失在了时宜的视线中，从始至终，周生辰都没有再看这里一眼。

隔天，摄像师带着她们逛了些西安有名的地方，时宜在如潮的游客中看着这些名胜古迹，总有种熟悉感，但是却不再记得清楚。

她的印象中，小时候对于那些前世的记忆，还曾如数家珍。

可慢慢地，随着幼儿园、小学到初、高中的时间推移，所有相关的记忆都慢慢淡化了，再想起来，更像是一场光怪陆离的梦。倘若不是这么多年，她反反复复地告诉自己"我要见他"，那些有关周生辰的回忆，也注定会消失无踪。

到最后一天，时宜和晓誉搞得比上班还要累，趁着小帅回家看父母的机会，她们都躺在酒店里，边休息边整理工作资料。

时宜把经纪人发来的资料拿到酒店前台打印。

前台的小姑娘听到她的要求，倒是很客气，接过U盘，"请问你是哪个房间的？打印好我会让工作人员送上去。"

"谢谢你，1212房，"她说完，又觉得不对，"算了，我就在这里等好了，不要拷贝出来，直接打印就可以。"

"1212？"小姑娘听到房间号码，很快追问，"时小姐？"

"是。"

"这里有你的一本书，是一位先生刚才拿来的，还没来得及送上去，"小姑娘从旁边拿起个牛皮纸的大信封，放到柜台上，"那位先生姓周生，"说完，很可爱地嘟囔了句，"这姓真挺奇怪的。"

时宜低头看看信封，没有任何字迹，"他刚走？"

试了试重量和手感，应该是一本书。《城市笔记》？

"差不多走了十分钟。"小姑娘拿着U盘，示意身边人帮忙照看，自己则走出了柜台，"如果文件很重要，客人可以自己操作打印，时小姐这边走。"

她听到周生辰的名字，已经有些心神不宁。

小姑娘打开文档，看到是影视剧的大段台词，不免又多看了她几眼，暗叹难怪这个女客人如此漂亮，原来是演员，可这张脸并没有什么曝光率，估计是新晋的。

小姑娘欣赏地看着她的脸，心想：如果有这么个真正的美人出现在影院里，应该是非常赏心悦目的。

时宜没留意小姑娘的表情，只是看着信封出神。

等到匆匆打印出自己要的资料，时宜一走进电梯就拆开了信封，果真是他在青龙寺说过的书。书页不是很新，封面也有了些磨损的痕迹，看上去真的是别人拿给他读的，书的封面贴了张蓝色的便笺纸：

这本书是研究所的同事送的，你如果喜欢，就不用还了。

周生辰

　　字迹漂亮，但和记忆中的不同。

　　她回到房间，仍旧对着便笺纸看了又看，忍不住给他发了一封邮件，问他实验室是否装着电话，方便不方便打过去。

　　邮件发出去后，她翻开书，竟然发现有些页被他贴上了白色的便笺纸。简单标记了与书中介绍有不同的观点。或许科研出身的人会很较真，如果是旅游景点，还标上了是否免费，门票价格和对外开放的时间。如果是小吃饭庄，就肯定有认为好吃的特色菜。

　　时宜知道，这一定是他早就写出来的，而并非是为了自己。

　　但是看着粘贴在《城市笔记》上的"独家笔记"，她仍旧忍不住想，他没有拿走这些便笺纸，起码也是为了自己看起来方便。

　　她看了眼邮箱，已经收进来周生辰的邮件。

　　没有任何多余的话，只有一串数字。时宜拿起手机，输入数字后，咳嗽了两声，让自己的声音听起来在最好的状态后，终于拨了他的电话。

　　"拿到书了？"

　　这是周生辰的第一句话。

　　"拿到了，谢谢你。"她只是想给周生辰打电话，可是真接通了，却不知道要说什么。

　　"这本书写得还可以，不像是为了出版赚钱的普通游记，都是大段华而不实的个人抒情，"好在他没冷场，很自然地给她解释，"也不像很多的城市介绍，大半版都是软性广告。"

　　她"嗯"了一声："好，我一定认真看。"

　　算起来，这还是两个人认识以来，第一次通电话。

　　两个人从前天400路公交如何挤，说到昨天的城市一日游，到最后还是周生辰先提出了结束："我好像要开始工作了。"

　　"我一直很好奇，研究所是什么样，"她厚着脸皮说，"方便带我看看吗？"

　　始终在她身边偷听的晓誉马上瞪她，"能矜持点儿吗？"

　　她努嘴："我就是好奇。"

　　晓誉翻着眼睛，摇头又叹又笑。

"很枯燥。"周生辰像是在拒绝，可停顿了几秒后，又继续说道，"不过你运气很好，今天是星期日，大部分研究员都在休假，带你看看也没什么问题。"

她很快说"好"，并记下周生辰说的地址。

他最后说："你到了门口后，仍旧拨这个电话，我会下楼去接你。"

时宜挂断电话，拿着化妆包冲进了洗手间。

晓誉跳下床，光着脚追到洗手间门口，从镜子里看她的眼睛，"你能告诉我，他到底是什么地方让你这么喜欢吗？"

黄澄澄的灯光下，她用化妆棉蘸着卸妆水，给自己的脸做彻底清洁，动作仔细且一丝不苟，完全暴露了她的忐忑和期待。等到彻底清洁完，她拧开水龙头，很严肃地从镜子里回视，"我觉得我上辈子肯定认识他，而且欠他很大一笔债。"

晓誉"扑哧"一声笑了："原来是前世今生的缘分……"

时宜抿抿嘴笑笑，何止欠了债。

倘若他记得稍许，怕不会愿意看到自己。

坐上出租车后，她把周生辰发来的短信拿给司机看，司机马上笑了，说自己一个小时前刚从这里载了一个男客人过去，路很熟。时宜猜到司机说的是谁，只是没想到这么巧。

路途不算远。

时宜走下出租车，刚摸出手机，就接到了经纪人美霖的电话，要和她商量接下来的配音工作。美霖是个工作狂，她不敢轻易打断，只好对着中科院西安分院的牌匾，漫无目的地来回踱步，讲着电话。

她因为声线特别，刚入行就拿到了难得的机会，配了些很有名的角色。再加上美霖的人脉，慢慢地身价涨起来，更有许多见过她的制片人，反复劝说，让她直接转到幕前。

对于美霖来说，配音演员自然不如露脸的明星。

但无奈如何游说，时宜都没有任何兴趣，到最后说得乏了，美霖也放弃了这个念头。只不过偶尔还是会开开玩笑，试探她的意思。

"昨天杜云川还在问我，你是不是早被人包养了，才对钱财名利这么没兴趣。当时把我笑坏了，就和他说，我们时宜长了一张端正的'正室脸'，要嫁也肯定是名正言顺。"经纪人美霖说完了正事，开始和她八卦闲扯起来，"时宜，你说实话，你是不是早嫁了个隐姓埋名的富豪？要不然怎么一年到头在外边玩，说不接工作就不接?"

时宜低头,慢慢一步步走着,笑着说:"我对有钱人没兴趣。"

美霖笑:"那喜欢什么样的?告诉我,姐姐给你留意。"

她的视线飘过半人高的封闭大门,看到楼前空旷的地上,已经出现了一个人影。他走得很快,由远至近地向着她的方向而来,仍旧是白大褂,里边是浅色的格子衬衣。在时宜看到他时,周生辰似乎也看到了她,抬起右手,指了指大门侧紧闭的小门。

时宜看着他,很快点点头,对着手机那一端的谈话做了收尾,"我喜欢的人,一定要是教授,最好是研究高分子化学的。"她低声说着,如同玩笑。

"你说什么?什么教授?"美霖吓了一跳。

"不说了啊,晚上给你电话。"她看周生辰走近,忙收线,跑到小门前,好好站着等他。

在这里的他,似乎和平常很不同,说不出来的感觉,看上去严谨了不少。

"什么时候到的?"他边问她边从保安室的小窗口拿出登记册,签上自己的名字和时间,"身份证带了吗?"

"带了。"她低头从包里翻出身份证,隔着栏杆递给他。

等到所有办妥当,保安室有人打开门禁,把她放了进去。

果真如他所说,因为是周末,这里并没有太多走动的人。

两个人一路走着,偶尔有人经过,颔首招呼,没有过多言语交谈。时宜被这里的安静感染,连走路都小心翼翼,可无奈穿着高跟鞋,走在大理石地板上,总避免不了声响。

越有声音,越小心;越小心,越显得声音大。

"这里的女研究员也喜欢穿高跟鞋,"他停在双层玻璃门外,输入密码和指纹,"你不用太在意。"她颔首,不好意思地笑了。

玻璃门解密后,他伸手推开,带着她又路过很多不透明玻璃房,终于停在了办公室外。直到推门而入,进入了封闭的房间,时宜才终于如释重负,"我始终觉得,进这种科研机关,就像是窃取国家机密一样。"

"所以呢?"他笑着坐在办公桌后,"是不是很失望?"

"失望算不上,"她环视他的办公室,吸了吸鼻子,"这里的味道还是很特别的,你平时都做什么啊?我是说,会做什么实验呢?"

"无卤阻燃硅烷交联 POE 复合材料。"

除了最后"复合材料"四个字外，一律没听懂。

她默默地指了指他手边的白纸，"能写给我看吗？你刚才说的那几个字。"

周生辰无可无不可，抽出笔，写下这些字。

时宜看着纸沉默了一会儿，仍旧不懂，"有没有简单的说法，能试着让我听懂？"

周生辰略微思考了一会儿，"简单说，就是做电线的外层材料，耐腐蚀、耐高温、抗老化、阻燃，明白了吗？"

他微微笑起来。

"明白了，"时宜仔细想了想，忍不住也笑了，"可你这么一解释，马上就显得很没技术含量了，这种东西不是已经存在了吗？"

"差不多，但基本都是十几年前的技术，现在世界上各国都没有大的突破，所以谁先做出来，就是十几年的跨越，"周生辰递给她一小瓶纯净水，"比如，现在在一线城市，大部分的电线外层已经老化了，大概有 80% 必须要更换，这是非常大的消耗。如果技术前进一步，哪怕可以延长寿命一年，就是天文数字的节约。"

时宜感叹着看他："这么一解释，又变得很伟大了。"

她还想要继续问，办公室的门忽然被叩响了。周生辰说了句"进来"，门马上被人从外推开，何善探头进来，笑得有些得意："果然是时宜。"

她有些惊讶，也有些不好意思："你怎么知道我来了？"

"我们实验室都有摄像头，刚才我从外边回来，听到几个师兄在说周生老师带来个仙品，我就猜到是你了。"

摄像头？还真是门禁极严。

周生辰好笑地"嗯"了声："所以呢？"

"所以，"何善正色道，"周生老师带我们辛苦了，大家想今晚请老师吃个便饭，顺便招待客人。"

第二章 今生的前世

"你想去吗？"周生辰似乎觉得有些不妥，征询她的意见。

"没关系，正好还没吃晚饭，"时宜倒没觉得什么，"就是有个要求，能不能先看看你们的实验室？我好不容易走过重重封锁，不去看就太可惜了。"

何善本来只是想碰碰运气，未承想她真就答应了，马上主动请缨带她去逛实验室。周生辰反倒是拿出一沓要签的资料，只说自己要处理完剩下的工作，给他们十分钟闲走。

她察觉出他的冷落，跟着何善出了门，听他热情介绍着一路走过的各种实验室，只是礼貌笑着，话却很少。她很怕自己主动要求来这里，让他觉得很不礼貌。

她从没有这么任性过。

偶尔为之，反倒有些惶惶不安。到最后，她只记住了这个实验室的名字：电气绝缘与热老化实验室，起码也算是了解到了他在做什么。

"我们这里，有国内唯一一台能进行最高电压 60kV、最高温度 200℃热电联合老化试验的大型箱体式老化设备。"

她点点头，唔，基本听不懂。

结果连何善都看出她的心情，腼腆地笑着说："周生老师对谁都这样，好像和谁都没什么关系似的，你别太在意。"

她"嗯"了一声："看出来了，他做什么都看心情，想要搭理你的时候就多说两句，不想搭理时，就彻底不说话，完全不留情面。"

"对对，"何善忙不迭颔首，"就是这样。"

她笑，"他一直这个样子。"

"你和周生老师认识很久了？"何善倒是奇怪了，"我还以为你们刚认识。"

时宜没吭声，等到和他走到一楼大厅，终于澄清，"的确不算久，半年前在机场偶然认识的，后来也没怎么见过。"

她不是善于应酬的人。

幸好来吃饭的人不算多，大概五六个，都因为不是西安本地人，周末留在了这里。他们找了间离西安交大很近的饭店，要了个小包房，有的负责点菜招呼，有的则热情地和时宜闲聊。

葫芦鸡、蘑桃仁氽双脆、温拌腰丝……上桌的都是她曾听人念叨过的菜，却还都没尝过。

美女有很多类型，大多属于各花入各眼，有人稀罕有人不屑。

时宜却属于那种少数的公认美女范畴，并且美得毫无攻击性，颇得大家好感。菜差不多都上来时，她已经和实验室这些人混熟了。

周生辰和她相邻而坐，始终在和身边一个研究生交代今晚的实验。

她则咬着筷子边尝鲜，边听这些人说着自己从没接触过的世界。众人的话题，很快就落到了周生辰身上，最奇怪的是，除了何善以外，其他人都像是和他不太熟的样子，甚至还问了一些只有初次见面才会提出来的问题。

不过依照周生辰的脾气秉性，倒也不难理解，别看他到西安已经一个多月，或许真的和在座的这些人没说过什么话。

很多问题，他回答得很礼貌，时宜也听得认真。

她非常想了解有关他的一切。

最后所有人都问得有些不好意思了，终于有女孩子笑着收尾："我听院长说，邀请周生老师的地方非常多，为什么会想到来这里？"

"家里有些事情需要我回国，"周生辰说，"只是顺路而已。"

科研机构的邀请对他来说，"只是顺路而已"。

明明是非常让人不舒服的话，可偏偏他说得非常诚实，反倒让众人对他的崇拜又添了一层。时宜倒觉得他就该是如此的。

围攻完了周生辰，众人很顺利地把话题转到了她身上，"时宜你是做什么的？"
"配音演员。"她笑。
"就是给外语片配音的？"
"对，不过也不全面。"她很简单地解释着，"国家引进的外文片比例还是很少的，所以大部分是给国产片子配音，或者是动画片、广告什么的。"
"国产的片子？"有个女孩子有些奇怪，"都是中国人，还用特意配音吗？难道不是那些演员自己的声音？"
何善叹了口气："说你土吧，你不知道有种片子叫'港剧'吗？"
时宜配合着，也叹了口气："你才土，还说别人。大多数电视剧电影，不管国语粤语，除非演员声线特别好，否则，都需要我们来配音。"
她说完，何善马上被众人好一阵哄笑。
"那配音演员都是幕后的吗？你这么好看，怎么不考虑自己演？"
"这个要看个人性格了，"她喝了口西柚汁，继续说，"比如张涵予就是配音演员出身，他也很适合走到幕前。我性格不好，不喜欢被很多人围观，所以只能待在录音棚里工作。"
"那你平时能见到很多明星吗？"
"演员吗？经常会见到，这就像一个行业，他们只是幕前的小部分，幕后还有很多很多人和他们合作，其实大家都一样。"
完全不同的世界。
互相听到对方领域的事，都会觉得很奇妙。
那些研究员，颇觉她的职业有趣，七七八八问着各种问题。

她回味着刚才吃过的菜，想到哪个好吃，就又去夹到自己盘子里。在低头吃东西的时候，她总是下意识听他说的那些话，大多数都是自己听不懂的词语，或许都和化学有关。
声音不同，外貌不同，所有都不同。
可是她还是忍不住，想要从他的举手投足间，找到一些蛛丝马迹。

周生辰终于交代完工作，看了眼放下筷子的时宜，"吃得这么少？"
她蹙眉看他，"不少了，只不过你一直在说话，看不到我和他们抢了多少吃的。"
他说："这里的食物，味道还不错。"

她"嗯"了一声:"是不错,基本上临着大学的地方都能找到味道不错的饭店。"

"周生老师,我们被你朋友说得都想转行了,"有人笑着说,"多好啊,工作就是'说话',不像我们做得这么辛苦。"

周生辰笑了笑,竟没说话。

时宜怕人家觉得冷场,很善解人意地接过话题,替他回答:"告诉你哦,配音演员是要经过很长时间的学习的。"

"这么麻烦?是不是和播音员一样?"另外一个人好奇地问。

"不一样。"

时宜在众人好奇的视线里,忽然一本正经地放下筷子,模拟了一个经典动画片里的角色——唐老鸭。谁都没想到一个这么漂亮的女孩儿嘴里,能发出这种搞怪奇异的声音,连上菜的服务员都傻了。

"明白了没?"时宜的声音恢复了正常,依旧温柔。

何善叹了句"我靠",终于佩服得五体投地了。

酒菜过半,有人趁着周生辰短暂离席时,笑嘻嘻地问时宜是不是他的女朋友,她愣了愣,没作声。倒是有人替两个人澄清:"别乱说,我听说,周生老师是有未婚妻的。"

那个八卦的人听到这句,忙对她说"不好意思"。

时宜当作不在意,低头把玩着手机,像是在查看短信的样子。

告别的时候,周生辰并没有跟着众人离开,而是始终站在她身边,等到众人吵吵闹闹地拐过路口,他招手拦了出租车,替她打开后车门,"我送你回酒店。"

时宜坐进去,他则打开前门,坐在了副驾驶上。

一路上司机都在听着老歌,两个人是前后排,自然也不会有太多的语言交流。她看着窗外的夜景,回味刚才席间的话。

他有未婚妻了。

所以,应该和所有普通人一样,在正常的轨迹中,过着生老病死、娶妻生子的生活。没有任何不同,也不会有任何不同。其实她自己也很清楚,除了能看到那些奇奇怪怪的前世,她和旁人也没什么不同。

生老病死。

到两个人下车，周生辰就站在酒店大门外，示意她可以告别了。时宜说了再见，刚走出两步，却又鬼使神差地转过身。而他，仍旧看着时宜。

她走回到他面前，忽然说："你相信看手相吗？"

"在一定意义上，不相信，"周生辰笑了笑，"不过如果算出的结果非常好，潜意识应该会告诉自己，这可能是真的。"

时宜伸出手，"我给你看看手相可以吗？"

"你会？"

"学了一些，"时宜信口胡说，"但没什么大用，也许并不准。"

周生辰把手伸到她面前，时宜轻握住他的手指。或许是常年在实验室做实验的关系，手指有些男人特有的粗糙感，温度适中。她有一瞬的怔忡，很快就用声音掩饰了过去："我只能看到你的过去，可看不到以后发生的事。"

"过去？"

她很轻地"嗯"了声，依旧握着他的手指，抬起头，看进他的眼睛里，"你相信前世吗？我或许能看到你的前世。"

门口的保安好奇地看着他们，搞不懂这两个人在做什么。

恰好有辆出租车开到酒店大门前，周生辰因为正对着车灯，微微地眯起了眼睛，声音带着笑意："说说看。"

"我总有种感觉。"

时宜沉默着，慎重措辞。

周生辰很有涵养，没有追问什么，只是任由她看着自己的掌心。

"我们可能在前世，有相识的缘分。"

她不知道怎么说，最后也只能给出这样含糊其词的话语。放在现代社会，如果她是男人，而周生辰是女人，自己一定是个纨绔子弟。

可惜性别换过来，这种话就显得很诡异。

究竟要说什么呢？

要说我们很早就认识，或许经过了许多轮回，才有幸再相遇？

这些让人啼笑皆非的话，也许，只有自己会相信。

她握了太久，只得放开他。

他收回手的同时，忽然说："我相信你说的。每个人的相识，都是因果缘分。"

这话，真不像他能说出来的，时宜尴尬地笑笑，听到他又问，"明天回去了？"

"好多工作，不得不做了。"

"如果方便的话，给我留个电话号码，"他说，"有时不方便上网，或许能通过这个联系你。"时宜以为自己听错了，脑中出现短暂空白。

他微笑："不方便？"

"方便。"她脱口而出，却不知拿什么写给他。

"念给我听，我能记住。"他看破她的疑虑。

时宜念出一串数字。

想要再念第二遍，周生辰已经颔首说："记住了。"

次日，她返回上海。

西安的意外旅程，耗费了她整整一周的时间。时宜在经纪人美霖的压迫下，不得不每日午饭后就进棚录音，往往工作结束，就已经是半夜了。

她工作的时候非常认真，通常会拿着A4纸，从头到尾默念两遍。念的过程中，找到最佳状态，立刻就会要求录音师开始。当然，偶尔也会念错字，只要重新补录这句对白，余下的皆很完美。

"时老师，好了，我这里没问题了，等导演来了，再听听效果。"

她走出工作间，到走廊的饮水机前，接了杯水，握在手里要喝不喝的，看着窗外出神。

有录音棚的助理从电梯走出来，手里提着大小塑料袋，装着饮料和夜宵，甚至还举着个白色一次性塑料盒，装着马路边的烧烤，一簇竹签尾巴露出来，甚是诱人。

那个助理毕恭毕敬地和她打招呼。

她点头，笑笑。

一颦一笑皆销魂。

助理脑袋里蹦出这句话。

时宜这个名字，在配音界早已如雷贯耳，可见过她本人的很少。她是业内的金牌配音员，有最华丽的声线，也很专业，只要是和她合作，工作都很轻松。可惜，她的时间也最难约。偏偏就是这个声音这个人，很多人都无法抗拒。就算预约排期半年多，也要等她来配音。

这些常年混迹录音棚的人，来往无数，她的声音再特殊，也总有相似的替代。可惜，腕儿都是这么追捧出来的，她越是难约，就越有名。

说起她的容貌，业内流传过一个段子。

在她尚是新人时，有位名制片，在录音棚里偶然遇到时宜，非常直接地说她就是自己理想中的女主角，在被她婉拒数次后，腰缠万贯的制片人当场光火，吓得众人噤若寒蝉。最后的结局是，时宜沉默离开，再也不去那间录音棚了。

多年后，她一举成名。

仍旧是那个制片人，听到时宜的录音demo，惊艳不已，千方百计约了她见面。结果不言而喻，她不肯再露面。

这种剧情波折的小故事，众人乐此不疲地提及，隐约都成了她抬高身价的助力。

约莫到十一点多，所有工作竟然提前结束，时宜离开前，取消手机静音，发现手机上有一个陌生号码，曾经打过来，而且是两次。

是骗子电话？

她把手机扔到包里，撞到了钥匙，发出钝钝的金属声响。

是周生辰。

脑海里浮出这个念头，就抑制不住地蔓延开。她又拿出手机，回拨那个陌生的电话号码，很快有人接听，却不是他的声音。

"时小姐？"陌生的声音，竟准确说出她的名字。

"不好意思，可能打错了。"她说。

电话很快转手。

电话里出现了另外的声音："是我，周生辰。"

她很自然地"嗯"了一声。

也因为太过自然，两个人都是一愣。幸好不是面对着面，避免了很多尴尬。

片刻的安静后，忽然有来电的提示音，时宜看了眼，很快对他说："稍等我几分钟，我要接我妈妈的电话。"

"没关系。"

时宜得到他的答案，略微安心，接通了母亲的电话。

因为她的"特殊"，自幼和父母并不是非常亲近，是家人眼里的奇怪孩子。

甚至在六七岁时,因为她奇怪的言语,母亲曾悄悄带她去见过心理医生,当然,这件事只有寥寥数人知道。否则家中的远近亲戚,恐怕都会背地里有所议论。

母亲因为她,操心不少。时宜很清楚。

成年后,她也开始尝试让自己感性回应。偶尔电话撒娇,渐渐习惯了,反倒是将两世对亲情的眷顾,都倾注在现在的父母身上。所以她才会因为母亲,暂时让周生辰等待。

母亲说得不多,大意是最近她电话来得少,有些担心。

虽然说得不明显,但她知道,母亲担心的是她又开始有"幻觉"了。

她安抚了一会儿,总算结束电话。

她切换回周生辰的电话,"我好了。"

"刚刚结束工作?"

"是啊,"她笑,"所以没有看见你的电话。"

"如果方便的话,一起吃夜宵?"

这是初次,他主动约她。

时宜没有任何的犹豫,答应下来:"好。"

"告诉我你的地址。"

她念给他听。

"我到了会告诉你,不要提前在路边等。"

"好。"

她在走廊的沙发上坐下来,录音室的人已经开始收拾东西,除了两个工作间还有光亮外,余下的都暗了灯。不断有人离开,和她打招呼,她只是握着手机,想周生辰为什么会忽然找自己,可惜没找到答案。

或许只是路过。

周生辰很快到了地下停车场,时宜走出电梯时,看到他独自站在电梯外,等着她。

他像是换了个人,穿着非常妥帖的白色长裤,淡色的格子衬衫,甚至还有蓝色休闲西服外衣。非常出人意料的着装,颠覆了先前身着实验室白大褂的印象,品位非常好。

有风度,却并非风度翩翩。后者略显浮躁,而他,恰到好处。

她不可思议地看着他,慢慢地走过去,绕到他身前。

那双明净的眼睛，也在看着她。

他笑了笑："很意外？"

"非常，"她打量他，"你今天的样子，感觉上非常配你的名字。"

"配我的名字？"

"周生辰，"她念他的名字，"给人的感觉，应该就是这个样子。"

周生辰。

同样的名字，在那个历史时间里，就应该是如此的样子。不是皮相，而是风骨。

他笑，没有说话，却又觉得她说得有趣。

"为什么站在这里等我？"

"车停得比较远，怕你找不到位置。"

"这里我常来，恐怕比你还熟。"

他笑："已经过了十二点，这里又只有两个保安，不怕遇到什么意外吗？"

真是理科人的习惯。

只是偶然来，就留意到停车场只有两个保安了吗？

时宜抿嘴笑笑："谢谢你。"

他们走过去的时候，一位中年绅士正在车旁等候，时宜没留意，直到他走近，那个中年人忽然笑着说："时小姐，你好。"

"你好。"她看周生辰。

后者已经为她打开车门。

没想到这样偶然的一次机会，竟能见到不同的他。包括这样的气度风骨，还有这样的车和私人司机。她虽然好奇，却没好意思问他，只在车开出停车场后，细细看了看司机。

驾驶座上的人年纪看起来有五十岁上下，握方向盘的手非常稳，双手戴着手套，竟也穿着面料很好的西装，细节考究。看起来，更像是多年跟在他身边的人。

车一路开着，老司机只问过一句，是否需要水。

周生辰拒绝了。

真是安静，时宜用余光看他，心想，总要说些话，"你这个样子，应该是刚刚见了很重要的人？"周生辰颔首，"几位长辈。"

时宜点点头。

真是什么话题到他那里，都能一句话回答，且毫无延展性。

她转头去看车窗外，忍不住笑起来。

周生辰，你可真是个怪人，幸好我不计较。

她在这个城市待了这么久，还没到过今晚吃饭的餐厅。

应该说是个别院。

有人早早等候，有人引路端茶，甚至还有人在屏风外，添香剪烛，往来供食铺灯。

她越发好奇，看屏风透过来的人影，轻声说："午夜时分，我们误入了什么幻境吗？"

"我只是大概推测，喜欢看'三言''二拍'这种书的人，应该会喜欢这种地方。"

她笑："真的很喜欢，不过'三言''二拍'也就是小说集，没什么值得炫耀的，有人喜欢读现代文体，有人喜欢古文体裁，口味不同而已。"

周生辰眼中有潋滟波光："有时候，我会发现你和我有相似的地方。"

"比如？"

他坦言："我喜欢收集吴歌的刺绣。"

时宜有些哑然，看了他一会儿，忍不住笑了，扭头继续看屏风外的人影，"这不一样的，好不好？你的爱好……非常特别。"

如果换作宏晓誉，肯定只会觉得，"吴歌"这个东西，光是听名字就甚是风雅。

可她却知道得多一些。比如，吴歌大多是优雅的淫词艳曲，闺房密诗。所以，虽和《诗经》出现的时间相差无几，却……总之，在学生时代的课本上，绝不会出现。

她轻咳两声，换了个话题："你们平常做那些实验，会不会很辛苦？"

"还好，"他说，"要看是什么方向，我这里，很少有女孩子。"

"为什么？"

"很辛苦。"

再深问，又将是外行与内行的对话，她很识趣，没有继续问下去。

到真正吃夜宵的时候，两个人没什么语言交流，却并不显得尴尬。

食不言，寝不语，是她自幼的习惯。

听起来很有教养，在家里众多亲戚眼里，却非常怪异。比如，逢年过节时，大人们总习惯把十几岁的小孩子都安排在一个小圆桌旁吃饭，嘻嘻哈哈中，只有她一个人安静地把饭吃完，再喝了汤；然后，放下碗筷坐在原处，安静坐着，等所有人吃完再离席。

起初如此，都会被夸赞好懂事，渐渐地，却成了堂兄妹口中的"怪人"，私下也被评价为很傲气的小女孩儿。

那时，她不懂得圆滑。

后来慢慢长大了，总要去适应这个社会，比如在学校食堂，总要配合女孩子们边吃饭边闲聊，工作后，也偶尔有应酬的晚餐，也要陪着别人闲聊。

这么多年，倒真是初次遇到和自己有同样习惯的人。

而最幸福的是，这个人就是周生辰。

整个吃饭的过程中，他只是亲自用糕点匣中的木质筷箸给她夹了块醉蟹膏，然后再换回自己的筷子继续吃下去。时宜对他笑了笑，忽然觉得，这样的画面很熟悉。很多记忆早已被打散，但他的一举一动，都让她觉得似曾相识。

在过去的某个时间、某个地点，一定曾经有过这样的画面。

周生辰把她送到住宅小区，并没有让司机开车进入，反倒是走下车，步行把她送到了楼下，说："我最近三个月，都会在镇江和上海往返。"

"镇江？"

"是，镇江，很奇怪吗？"

"也没有，我父亲的祖籍就是镇江，"她笑，"虽然不怎么回去，但听到这个地名，还是觉得亲切。"

他笑起来："很巧。"

"是啊，真巧，"她想了想，还是比较好奇地问了句，"还是不习惯用私人手机吗？"

"不是很习惯，"他笑，"你手机里的那个号码，可以随时找到我。"

她点点头。

然后，两个人都安静了。

值夜班的保安坐在大堂里，他认识时宜这个大美女，却是初次见她和个男人在一起，忍不住好奇地看向他们。

"我走了。"最后还是时宜先开口。

"好，再见。"

她转过身，从包里找门卡的时候，门却"嘀"的一声开了，她怔了怔，听见保安的声音从玻璃门里传出来，招呼她进门，这才恍然。

时宜忽然又回过头，看着他，再次说："我走了。"

她甚至想象得到自己的表情有多么舍不得。

周生辰微微展颜，"再见。"

她把那个号码存下来，却一直没找他。

她想，自己应该还是顾忌到了偶然听到的那个"未婚妻"，二十几年的生活，从稚儿到一个普通的女人，她起码学会了认清现实。

她的愿望，只是再见到他。

连这种亿万分之一概率的心愿，都让她达成了，再有奢求，就是妄念。

那晚过了不久，就是清明节。

因为去年爷爷去世，就葬在江苏镇江，所以今年的清明节，自然就要回去扫墓。大概凌晨五点多，父亲就开车带着母亲来接她。

时宜睡眼惺忪地坐在车后排，靠着母亲，时睡时醒的，快三个小时了，竟然仍旧堵在沪宁高速公路上。从天黑睡到了日光明媚，母亲始终在和她闲聊着，估计也是怕后排两个人都睡着了，作为司机的父亲也会犯困，出什么危险。

当然，自从大学毕业，他们聊的内容十有八九，都是婚事。

"最近有没有交男朋友？"

"没有，"时宜靠着母亲的肩膀，嘟囔着，"没有，没有，没有……"

"没遇到喜欢的？"

她没吭声。

母亲察觉到她的异样，"遇到了？"

"遇到了，"她笑，"但是他可能，快要结婚了吧？"

母亲微微蹙眉，"是不是工作中遇到的？"

父亲也从后视镜看她们。

时宜这才有所察觉，自己的话，太像是寻常的家庭剧中，貌美女子插足别人爱情的故事，忙不迭地摇头，"只是认识了一个人，有些好感，其余的什么也没有。"

父母都略微松口气。

她把头歪在车窗上，听母亲继续感叹，生个太漂亮的女儿也很耗费心神。从时宜初中起，母亲就开始担心社会上的少年骚扰她，放学上学，都要亲自接送，幸好时宜除了喜欢读书和古筝，没什么别的爱好。

所以母亲只需要防外贼，而不需要看管女儿是否会和坏小子跑掉。

"有时候呢，你妈妈很矛盾的，"父亲笑着补充，"既担心你眼光太高，嫁不出去，又担心你因为太漂亮，被一些有钱有势的人骗了去做不好的事情。"

时宜抿嘴笑："不会的，我不喜欢钱。"

见过生死轮回的人，根本不会被这些东西俘虏，否则那一趟阎王殿就算白走了。

车到收费站时，他们终于看到了堵车的源头。有三个收费站出口，都被隔离开，其中一个，是空置的，而另外的两个车道，不断进出着各式轿车。

"特权车？"母亲问父亲。

"不应该是，"父亲忽然想起小叔叔说的话，"想起来了，时峰说过，这十天镇江都在进出一些富商，在做什么投资项目。"

母亲更奇怪了，"镇江这个地方，能做什么大投资项目？"

"不是投资镇江，只是会议地点在这里，"父亲简单解释，"中国的工人费用世界最低，很多跨国企业都在中国建厂，再把产品销到海外，所以，长江三角洲最发达的就是制造业。"

时宜笑起来："这就是'Made in China'的典故。"

"所以，才有人邀请各大富商来投资啊，"父亲笑，"这就是经济学的魅力，你预测到数年后的趋势，就要先想办法，在事情未发生前进行拯救。"

"很有远见。"时宜评价。

"不仅要有远见，还要有实力，可以吸引更多的投资。"父亲下了定论。

时宜"哦"了一声："还要有良心，挽救民族经济。"

"对，良心。"

父女间的对话，彻底把母亲逗笑了。

他们说话的间隙，从远处开来几辆黑色的轿车，车速不快，根本不像在高速公路上行驶的速度，但仍有车礼貌地避开。

几辆车，从唯一空置的出口穿行而过。

车牌一晃而过，时宜没太看清楚，却总觉得非常像周生辰的车。

这么一路说着，他们终于蹭出高速。

到公墓，已是九点多，明明是两个多小时的车程，却耗费了四个小时。扫墓时间并不长，父母这次来，也是为了和叔伯聚聚。这些长辈中，小叔叔家境最为殷实，有几个制造工厂，所以自然承担了招待亲友的任务。

众多长辈在客厅闲谈，时宜百无聊赖，走进堂妹的房间。

小姑娘还在念高中，正是勤奋读书的时候，看到她很是欣喜，一把拉住她，要她帮自己看作文题目。时宜扫了眼，与清明有关，还真是应景。

她想了想，列了个大纲给堂妹。

放下笔时，看到书桌的角落里，放着几张请柬。

正是来时父亲所说的那场活动，非常华丽的名单，与会者绝大多数来自跨国企业，甚至还有很多和制造业毫无关系。时宜平时不太关注这些，但请柬的水印却吸引了她。

套色木刻水印。

专为做请柬刻的版画，手工印制而成。

不过时宜手中的这个，只是普通印刷版本，并非是正本，起码不是亲自递给那些金融大鳄的请柬，而只是复制的外围请柬。

而最吸引她的，是水印上用小篆书写的"周"。

是周，不是周生。

可为什么会想到他？

时宜想到的，是那个深夜的周生辰，低调而又与众不同。

"姐，手机，"小姑娘埋头做题，头也不抬，"你手机响了。"

她回过神，拿起来看，心忽悠地飘了飘。

堂妹在，她不好意思清嗓子，直接接听了电话。

"时小姐，你好。"是上次那个司机的声音。

"你好。"她似乎已经习惯这样的方式。

周生辰很快接过电话，"抱歉，我不太会用手机拨电话。"

她"嗯"了一声："没关系。"

"在镇江？"

"刚到不久,你怎么知道我来了?"

他笑:"你刚刚通过高速收费站,我就知道了,只是抽不出时间和你说几句话。"

第三章 昔日的镇江

"高速收费站？"

"你应该有所耳闻，"周生辰倒是没有隐瞒，"这段时间镇江很特殊，所以，往来的车辆都会有记录。"

时宜明白了一些，"我听说了，但是——"

即便是有记录，他怎么会这么快知道这辆车上坐着谁？

除非从他们进入镇江后，就有人如影随形，查清了车上人的身份。

时宜这么想着，并没问下去。

"我这里，有你及你家庭成员的资料，非常详细，所以只要你父亲的车进入镇江，我很快就会知道，"他的声音有些抱歉，声音更是难得的温和，"具体原因，我会当面和你解释。现在，我想问你一个问题。"

时宜有些奇怪，但仍没犹豫地说："你问吧。"

会是什么问题，能让他忽然打来电话？

周生辰的语气，非常特别，可她让他说的时候，他却安静了。时宜倒是不急，靠在书桌旁，拿起笔，敲了敲堂妹的额头。

后者捂住头，狠狠剜了她一眼，低头继续做题。

"我现在，需要和一个人订婚。"他忽然说。

出乎意料的话题。

像是冷风吹过心底,冷飕飕,竟有些难掩的苍凉。

她淡淡地"嗯"了一声。

投胎再为人,本该抹去所有记忆。是她违背了自然规则,由此带来的心酸无奈,也只能自己吞下去。她很快就换了个姿势,靠着书桌,脸朝向窗外。

她相信周生辰再说下去,自己一定会忍不住哭出来。

所以面朝无人的地方,会好很多。

周生辰再不出声,她甚至会想,电话是不是断线了。

结果还是她说:"我听说了,你有个未婚妻。"

"听说?"

"嗯,在西安的时候。"

"我并不认识她,只是当时,接受了长辈的好意。"

时宜听不懂,也有些赌气,不想追问下去。

视线逐渐模糊着,不知说什么好。

"但是,我现在想要改变计划,"他继续说着,"时宜,你,愿意和我订婚吗?"

时宜以为自己听错了。

没有任何准备,难过的情绪还在,他忽然这么问,让她一时竟分不清空间和时间。周生辰,他说……他要订婚?

"你可以拒绝。"周生辰的语气很淡。

她想起很多,又什么都不记得。

只是好像,在上一世的记忆里,他都没有说过这样的话。

"时宜?"他叫她的名字。

"嗯……"她终于开口,带着淡淡的鼻音,"你说的,是……"

"是真话,"他说,"愚人节已经过去四天了。"

真是无厘头的话。

偏还说得这么理所当然。

时宜轻轻咬住下唇,听他继续说下去。

"这么做有一些我个人的原因,"周生辰说,"我们彼此都不算是陌生人,也有一些相互的好感,或许可以尝试订婚。"

她真的被他的逻辑弄得混乱,"有好感就要订婚吗?"

"我认识的女孩子不多。如果一定要订婚,我希望是和你,而不是其他陌生人。"

忽然,有椅子拖曳的声响。堂妹已经睁大眼睛,不可思议地仰着身子看着她。

时宜竖起食指,抵在唇边,暗示堂妹不要出声。她的眼睛里还有水光,都是眼泪,却带着笑,那种根本掩饰不住的温柔笑意。

周生辰说话的逻辑,非常诡异,可偏就是他这么说,时宜根本没有任何还击的力度。

试想,如果是曾经追求她的各色人等,她肯定早就挂断了手机。

老死不相往来。

可只有他,这么说,只会让她失去思维能力。

纵然在他口中,他只对她有好感,胜过一个陌生人。

"你可以拒绝,"他重申,"或许你会有更好的选择。"

她脱口而出:"我没有。"

语气有些急。

倒是把周生辰逗笑了。她窘迫地听着他的笑声,非常不自在,幸好他很快就说:"抱歉,应该是一件浪漫的事情,让我做得非常没有情趣,事出紧急。"

"我不介意……"

该死,我在说什么。

时宜低下头,看着自己脚上的白色拖鞋,又一次戛然而止。

周生辰似乎在完全隔绝的房间,说话倒是坦然:"我想你对我,或许不太讨厌。如果你发现深入接触以后,你对我好感全无,我会给这件事一个非常合理的结束方式,不会让你有任何为难。"

时宜"嗯"了一声。

越来越诡异的逻辑。

可惜,他并不知道,他谈判的对象早已自投罗网。

"我这个人很慢热,对一件事物的感情培养,时间会非常长,比如化学,到今年接触了十四年,却还不太确定是不是真的很喜欢。所以,如果你以后发现,不能接受这样的我,我们也可以取消婚约。"

她从纸巾盒子里拉出一张面巾,擦干净眼角的泪水。

阳光透过窗口,照在她的小腿上,有些暖。

不知不觉，他已经说完所有话。

在等待她的答复。

时宜轻声提出了第一个问题："你有我的所有资料，甚至还有我父母的，可是我对你，几乎是一无所知……"

"你很快就会知道。"

她迟疑了几秒，其实也只是脑中空白着。

一瞬的勇气，让她终于开口说："好吧。"

或许是周生辰没料到，她会答应得如此直接、迅速。

或许是两个人都没什么经验。

气氛忽然尴尬了。

所以，忽然一个电话同意订婚后，他们该做什么？

最后，他犹豫了一会儿，又问了一个让她瞠目结舌的问题："是否方便，告诉我你的身材尺寸？"他说完，很快补充，"可能，需要给你准备一些衣服。"

理由很充分，但是时宜看看身边的堂妹。

"92，62，90。"她低声说。

周生辰"嗯"了一声："这是……"

"女孩子的三围。"

她尽量压低声音，无奈周生辰问得太详细。

堂妹的表情，一秒几变。

"嗯，我知道了，你稍等。"

时宜听话地等待着。

到现在为止，她仍旧觉得如在梦里。堂妹再无心思算题，不断在她面前手舞足蹈，让她一定要老实交代。时宜努嘴，示意她锁上门，堂妹非常听话，"咔嗒"一声落了锁。

他归来，继续问："还需要颈围，手臂上部、小臂、腕部、大腿、小腿和脚腕的尺寸。"

这些倒真的不知道。

时宜手忙脚乱地指挥，让堂妹去找出家里的皮尺，逐一量下来，告诉他。他记下来，叮嘱她尽快告知父母，明日他会亲自登门拜访。

等到通话结束，她才意识到，这件事会在家中掀起轩然大波。

父母都是老师，思想又传统，怎么能接受这么突然的事情？

"时宜美人，"堂妹按住她的肩膀，凑过来，"这一定是个天大的八卦，我还没听，就已经热血沸腾了。"

的确是个天大的八卦。

她甚至都没有力气解释，"让我坐一会儿，想想清楚。"

她如是对表妹说。

这个惊天的事情，从午饭一直拖延到晚饭结束，时宜仍旧找不到好的时机告诉母亲。该怎么说？或者不说？但似乎不可能。

虽然只是订婚，虽然这个时代的人把"订婚"看得非常随便，但从周生辰的语气态度来看，起码对他的家庭来说，这很重要。

拖又拖不得，否则他明日登门，恐怕会引起大地震。

到临近休息，时宜才磨磨蹭蹭，把母亲拉到自己屋子里，说有件要紧的事，需要商量。母亲像是有第六感，很快就问她，是不是早晨她口中所说的"那个人"。时宜轻点头，母亲神色立刻郑重起来，坐到她身边，"说说看吧，看妈妈能帮到你什么。"

"他说，"时宜轻呼出一口气，"要和我订婚。"

"订婚？"母亲的错愕，毫不掩饰。

"嗯，订婚。"

"什么时候？"

"可能就这一两天吧。"她猜想。

"这一两天？"母亲哭笑不得，"小孩子过家家吗？我们这几天都在镇江，不会回上海。况且，我和你爸爸还没有见过他，更别说了解了。"

"他在镇江，"时宜小心措辞，"明天会来拜访你们。"

"为什么这么快？"

"不知道。"她坦言。

"你同意了？"

时宜点头。

"你们认识多久了？"

"半年多，"虽然总共也就见过四次，但她当然不敢这么说，"他也是大学教授，人品很好，很单纯。"

"很单纯？"母亲被逗笑了，"这个词，用来形容男人可不好。"

时宜安静地看着母亲，神情非常坚定。

"好了，知道了，"母亲摇头，"让他来吧，既然你们已经认识了一段时间，也算是有了考虑。幸好不是结婚，订婚这件事，对你们年轻人来说，也只是走个形式。"

母亲的欣然接受，让她松了心弦。

离开她房间前，母亲忽然问："他也是镇江人？"

时宜愣了愣，反射性回答："是的。"

幸好，没再说不知道。否则母亲不知道要怎么想。

临睡前，周生辰来电确认。

时宜依偎在棉被里，和他一问一答地讲着电话，提到明天他的拜访，非常忐忑。

这种感觉，就像你只想喝一口水解渴，老天却给了你整口水井，你会反复怀疑，这件事是否真实。况且，两个人只见过四次，刚彼此适应。再次天亮后，却已经要订婚。

她甚至很怕，明天见到他，到底该说什么，才不会紧张错乱。

"除了订婚，我们所有的相处都按部就班，不需要打乱，"他今日说了不少的话，声音有些哑，但仍理智清醒，有着让人镇定和安心的力量，"就像我做研究的时候，会定好一个方向，再进行实验，这只是一个很合理和科学的方式。"

她被他逗笑。

"时宜？"

"嗯。"

"不要有太多心理负担。"

"好。"

次日上午，周生辰如约而至。

她打开门的一瞬，再次惊讶。面前的人难得戴了一副无框架的眼镜，纯黑的西装内是银灰色泽的衬衫，非常严谨和郑重。这样的西式服装，更显得他身形高挑。

时宜扶着门，忘了让开，两个人就这么你看着我，我看着你。

倒是把旁人都当了摆设。

他含笑看着她："不方便让我进门？"

她让自己尽量恢复正常，好奇地伸出手，在他眼前晃了晃："你近视？"

"有一些远视。"

她笑，轻声嘟囔："远视？那不是老花眼吗？"

他身后，仍旧跟着那个司机，还有两男两女。

听时宜这么说，都有些想笑，却都礼貌地低头，掩饰住了。

周生辰倒不太在意，打量她，"睡得不好吗？"

她疑惑，"没有啊。"

他用手指，在自己眼下方比画了一个弧线："你这里，像是没有睡好。"

因为礼貌，他的声音很低。

可惜身后跟着的人，都听到了耳朵里。时宜被他当着这些陌生人的面，点破了昨夜辗转难眠的事实，有些小尴尬。

万幸，父母已经从客厅走出来，给了她避开的时间。

时宜的小叔叔和婶婶，作为这个家的真正主人，也出来迎接客人。从进入房间，到最后坐下，接过茶水，周生辰都做得滴水不漏，就连有些不快的父亲，都开始露出欣赏的笑。时宜始终旁观着，到此时才算放下心来。

身体发肤，受之父母，她铭记于心，自然也希望父母能真的喜欢他。

而如今看来，家里的长辈除了对他身后的五个人有些奇怪外，对他的印象都极好。

"母亲因为身体原因，不方便外出，但也让晚辈带了些心意，"周生辰说话的时候，他身后的中年男人已经把一个六七尺长的黄花梨木的匣子放在桌上，"这是给伯父的。"

匣子展开，是并列的九个袖珍屏风。

多为绿色翠料，唯有底座，翠色青白。所有人都有些惊异，时宜仔细看了几眼，发现最巧妙的反倒是那些屏风上的浮雕，秋雁横空，亭台楼阁，更有楼中宫女，云鬟高梳，或坐或卧，形态各异。

"这有几个宫女？"堂妹实在绷不住，轻声问。

"刚好是九百九十九个，"周生辰略微偏过头，很礼貌地直视堂妹说，"据说，和它没有缘分的人，是数不全人数的，有机会你可以试试。"

母亲有些想拒绝，连连说太客气了。

可惜周生辰早就先铺垫好，是"家母"的心意。而那位非常大方的母亲又未到，怎能让人再把礼物都带回去？

礼物一件件铺陈开。

最后满室都有些安静，他只是在堂妹好奇时，才会简单说出这些东西的名字，不问就绝不细数来历，只当作普通的礼物。从一套六只的青花松梅纹高足杯、银鎏金龟的摆件，到白釉珍珠花卉纹梅瓶，每个长辈都有，没有任何遗落。

甚至连堂妹，都拿了个绿得吓人的玉桃儿挂坠。

时宜的震惊，丝毫不少于家里人。

可她却不能表现出来，只能装作她知晓一切，了解周生辰的背景，甚至在母亲频频递来质疑的目光时，都坦然笑着点点头，暗示母亲接受。

这种非常脱俗的骇人礼物，让所有长辈说话都开始文绉绉的。

到最后，婶婶趁着倒水的机会，把她拉到厨房里，紧张兮兮地问她，到底午饭要到哪里吃，才不会让时宜太丢脸。时宜被问得哭笑不得，轻声说："不用吃午饭，他说，他妈妈想请我吃午饭，所以我一会儿就会和他走。"

"那就好，"婶婶呼出口气，很快又觉得不好意思，"不是不想招待你男朋友，我实在是没招呼过这种人，真不知道他平时吃什么。"

吃什么？

时宜想到自己和他在西安，也没什么特别，甚至还在米家泡馍吃过。

不过现在说，显然婶婶也不会信。

周生辰为不能留下吃午饭并要带时宜先离开的事，反复说着抱歉，连父母都被说得不好意思了，连连说是应该的，只是没有准备见面礼，才真是抱歉。

时宜听着他们抱歉来、抱歉去的，最后实在绷不住了，轻轻扯了下周生辰的衣服，"好了，我们走吧？你等我几分钟，我去换身正式一点儿的衣服。"

他微微颔首。

时宜原本是准备了衣服，现在又开始忐忑，轻声问他："你妈妈，喜欢女孩子穿什么？"

"穿什么都可以，"他说，"不用刻意。"

"不可以啊，"时宜有些急，"这是尊重她，毕竟第一次见面。"

她说得急，就有些撒娇的意思。

母亲听着微笑，离开了她的卧房。

可也因为母亲的离开，反倒让气氛又紧张了。

时宜发现，自己说话的语气，非常依赖。

"他们昨晚准备了一些中式的旗袍，我家里人比较传统，女孩子习惯穿这些，"他微笑，丝毫没有勉强她的意思，"如果你不介意，我可以让她们拿进来。"

当然不会介意。

她想要给他母亲一个完美的印象。非常想。

况且，经过那个夜晚的夜宵，还有今日的礼物，她大概猜到他的家庭是什么类型。非常传统，甚至会有很多桎梏人的规矩，如同历史中曾有的王公贵族，吃穿住用一概有着范本，不是讲究，只是传承如此。

时宜非常奇怪，在现在这个社会，怎么还会有这样的家庭。

仿佛遗世独立。

或许这个答案，她很快就会知道。

跟随周生辰来的两个中年女人，开始有条不紊地从随身的手提箱里拿出旗袍，还有随身携带的现代设备，时宜看着她们熨烫旗袍时，忍不住低声对周生辰感叹："好高的规格。"

周生辰笑一笑，没说什么。

他很快离开房间，给她留出换衣服的空间。

其中一个女人替她换衣服时，忽然笑着说："时宜小姐不要太介意，这次时间太仓促，在家里时，若这么草草熨烫，是要被管家扣工钱的。"她顺着旗袍一侧，开始检查不合身的地方，尺寸和现场试穿终归是有差别。

时宜好奇："那在家，是什么样子？"

"老话常说，三分缝，七分烫，"她笑，"讲究得很。"

她不再说话，非常娴熟地把有些松的腰线收紧。另外一个人，则很小心地打开另外的暗红色木匣，开始给她佩戴首饰。

胸前是翡翠颈饰，手腕上扣着金镶玉镯子，手指上是两枚戒指，无一不古朴。时宜并不太喜欢首饰，只在耳垂上有一对小钻的耳钉，为她戴首饰的女人征询性地问她，要不要换下来。她不太在意，"是不是他的父母，不喜欢这些东西？"

两个女人对视，笑一笑："是不喜欢这种东西。"

"那就换吧。"她自己摘下来闪着细碎光芒的耳钉，换上翠得仿佛能滴下水的耳坠。

刚才周生辰在这间房间时，说绝不会勉强她，她们两个还以为时宜是个十分难搞的女孩子，没想到这么好说话，所以都有些意外。待到整套上了身，她看着镜中的自己。

好像活脱脱倒退了百年。

她离开卧房，走到客厅时，母亲更是惊讶。但好在通情达理，并没有追问。

周生辰从沙发上站起身来，她刚才的舒适随意都没了，有些紧张地看着他，自信寥寥。倒是堂妹轻轻地，轻轻地，像是不敢大声说话一样地嘟囔："我要疯了，真是倾国倾城。"

时宜好笑地看了她一眼，堂妹这才目光闪烁，取笑她："美人，不是说你，是说你身上的东西，价值半壁江山啊。"

这句话，让所有人都忍俊不禁。

而她看到的，却是周生辰毫不掩饰的、欣赏的目光。

到了车上，周生辰又亲手递给她一个纯金的项圈，还挂着一块百岁锁。看得出来，这个的价值比不上她身上的任何一个物事，可也能感觉到，这个东西很重要。时宜戴上，用手心掂着脖子上挂着的这个小金锁，轻声问他："你家从政？"

他摇头，"周生家规，内姓不能从政。"

"内姓？是直系的意思？"

"范围更窄一些，"他简单解释，"只有每一辈直系的长子，才能姓周生。"

"旁系呢？"

"姓周。"

"就是说，如果你父亲有两个儿子，你是长子，你就姓周生？而你弟弟就姓周？"他的神情，有一瞬的微妙，很快就笑了："差不多。"

她"哦"了一声："那么是从商？世代为商？"

否则如何积攒这么深厚的家业？

岂料，他再次摇头，"老一辈人观念老旧，不认同后辈从商。"

她再想不出。

"很复杂，"他无声地，缓慢地笑着，"大多是老辈人积攒下来的家产，后辈人并不需要做什么,所以,大多选择自己喜欢的事。"

"比如,像你?"

"我的职业很特别吗?"他笑,"和我比较熟悉的,还有个外姓的弟弟,他是核工程师,而且并不效忠于任何国家,是个危险而又传奇的人。家里奇怪的人很多,不过大多数人我都不熟悉,我从十四岁进入大学开始读化学,大多数时间都在实验室,生活非常单调。"

时宜听得有趣,纵然周生辰这么说,她还是觉得他最特别。

对她来说,周生辰是唯一的,不论前世今生。

镇江,虽然是时宜父亲的祖籍,他们却并不常回来。

和大多江南城市相似,这里有湖,也有寺,还有高高低低的山和许多故事。车自湖边开过,能看到远处的金山寺,在雨幕中,朦朦胧胧的。

早晨还是阴天,现在已经有大雨瓢泼的预兆。

会在这附近停,还是会继续开下去?

每隔几分钟,她就会猜测,车会不会随时停下来。

可惜,一路向南,车入山了,还没有任何停靠的征兆。

山林中的路,被雨雾渲染得十分怡人。

"我母亲,"周生辰忽然开了口,"她可能,会对你有些冷淡。"

时宜听他的语气,有些严肃,不禁又紧张起来,"因为我的家庭太普通?"

"不是你的原因,是我的家庭有些特别。"

这很明显。

时宜无意识地转着自己手腕上的金镶玉镯子,"那有没有什么忌讳?比如你母亲不喜欢别人说什么?或是见面了,有什么需要特别注意的?"

"没什么忌讳,"他说,"我家人也并非是猛虎野兽。只是,你不是她认识的女孩子,可能,她会需要一些时间来了解你。"

她"哦"了一声。

想到了他曾说的话,"你说,你有我完整的资料,甚至是我家里人的?"

"很详细,"他简单地说,"详细到,你从小到大,每一年的资料。"

时宜有些不敢相信。

"我们——"他似乎想起了初识那天,慢慢笑着说,"认识得太特殊,所以,需要一些必要的程序来了解你。"

她没想到，这么浪漫的事情，被他说得如同预谋已久。

不过几秒后，就释然了，她真的是有意接近。若说无意，恐怕连自己都不会相信。

他胳膊肘支在一侧木质扶手上，欠了欠身子，似乎想要脱下外衣。因为个子高，车内空间不太够他伸展，脱下来的动作略有些不自在。时宜很顺手地替他拉住一侧的袖管，帮他脱了下来。

两个人，一个是觉得束缚脱下外衣，一个呢，只是随手帮了个忙。

她这么帮着，衣服就到了自己手里。

还带着稍许的温度，她抱着，忽然有些晕乎乎的。

"我来拿。"周生辰说着，已经接过来，放在自己的腿上。

就这么一个小插曲，莫名让两个人之间有了稍许的亲近。她觉得心跳得有些躁，偏头，继续去看雨雾中的山林。她对他，是真的忘不掉摆不脱。而他呢？为什么忽然订婚？如果按照他所说，是"需要和一个人订婚"，究竟是为什么需要？

她后知后觉地思考这些问题。

不知道，自己和他，该怎么做一对未婚夫妻。

周生辰看她像是在出神，也没再出声打扰，他习惯独处，当然也习惯不打扰别人。

到她终于看到有错落的建筑物出现，同时，也听到周生辰说："慢慢你就会了解，我并不是在质疑你，这些，都是必要的程序。"他说得冷静而轻缓，语气没什么特别，但是显然是为了让她舒服一些。时宜回头，对他笑了笑："慢慢你也会了解，我这个人很大度，一般小事情，都不太会生气。"

车停靠在非常古朴的老宅前，门口有人候着。

他下车时，将西服递给了门口候着的年轻男子，伞撑在手中，他回身看时宜，比了个轻勾起手臂的姿势，"这样，可以吗？"

她颔首，觉得两个人真像是在演戏。

周生辰微微含胸，迁就她从车内出来的高度，时宜伸出一条腿，踩到湿漉漉的地砖上，很快就挽住了他的小臂。她穿着长袖旗袍，他则是单薄的衬衫，隔着两层轻薄的布料，却仍能感觉到彼此的体温。

她心猿意马，走了十几步出去，才认真看这院子套院子的地方。

虽然是老宅，排水却非常好。

这么大的雨，一路而入，都未有任何积水。

"你从小住在这里？"她很隐晦地打量沿途景象。

"十四岁以前住过一段时间，"他说，"时间不长。"

她点点头。

因为他说在这里住过，顿时觉得这雨幕下的古寂老宅，多了三分亲切。

时常能碰到些匆匆行人，都是从旁门、小道而过，看到周生辰都会停下步子，欠欠身子，远了就不作声，近的就唤声大少爷。时宜听到这么玄妙的一个词，拿余光瞄瞄他，后者倒是冷淡得很，大多时候都没什么反应。

只对那个领路的年轻男子说："直接去见大夫人。"

在机场时行色匆匆的周生辰，在青龙寺偶尔谈笑的周生辰，在上海略显神秘的周生辰，都和现在的这个人，毫无关系。

直到两个人走进避雨亭，有人小心替他们擦掉鞋上的水渍，这种感觉，越发清晰。避雨亭里本有十几个中年妇人和女孩子，都在轻笑着、闲聊着，到他们走进来时，都很自然地起身，或是坐得端正了些。

所有视线，都隐晦地落在她这里。

而周生辰也没有与任何人寒暄，似乎对她们，都不太熟悉的样子。

唯有西北角落，坐在藤木椅上的女人，没有任何变化。

单看仪态、坐姿，时宜就约莫猜出，这个看上去非常端庄的中年女人，是周生辰的母亲。在她猜想的同时，那个女人已经开了口："这位小姐是……"

"她就是时宜。"周生辰扣住她挽住自己的手，轻轻握住。

众人神情各有惊异，甚至有些显然没太明白。

时宜听见自己的心，猛烈地撞着胸口，有些忐忑不安。

周生辰的母亲看了她几秒，很慢很慢地笑起来："时宜小姐，你好。"

"伯母，你好。"她说。

恬淡的声音，轻轻撞入每个人耳朵里。

她让自己笑得尽量谦逊，接受他母亲的审视。

很大的雨声，渲染着此时此刻的气氛。

不知道为什么，她觉得他的母亲，并非是他所说的"冷淡"那么简单，而是真心不喜欢自己。

接下来的事情，也验证了这个事实。

周生辰的母亲只是非常和善地，问她是否吃过午饭，在知道时宜并未吃过后，很自然地柔声说："时宜小姐，非常抱歉。这几日清明，也是周生家的寒食日，不能用明火烧煮食物，我就不留你吃午饭了，就让我儿子来尽地主之谊，在镇江挑个合适的地方招待你，好不好？"

很婉转的逐客令。

她完全没有选择，只是顺着点点头，说："谢谢伯母。"

而他的母亲，已在旁人搀扶下，从藤椅上站起来，好整以暇地裹好披肩，"抱歉，时宜小姐。"她仍旧含笑，对时宜颔首后，轻轻地拍了拍周生辰的右手臂，"送时宜小姐回去后，来陪妈妈说说话，好久不见，我们母子都生疏了。"

周生辰的声音，没有任何感情，"我今晚，可能不会回来。"

"如果今晚没时间，那就明日上午。"

母子两个视线交错而过，他的母亲离开了避雨亭，留了这一亭子不相干的人，继续神态各异地打量时宜。周生辰握了握她的手，"我们走。"

纵然是做了准备，却仍旧难堪。

如此精心装扮，忐忑期盼的会面，却草草结束，这是时宜想都未曾想过的。

后来两人又坐车离开那里，从历史感浓厚的老宅进入现代城市。

两人在提前预约好的餐厅二楼包房里吃了午饭，窗外临着湖。

她没吃多少东西，只是喝着热茶，看他在吃。

越是接触得多，越是能看出，他自幼的家教一定非常好。甚至是拿竹筷的手势，还有夹菜的习惯，都非常严谨。规矩中有随意，这恐怕就是他的性格使然了。

"我以为，我事先和你说过她的反应，你会做好准备，"周生辰抿了半口茶，不太在意地说，"起码让自己，不会这么难过。"

她尴尬地笑笑："我没想到，你母亲会这么排斥我。"

"在她眼里，我订婚是非常重要的事情，而且早在我十几岁开始，就挑选了一些合适的妻子人选，"他轻轻靠在座椅上，口吻倒是认真得很，"一个人，在十几年前就开始准备礼物，最后却发现毫无用处，失落总是难免的。"

她恍然，难怪他母亲看自己的眼神，有质疑，也有失落。

不过，十几岁就开始挑选妻子，也真是闻所未闻。

"她挑选了一些，然后拿给你最后甄选？"

他喝了口茶，有意忽略这个问题。

她低下头，想：为什么他总有让人难以靠近的身世。

可是也只有这样，才配得上他。

"还在生气？"他问她。

时宜抿嘴，想笑，却没笑起来，只得玩笑着说："没有，只是好奇，你们家里人，会让你怎么去挑自己的妻子。"

"很好奇？"

"一点点，"她有意刁难，"如果你肯给我讲讲，我说不定听得有趣，就不生气了。"

他似乎在思考，"如果你能开心起来，可以考虑，让你看看。"

他很快就侧过头，唤在门口守候的中年司机进来，说了句话。

司机忍不住微笑，莫名看了眼时宜。

没多久，司机再次折返，带来了一本极厚重的夹册，竟是临时回去取来的。时宜翻开来看，竟然是非常详尽的人物介绍。或许，准备这本书的人不喜欢高清照片的感觉，与文字相配的，都是各种手工画像。

"真有人肯把女儿这么印在这里，让你看？"她如此翻着都会别扭，真是不敢想象，周生辰拿着这些，旁边还会有人追问他对谁有好感。

"都是周生家的世交。"他回答。

她"哦"了一声，再不好意思翻下去，"你真像是过去的王侯将相，娶妻规矩这么复杂。"

遴选世家女儿，匹配生辰八字，非常正统的方式。

可如果出现在二十一世纪，会不会太玄妙了？

他要有如何的家庭，才能让这些千金小姐甘愿奉上画像。虽然时宜听说过，现在有很多家族企业，都有着自己的庞大家庭，而总有女孩子会被养在深闺里，专为门当户对的婚配而生。她虽是道听途说，却也明白，这样门当户对的婚配，需要的，是绝对的资产吸引力。

她想得越多,就越想去看他。

周生辰倒是把视线移到她的手上,"这两枚戒指,尺寸适合你吗?"

时宜用手指轻轻转了转戒指,如实回答:"稍微松了一些,不过,不会掉下来。"

他点点头。

"怎么了?"

"大概知道你的尺寸了,挑订婚戒指的时候,就不会出大错。"

第四章 故事在城内

她心里静悄悄的，听见自己的心，在缓慢跳动着。

周生辰笑一笑。

她忽然听见房门外，有鞋踩在木质地板上的声响。这一层雅间的数量不多，所以招待的人也有限，整顿饭下来，听到如此往来的脚步声，仅有两三次。

而这最后一次，就停在了门外。

有一只手推门而入，探出个小小的脸，是个男孩子，"大哥哥。"周生辰有些意外的神情，门被推开，不只是一个男孩子，还有两个穿着旗袍、披着披肩的女孩子跟着走进来。时宜看到其中有个女孩子小腹微隆，显然是有孕在身的模样。

她惊讶于这个女孩子的年纪，看她脸上尚未褪去的婴儿肥，应该未到二十岁。

意外来客，让安静的雅间热闹起来。

"你们怎么也出来了？"他问他们。

几个人对视，小男孩儿抢先解释："我们被寒食节弄得没有食欲，除了冷盘还是冷盘，所以约出来打打牙祭。"

他们都很礼貌，除了见面打招呼，没有把视线过多放到她身上。只是在看到她胸口的金锁时，都有些讶然，却很快地掩饰了情绪。

时宜坐到周生辰手边，将自己宽敞的位子让给了那个孕妇。

在简短的介绍中，她努力记住他们的名字。一个是周生辰的堂妹周文芳，有孕在身的是他的堂嫂唐晓福，而最先进门的男孩子叫周生仁。

没想到，竟还有个男孩子姓周生。如果按照周生辰的说法，他是长房长孙，那么这一辈不会再有另外的人，和他同姓。

那这个男孩子，为什么会姓周生？

她脑子里蹦出"儿子"这个词，很快扫了眼他们两个，他俩看上去应该差了十三四岁。周生辰像是看出她的想法，有些好笑地说："他是我弟弟。"

他说的时候，小男孩儿没有异样。

但另外两个女人，明显静了静，很快就聊起了别的话。

那个唐晓福，听起来，是头次到镇江来。

她似乎非常不习惯那个老宅子，连声抱怨，夜晚睡觉时总怕有妖魔鬼怪出现。周文芳不以为然，"如果我是你，就仗着怀宝宝，逃离那个鬼地方。"

"我已经仗着怀宝宝，没有祭祖，再不住过去，怕会有长辈教训了。"

周文芳轻轻吐出口气："好在四年才一次，如果在那里长住，真的会发疯。"

周生辰听了会儿，视线就移到窗外的湖面，像是看雨，又像是出神。

时宜看了他一眼，猜测他在想什么。

忽然，他回过头来，看她。

太直接的对视，她躲都来不及，眨眨眼睛，不好意思地笑了："你在想什么？"

"早晨他们发来的实验报告，并不理想，"他轻描淡写地回答，"我想，他们的实验方法应该出错了。"她"哦"了一声，又问了不懂的话题。

时宜啊，活该你冷场。

他温和地笑了笑，继续说："所以我想，尽快结束这里的事情，回西安，否则我怕前期的所有工作，都会前功尽弃。"

她点点头，想起他穿实验室白大褂的样子。

非常干净和严谨。

在返家途中，她问起那个小男孩儿是否是他弟弟。

周生辰摇头，"严格来说，小仁是我的堂弟，是我叔父的儿子。"

"那他，怎么也姓周生？"

"五岁时我父亲过世，姓周生的只剩我一个人，"他说，"为了周生家业，我叔父就继承了周生这个姓，所以，他的儿子小仁和我一样姓周生，但必须过继给我母亲。"

她点点头。好复杂的关系。

"我订婚后,算是顺利成年。叔父和小仁都会改姓。"

真的好复杂……

时宜顺着他的话,构架出如此家庭。

"你母亲,只有你一个儿子?"

"还有弟弟和妹妹,是一对龙凤胎,"他的眼神忽然就温柔下来,"可惜都性情乖僻,从不回家祭祖。以后有机会,你会看到他们。"

周生辰把她送回家,两个人在门口告别时,她欲言又止,想要问他接下来需要做什么。她不知道,在他母亲明显反对后,事情会发展到什么地步。

灯光橙黄,没有温度,却让人感觉暖意融融。

她舍不得回去,他也没有立刻离开。

两个人此时此刻的样子,倒真像是约会整日后,依依不舍的男女恋人。

他问她:"你父母的计划,是什么时候离开镇江?"

"大概是后天。"

他略微沉吟:"我把订婚仪式,安排在一个月后的上海,会不会让他们不舒服?"

"上海?"她脱口道,"不是镇江?"

说完,就后悔得不行。

好像真是急不可待。

他笑了声:"时间上来不及,而且,你下午也听到我堂妹和堂嫂说了,四年一次祭祖才会来,所以没必要在这里。"

她"嗯"了一声。

感觉不太安心,她又犹豫地问他:"你妈妈的意见,真的不重要吗?"

"在这件事情上,只有一个女人的意见,值得采纳,"他难得开玩笑,"就是你自己。"

很舒服的解答方式,语气也很笃定。

"我把这个送给你,就代表了我的立场,其他人都没有权利干涉,"他伸出手,用手指碰了碰她胸前的纯金项圈,顺着细长的圆弧,捏住那个金锁,"每个姓周生的人,生下来都会打造这个东西,里边会有玉,刻的是我的生辰。"

他的手,就在胸前。

时宜的两只手在身后,自己握住自己,甚至紧张得有些用力。抬头想说话,却蓦然撞入了那双漆黑的眼眸中，虽映着灯光，却仍是深不可测。

她看着他。

他也直视她。

然后，听到他说："在订婚前，这个东西会送给未婚妻。而你收下了，就已经定了名分。"

她的两只手在身后，已经绞得发疼。

"我需要每天都戴吗……"

"不用，"他不禁一笑，"收好它就可以了。"

他说完，松开了那个金锁。

她松了口气。

他其实早已看出她的紧张，笑着说："晚安。"

"晚安。"

她转身，打开门。

回头看了看，他已经走进了电梯间。身影颀长。

在"叮"的轻响里，他看了这里一眼，轻颔首后，走进了电梯。

后来母亲追问她，那天和周生辰父母见面的情景，时宜都一语带过，倒是记得他说的话，认真征询父母意见，是否介意一个月后在上海订婚。

这是个非常仓促的决定，但幸好，他给父母的印象很好。

不傲不浮，有礼有节。

从这些来看，他就赢得了长辈的高分。

他们离开镇江的清晨，周生辰特意来送行，和时宜约定了在上海试礼服的时间，并亲手递给他父母订婚地点的详尽介绍，另有四个备选。

时宜坐进车里，他还特意弯腰，低头和车内的她道别。

"上了高速，要系好安全带。"他说。

她忙拉过安全带，老老实实扣好。

回程路上，母亲坐在她身边翻着那本小册子，竟发现是人工手绘的，文字也是中规中矩的小楷抄写，不免和父亲感慨："这孩子，真是用心了。"

"何止用心，"父亲笑，"这孩子啊，真是规矩做得足，没有丝毫的浮躁傲气，像是搞科研的人。"

母亲嘴角带笑，看时宜，"平时你们一起，会不会觉得无聊？"

时宜想了想，"不会。"

"不会吗？"母亲觉得有趣，"每天准时三个电话。早晨七点，中午十一点，晚上十点半，每次电话都不会超过三分钟，会不会太死板了？"

"不会啊。"

这样多好，每次快要到固定时间，她就会避开所有事，等他的电话。

谈话的内容也很简单。

她从没想过，可以这样有规律地和他联系。

没有任何的不适，甚至还很享受。

周生辰真的如他自己所说，把两个人的相处，当作了一个研究方向，非常耐心地执行每个必需的步骤。无论多忙，也要每天三通电话联系。每天早晨，一定会让人送来不同种类的鲜花。

他人在镇江，却像就在上海。

因为清楚她特殊的工作时间，每当她在录音棚做到深夜，都会准时在十一点有夜宵送过来。而且总是很细心地，为工作间每个人都备了一份。

到最后，连和时宜合作五六年的录音师都开始好奇，边吃着热腾腾的点心，边问时宜是不是有男朋友了，或者是追求者。

时宜说是男朋友后，就不再多做解释。

有一晚，经纪人美霖来视察工作，也碰上了爱心牌夜宵，颇为诧异地看时宜眼睛里幸福的笑，都觉得自己和这小姑娘恍如隔世了。短短十几天没见，怎么她就有了个从不露面的二十四孝男友了？

美霖是急脾气，百般威逼利诱下，时宜终于认输，说，是个化学教授。

"科学家？"美霖很是被颠覆了价值观，"你会喜欢整天待在实验室的科学家？"

她笑，把港式红茶握在手里，"智商高啊，我喜欢高智商的人。"

美霖摇头，不太相信地笑着。

她轻声说："而且，我们马上就要订婚了。"

美霖足足怔了五六秒，拍了拍她的手腕，长长地，呼出口气："幸好是订婚，否则，我真是要被吓死了。订婚这种事，都是富家公子常玩的伎俩，你可切记，不要太当真。"

时宜没理会她的调侃，反倒是认真地问她："你觉得，如果一个人什么都不缺，送他什么比较好？我说的是订婚礼物。"

"什么都不缺？"美霖立刻抓住了重点。

"他这个人，看起来对什么都不太感兴趣。"时宜刻意避开敏感话题。

"一个化学教授，对什么都不感兴趣……"美霖无能为力，"我对化学一窍不通，你男朋友对我来说，和外星人没差别。"

"算了，不问你了。"

"好了，我也不问你了，反正你不是露脸的艺人，我不怕你被狗仔队偷拍，"美霖笑，"告诉你个好消息，你获奖了……"

她看看表，还有一分钟，他就要来电话。

只要是工作日，晚上的那通电话，他都会改到十一点半打过来。

"让我打个电话。"她打断美霖，把她推出阳台，关上玻璃门，拿出自己的手机。

他为了她专门配了手机，号码簿上，只有她的名字。

细想想，何尝不是浪漫至极。

工作室的阳台下是步行街。春夏交接的季节，梧桐树已经开始郁郁葱葱地绽出大蓬的绿叶，有清新的味道，弥漫在空气里。

时间从 11:29 跳到 11:30。

忽然就有来电显示，周生辰三个字闪烁着，在漆黑的夜色里，格外醒目。

他的声音，非常平稳。

询问她何时开工的，何时能收工，夜宵是否合胃口。时宜一一作答，两个人忽然都静下来，她忍不住笑起来，问他："是不是每天你都要问我这些问题？"

周生辰也笑，一时词穷。

"听你的声音，好像很累？还是生病了？"

"昨晚受了些凉。"

"吃药了？"

"还没有。"

"那不说了，"她有些心疼，"快去吃药。"

"现在？"

"是啊。"

"手边没有药。"

她有些埋怨:"家里没有常备的药吗?"

她是真想说,我的大少爷,你该不是连生病要吃药的道理,也不知道吧?

忽然,远处有消防车开过,时宜下意识抬头看了一眼。却发现,在电话的那端,也有同样的声音由强至弱,直到彻底安静。她像是猜到了什么,马上往楼下四处看看。透过梧桐树枝叶的缝隙,她看到街角处有辆车,而有个人就站在车边。

十层楼,太高。障碍太多,看不清。

"你在楼下?"

周生辰"嗯"了一声,带着些淡淡的鼻音。

她一时觉得感动,一时又觉得好笑。

这个人忽然出现,本来可以当作非常浪漫的事,却莫名其妙被消防车揭穿。然后,他非常冷静地承认了,再没有一句多余的话。她不敢再让他多等,只听他说话的鼻音,就好像感冒成了天大的事情,很快挂断了电话,回到工作室迅速交代工作后,拿起包就跑向电梯。幸好已经录完音,在进行最后的混音,否则一定败坏了她认真负责的名声。

不过,这还是让经纪人和录音师吓了一跳。

看她脸色发红、急得不愿多说一个字的模样,不知道的,还以为她家着火了。

在电梯关上的瞬间,美霖终于记起,还没有和她交代入围奖项的事。

最让美霖哭笑不得的是,这姑娘对获奖的事真是半点儿都不上心。

电梯迅速降落,她还在因为刚才的快跑,轻轻喘气。

下降的速度太快,让她的心稍许有些不舒服。

不知道是紧张,还是因为失重。

就在电梯门打开时,她一步跨出去,险些撞到一个人。有双手稳稳地扶住她,"别跑了,我就在这里。"太突然的出现,时宜有些傻,看着近在咫尺的周生辰。

他解释自己的突然出现:"我猜你会跑下来,怕你穿马路太着急,就先走过来接你。"

她还在喘着气。

二十一天,整整二十一天没有见了。

期间她试过很多套他送到家里的礼服和首饰,收到过他的花,还有父母也会定期收到一些礼物,偏就是见不到他的人。

她也曾试探问过，他回答："我不想对你说谎，所以最近我在做的事情，不要问。"

语气很严肃，她想，他一定有很重要的事。

对时宜来说，周生辰，永远都是最值得信任的。

"你今晚，还走吗？"她脱口而出。

周生辰嘴角微动，像是在笑："走去哪里？"

"我是说，"她想了想，"你今晚就留在上海？"

他颔首。

她掩不住的好心情。

"先送你回家。"

她点头，"嗯。"

他松开她，和她并肩走出去。

时宜刚准备上车，手机就拼命振动起来，是美霖。对方像是做了什么亏心事一样，刻意压低了声音说："我看到你了，还有你的化学教授。不过十层楼太高了，怎么看，都只能看到他比你高很多……"时宜"嗯嗯"两声："晚安。"

很快就收了线。

周生辰替她打开一侧车门，"这么晚，还有工作？"

她笑笑："没有，"坐进去，对着前排善意笑着的人叫了声，"林叔。"

"你好，时宜小姐。"

见了几次他的司机，她终于知道这位穿衣考究、做事一丝不苟的中年人也姓周。周生辰简单解释过，家里一些老资历的管家，都姓周，多少都有些远亲的关系在。但为了和直系有所区分，总会叫名字的最后一个字。

越是知道得多，她越是感叹他家庭的传统。

钟鼎世家，却也是书香门第。

这样的家庭教出来的孩子，很难想象会献身现代科学研究。时宜想到他口中所说的那对双生弟妹，也有些好奇会是什么样子。

过了二十几天，已进入五月，城市的夜晚也不再寒冷，非常舒服的天气。

他替她打开车窗，她摇头，又把窗子都关上了。

或许因为车上有林叔，或许是很久未见，略显生疏的同时，她甚至不太好意思当着第三人的面和他闲聊。每日三个电话的默契，荡然无存。

甚至他坐在身侧，稍微动动手臂的动作，都会被无限放大。

直到周生辰把她送到家门外，再没有外人了，时宜才试探地问他："到我家里坐坐？"

"会不会太晚？"

"我想给你泡杯驱寒的药，"她低声说道，声音在空旷的楼梯间里，仍旧听得清晰，"大概二十分钟，最多半小时。"

周生辰笑了笑："我只是掌握不好分寸，因为，从没单独进过女孩子家里。"

很坦然，坦然得让人想笑。

时宜轻声嘲笑他："你不是说，你很喜欢吴歌的刺绣？怎么会，这么……"

"这么无趣？"他了然。

"有一点儿，"时宜想到他的试验派理论，"我想问个问题。"

"问吧。"

"你说，我们……嗯……是你的一个研究方向，"她看着他，"如果，研究方向是错的怎么办？"周生辰笑意渐浓："我记得，你是中文系，纯文学学科？"

她颔首，不解他的问题。

"所以，你有了个概念性错误。"

时宜更困惑了："什么概念性错误？"

"研究方向本身，并没有对错的分别。"

时宜颔首，示意他继续说。

"只有试验方法会出错。"

"那……如果试验方法错了呢？"

"方法错了，就换其他方法，但是，研究方向不会改变。"

听上去，很有说服力。

可这段话的比喻，说的却是他们之间的事。

他们在一起的事实，不会改变。如果有任何差错，那就换一种方式相处。

她明白了他的意思。

时宜从来都以为，文字的力量最能蛊惑人心，而此时此刻，却从周生辰含笑的眼睛里，看到了更动人的方式。她轻笑了声："科学技术不只是第一生产力，也是最好的……语言。"

她转动钥匙，终于打开门。

因为工作时间的关系，她已经搬出父母家，独自住了三四年。家里除了几个好朋友，从来没有外人来过，更别说是男人。房间里到处都是女孩子独居的痕迹，周生辰坐在沙发上，尽量目不斜视。

他因为感冒的疲累感，背靠着沙发，坐得略显随意。手臂搭在一侧，手指碰到了毛茸茸的长形抱枕。嗯，触感……很特别。

时宜给他泡了驱寒的中药包，端过来。

他接过，试了试，还很烫。

"老人家有句话，叫'春捂秋冻'，"她拉过来一个更加毛茸茸的坐垫，类似于小凳子模样的，坐在他面前，"春天不要这么急着穿薄衣服，这十天天气反复得厉害，很容易感冒。"

她说得很认真。

周生辰真的穿得不多，只有单薄的衬衫和长裤。

这么深的夜晚，衬衫的袖子还挽到了手肘，根本就不像个病人。

他低头，喝了小半口药汤，"只是感冒，按照定律，吃不吃药，七天都会好。"

"这是驱寒的草药包，"时宜指点他，"如果是寒症，到明天你就会好转了。"

他扬眉，"这么好使？"

"当然。"

时宜看他半信半疑，忍不住笑："你是不是想，我是找借口让你进来？"

"我的话，并不是拒绝，"周生辰的声音，因为感冒，有些微微泛哑，倒更让人觉得好听起来，"是慎重。订婚的要求，我做得太唐突，所以之后的相处想慢一些来，给你些时间适应。"

她没想到，他会回答得这么认真。

有些词穷。

没想到他却笑了一声："想不想听句实话。"

时宜被吊起好奇心，点了点头。

"其实，我很想进来。"

她讶然，他却已经低头，继续喝着那烫手、烫嘴的药汤。

最后他离开时，差不多真的是半小时之后。时宜发现自己和他接触越久，就会越来越守时。她穿着拖鞋，把他送到电梯间，周生辰左手插在裤兜里，右手去按电梯。在电梯门打开时，他却忽然想起什么，用手背抵住电梯门，看她，"我这次回来，是因为你入围了提名奖项。"

时宜怔了怔，隐约记得，似乎美霖说过这件事。

"所以，你是来看颁奖的？"

"差不多，"他抽出左手，替她把披着的外衣拢在一起，"剩下的时间，用来准备订婚仪式。"

忽然亲近的动作，却做得自然。

她还在为近在咫尺的"订婚"而神游，他的手已经松开。

然后他轻轻地，拍了拍她的手臂，"快回去。"

他走出时宜家时，已经是00：45。

抬头看她的家，是十二层。这个位置，黄澄澄的取暖灯光，应该是在洗手间洗澡。舌尖上还有酸苦味道的药，刚才看她拿过来，他其实很想说，因为十几岁的时候喝了太多的中式汤药，所以他现在很是抗拒这种味道。

可是很难拒绝，不是吗？

就像在广州白云机场，她光着脚追上自己，要求他留下来等她时，也是很难拒绝。

这个女孩子的眼睛，太干净。宛如水墨中走出的人。

他曾以为，自己是被蒙蔽了。

却在拿到她长达两百多页的资料后，找不到丝毫疑点。

周生辰驻足了一会儿，看到取暖灯的光灭了。

接着，就是卧室灯亮。

低头看了眼腕表，二十五分钟。嗯，她洗澡需要这样的时长。

"大少爷，"林叔走过来，"时间差不多了。"

林叔的车，安静地停靠在路边，远处，有四五辆车也在停着。他颔首，转身头也不回地坐上车，那四五辆车只是远远随着，车速非常快，从上海到镇江的老宅，只用了两个多小时。老宅灯火通明，车水马龙，完全不像是凌晨四点的样子。

他下车，觉得有些冷，把衬衫袖口拉下来，扣好。

忽然就想起时宜说的话。

对林叔说："'春捂秋冻'，林叔，你听过这句话吗？"

"百姓家的常话，时宜小姐说给大少爷听的？"

周生辰不置可否。

从镇江到上海不算是长途跋涉，但也耗了些体力，尤其他还在感冒。但没有任何办法，他现在仗着老旧家族的规矩，想顺利接手周生家大小的事情，就需要按部就班，按照规矩来。比如，六点晨膳，是规矩，必须在镇江。

不过因为他早起的习惯，改为5：00。

他不觉得什么，但落在别人眼里，就是上百年的规矩，硬生生改了。看上去，只是晨膳的时辰，别人心底里，想的却不只是吃个饭这么简单。

这个十四岁进入科研轨道，从不关心家族事务的男人，用无声的方式，宣告了地位。

他从裤子口袋里，拿出灰色格子的手帕，轻轻按住口鼻，避开庭院里的花粉气味，一路无声向内而去。不断有人欠身，唤大少爷。

待到正厅，十三桌上的人，都差不多到了。

他认得不全，也都一一颔首招呼。

走到主桌上坐下来，身边只有两鬓雪白的叔父周生行和频频瞌睡的小仁，母亲与辈分长些的女眷都坐在邻近桌旁，依旧是一丝不苟的盘发，描了双狭长的丹凤眼。

安静的一顿晨膳。放了碗筷，天才蒙蒙亮起来。

他想走，母亲却硬要留他，待只剩了他和叔父、小仁和母亲后，气氛却比方才更冷了。

自从生母意外身亡后，周生仁就不太爱说话了。倒是和周生辰亲近，拿了本书，靠在他身边的椅子上，看了起来。看到不解处，用笔勾了递给他。周生辰笑笑，接过来，随手写了几个推导公式。

"昨晚睡得如何？"叔父嘘寒问暖。

他把书推回去给小仁，"昨晚在上海，还没有时间睡。"

叔父精神矍铄，已经开始和他聊起家中大小事宜。

周生家到他这一代，不只是内姓谢绝从政，甚至是直系也开始禁止，与其说是中庸，倒不如说是避世。而祖辈又思想老旧，始终认为商人地位不高，所以从商者也是少数。

只是积累两百多年，根深叶茂，百年来，每每有新兴行业露头时，周生家都乐于扶持一把，之后也从不插手经营，只做最原始的股东。

渐渐有了如今的财富。求稳，不求变。是祖训。

可惜，他这次回来，要做的就是颠覆性的改变。

"记得南家吗？"叔父微微笑着，说，"几年前，和你母亲合作，已经和某国当地的政府合资，打通了当地汽车市场。南淮很大方，回馈丰厚，我和你母亲商量下来，决定送给你未婚妻。另外，如果有可能，让她跟着你母亲三年，学着如何管家。"

"时宜？"他略微沉吟，"她不需要。"

母亲淡淡地看他，"嫁过来，都要开始学。"

"她不适合。"他丝毫不留情面。

"你也不适合，但也要接手，"母亲柔声说，"既然你挑中她，她就必须适合。如果你已经发觉她不适合，还来得及换个乖顺听话的。"

"婉娘，"叔父摇头，试着化解两人的争执，"那个女孩子的画像我见过，很乖顺，或许比那些自幼养着、专学管家的小姐们，要好些。"

母亲笑得冷淡生疏。

周生辰也不说话。

母亲微笑："做的都是哗众取宠的行当，有名声，也是人捧出来的。看不出什么好。"

"她很适合我。"

"你这个理由很单薄。"

他不再理论。

小仁低头排列周生辰给自己的公式，终于磕磕绊绊把题解开，出声唤来人，要把点心换成七返糕，茶也要从"神泉小团"换成"恩施玉露"。小少爷是出了名的怪脾气，好的时候怎样都好，不好的时候，最会刁难下人。

小仁说换，另外三个大人当然不会和他计较。

很快就有人上来，悄无声息，撤换每人手边的茶点。

有闲杂人在，周生辰的母亲又恢复了安静。

他想找借口离开时，小仁很快又推过书来。他以为又是什么题，扫了眼，不禁微微笑着，屈指敲了敲男孩子的额头。书上写着龙飞凤舞的几个字：

你的那个时宜，很喜欢你。这个，我倒是看得出。

电影节的颁奖典礼，她总是能避就避。别说红毯，就是列席都一律推拒，早几年美霖还做了些努力，想要把她扶起来。可惜，她是典型的扶不起的阿斗。所以，就连被提名这件事都到最后才告诉她，料定她必然会拒绝参与。

这次却出乎美霖预料，她竟然一口应承。

对时宜来说，原因很简单，因为周生辰的那句话。

她甚至开始期待，在那一天，和他并肩坐在某个角落里，看着台上的庆典，让他坐在台下，看自己被提名，甚至是获奖。

周生辰送来的订婚礼服里，有些并不适合订婚仪式，反倒很适合参加电影节。

她看着衣柜，甚至开始猜测，他是不是早知道了这件事，所以才送来这些？

她这么想着，就已经忍不住好心情。

挑来选去，仍旧踌躇不已，到最后，反倒是坐在了衣柜里。有记忆纷至沓来，绵延不绝，她记得，曾经的自己初次和他有约，是怎样的装扮。月青色宽袖对襟衫，臂间有鹅黄披帛，而他呢？记不起来了。是什么原因，让她连这么重要的事都忘了？

她向后仰靠，整个人躺倒在数件礼服中，有什么呼之欲出，却抓不住。

时宜，你又庸人自扰了。

她笑笑，用脸蹭着礼服的下摆，现在这样多好。

能看到他，能和他说话，就已经很好。简直是，好到不能再好。

她特意叮嘱美霖，给自己安排两个空位。

可惜周生辰忽然来了电话，说要迟一些，她只好把美霖的手机号码告诉他，如果他到了，而自己不方便接听电话的话，能有人带他进场。

在确认他记住后，她挂了电话，趴在自己的座椅上，看往来的、寒暄的、吹捧的、握手的、拥抱的各色人。

"笑什么呢？难得看你这么高兴。"

美霖安排好所有签约的艺人后，终于想起这个被"放养"的美人。

她笑，指着自己座椅上的字条："时宜。"

美霖颔首："你没坐错，这是你的位子。"

她的手指，又去指身边没有任何字条的座椅："时宜的某某。"

美霖忍俊不禁，摸摸她的脸："看你这样子，是不是快幸福死了？"

她抿嘴笑，侧脸靠在前座椅背上，"嗯"了一声。

"搞科研的，能有这么大魔力？"美霖真是对那个"外星人"非常好奇，

"万一哪天你们吵架了,他会不会一怒之下,让你人间蒸发?比如搞点儿什么浓硫酸之类的。"

时宜好笑地瞥她,"真没文化,就知道浓硫酸。"

"你知道得多。"

"比你多一点点。"

"比如?"

"H_2SO_4。"

美霖愣了愣:"这是什么?化骨水吗?"

"浓硫酸,"她自满地看美霖,"换种说法,是不是显得很有文化。"

"嗯……"美霖有些挫败,"这好像是初中学的,我怎么就忘了?"她兀自在脑子里绕了会儿化学方程式,忽然发现自己非常不务正业,竟陪着时宜在聊化学。而面前这个穿着样式复古的月青色长裙的美人,竟也非常投入。

"说好了,今晚庆功宴我也不去了,就单独和你,还有你家化学教授吃夜宵,"美霖被好奇心折磨得不行,主动邀约,"我一定要看看,他是什么样子。"

"好,"时宜想了想,补充说,"如果他来得及赶来的话。"

"这么重要的事,他不来?"

"说不定,"时宜也有些忐忑,"他这段时间都很忙。"

如果周生辰真的不来,她肯定会失望,但是会生气吗?时宜假设着情景,发现自己根本不会生他的气。只是,她真的没料到,自己的假设,在一个个奖项被揭晓后,慢慢变成了现实,他真的没有来。

时宜有些心不在焉,甚至在嘉宾念出自己的名字,从座椅上起身时,仍旧心不在焉。

这是她第一次现场领奖,从后排,一步步走上去,穿过不断鼓掌的人群。

还有嘉宾主持的调侃和寒暄。

配音演员的奖项非常少,她的名字有很多人知道,但她的脸,鲜少有人见过。台下,很多红得发紫的女演员的影视剧配音,都出自时宜。在她走上台之后,绝大多数人都惊讶于这个陌生的脸,对应的竟是那个熟悉的名字。

她谦虚地笑着,想要马上接过,就退场。

却在视线滑过第一排时,惊讶地停驻了目光。

满座衣冠,都已淡去。

只有那双漆黑的眼眸，在看着她，略有疲倦，却有着若有似无的笑意。

那一排坐着的都是业内前辈、最当红的演员、大投资人。周生辰就坦然地坐在最右侧，非常低调地穿着银灰色西服、白色长裤。

这个位置有些偏，不会有直播镜头拍到。

而他为了怕人打扰，还刻意空出了身边的位置。

只可惜，他不了解这个地方，这并不是他曾经去过的国际学术会议。以这种方式，坐在这样的位置，分明就是高调的出现。那些整晚和他坐在第一排的人，都在猜测，这个男人是谁，又是为谁而来。

没人知道答案。

除了台上那个仿佛是因为获奖，而紧张得说不出话的她。

第五章 陈年的旧曲

嘉宾轻轻用手在时宜身后拍了拍。

她恍然:"谢谢。谢谢各位。"

她接过玉白塔,因为自己站在舞台上最光亮的地方,看每个人都只能是个轮廓,她看到,周生辰轻轻地把右腿搭在左腿上,调整了坐姿。

"我是个不太善于言辞的人,"时宜很谦虚,"所以只想到要说谢谢。希望我的声音,可以一直为你们的电影、电视剧、纪录片、译文片配音。"

非常简单,简单得所有人都以为她还没有说完。

所以,都还在安静地等待着。

时宜略沉默了一会儿,不得不扬起嘴角,再次说声谢谢。

然后微微举起手里的塔形奖杯。月青色的曳地长裙,本该是春光无限,她却硬是挑了袖子到手肘的复古款式,全身上下仅有一件饰品,是那日见周生辰的母亲时,他送给自己的翡翠颈饰,翠得仿佛能滴下水来。

没有刻意,大方自然地微笑,甚至有种迫不及待想要离开的感觉。

所有人这才意识到她真的说完了。

在后知后觉的掌声里,她离开舞台,手提长裙,从最光亮处走下来。身后已经有当红的艺人登台,在不断喷出的干冰中,出场表演。

时宜从台下的黑暗中,悄悄地走到他身边。

周生辰看她穿着高跟鞋，伸手，轻握住她的手，引到身侧坐下来。

"你怎么坐在这里？"她刚落座，就轻声问他。

他略沉吟，也觉得自己坐的位置太过醒目："我只和他们说，想要给你个惊喜，坐在能看清楚你的地方，这是林叔的安排。"

她哑然，轻声笑："你知道，你坐的是什么地方吗？"

"大概猜到了。"他的神情有些无可奈何。

"那……我们现在就走？"

"你不需要等到结束？"

"不需要，"她摇头，"我无所谓的。"

只他这个局外人在这喧嚣的地方，也为他难受。

周生辰偏过头，看了她一眼。

她疑惑看他。

"今日，我母亲问我，为什么会想要和你订婚。"

她"嗯"了一声。

"我说，你很适合我。"

因为此处喧闹，两个人都是近乎耳语，才能听得清彼此的声音。

他说这话的时候，声音就在时宜的耳边，甚至还能感觉到淡淡的温热气息。她的耳根有些发烫，渐渐地，脸也烫了起来，再也坐不住了，轻轻动了动自己的手。

从刚才坐下来，他始终不紧不松地握着她的手。

她动，周生辰自然有感觉，他兀自笑了笑，起身带着她，悄无声息地向偏门走去。太醒目的位置，还有时宜这个今夜最让人惊艳的美人，都足以引人注目。时宜感觉到很多人在看这里，看了看他，周生辰倒是一副云淡风轻的模样。

他们离开大厅，甚至还有人在议论。

尤其是坐在第一排的那些，都没料到，这样一个神秘来宾只是为了个配音演员。不过再想想，以时宜的品相，这也并不过分。不娇不艳，不俗不傲，最适合去演古装电影里的仙品女主，有人轻声问了句："大陆四大女声之一，没想到这么漂亮，她的经纪人是谁？"

"东视的美霖，"后者笑，"我都不敢相信，她手里有这种王牌，至今还不捧出来，也不知道是在等什么。"

"等什么？"那人摇头，"你是不识货，今晚她脖子上的那串老种翡翠，都够再拍一个《黄金甲》了。我猜，是她不想出来而已。"

后者咋舌："难怪，美霖这种金牌经纪人，都能忍着，不捧她。"

时宜并不知道，周生辰的忽然出现，让她成为庆功宴的热门话题。

有人私下透露，坐在那个位置上的人，姓周。

再深入，已无人熟悉他的背景。

他们出来时，不到九点。

车从车库开出来，能看到大剧院门口有很多等待的人。灯火通明，车来人往。

林叔询问是否要去试礼服，周生辰不置可否。

"试礼服？"时宜有些奇怪。

他拿走了她的详细尺寸，送来了各式礼服，甚至还和她品位很相似，都是不太裸露的复古款式。这么多，足够订十次婚了，却还要试礼服？

"今晚看到你穿这身衣裙，觉得很好看，"他坦然，"所以临时预约了这件礼服的裁缝，想要再给你做一件新的。"

"这件不好吗？"

"很好，"他笑，"只是，忽然想让你订婚的时候，穿新做的。"

她恍然。

直到车开出上海，她才开始猜想，他是否要带自己回镇江。幸好，她认得去镇江的公路，并不是那个方向，倒是开到个不知名的小镇。

这里并不像大城市，到夜晚还灯火醒目，只有一家一户，自点着灯。

时宜穿着礼服，披着周生辰的西服外衣，下车走了会儿，到了个小宅院前。看起来像是住户，而非是什么缝制礼服的店面。她疑惑地打量四周，周生辰这才出声解释："这家人家，十几代都是裁缝，到年轻一代，也是如此。"

时宜想了想："别告诉我，这里有什么隐秘的国际设计师。"

"这倒没有，"他笑，"他们的家底也很丰厚，已经不需要为人缝制衣服。只是祖训不能丢掉家传手艺，年轻一辈喜欢这些的，都会去四处游学，再回来继承家业。"

"所以，中西合璧了，"时宜低头看自己的礼服，"难怪，你送来的所有衣服，都很特别，却也精致得吓人，不像寻常礼服。"

林叔叩门不久，就有人开门。

看到是林叔，都恭恭敬敬地唤了声，倒不认得周生辰。

他们跟着进了院子，倒是不大。青石地雕，石雕门楼，楼层不高，皆隐于树木中。幸好早已用复古的壁灯，取代了灯笼，否则时宜真会怀疑，某个地方会走出红衣女子。

时宜轻声说："这样的院子，才像江南的老宅。"

周生辰说："你的意思是，我的祖宅不像？"

时宜摇头，"你家太大了，我都数不清是几进。"

他颔首，"听起来，像暴发户？"

她摇头，一本正经地说："不是暴发户，像香港电影的鬼片拍摄地。"

他笑起来："那里也不常住人，只有祭祖时才有人回去。"

"平常有人看管？"

"每一代都有，基本上都是最老的管家去养老，"他说，"半是看管，半是给他们颐养天年。"他们说着，来接的老妈妈已经撩起绣线软帘，"林老先生，先在这里坐坐，我去叫太太来。"林叔颔首，"告诉太太，今日是正主来了，要亲自挑选衣服样子。"

老妈妈应声去了，不一会儿就有人端茶来。

时宜刚和周生辰拿起茶杯，还没来得及抿一口，就见有两男两女前来，除却一个年迈的婆婆，余下三个都是年轻人。两个男人，一个穿着长袍，另外那个倒是西装革履，不知道的还以为是到了某部民国片子的片场。倒是女孩子，穿着简单的T恤长裙，手里抱着画册，还算正常些。

也只有那个时代，能看到这么中西夹杂的衣着。

时宜有些愣，那个穿长袍的眼睛扫了扫，就落在时宜身上，"我猜，这位肯定是时宜小姐。"女孩子笑起来，"废话啦，只有这个是女孩子，当然是她。喏，二哥哥，她穿着的是你打的样，这次二哥胜了。"

"你们三个，"老婆婆笑着挥挥手，"要尊重客人。"

老婆婆走过来，看到林叔站在一侧，就大概明白了周生辰的身份，微笑颔首，"大少爷，我还是你四岁时见过你。这么多年了，给你做了不少衣服，却一直没见到人，没想到，再见竟然是带了新娘子来。"

周生辰欲要起身，老婆婆却先落了座，"婆婆我啊，腿脚不好，就先没规矩，坐下了。"

"婆婆请便，"他倒不大在意，"抱歉，这么晚来。"

"没关系，你是忙人，科学家，"老婆婆的目光中满是欣赏，笑眯眯地说，"周生家人呢，就是聪明的多。老一辈是，小一辈也是。"

他们闲说了会儿话，老婆婆就开始认真打量时宜。

先前周生辰虽给了些尺寸，却比不得见到真人，衣裳终归是要配人的，不只是尺寸，甚至是容貌气质。做了一辈子的衣裳，倒真难碰到像时宜如此身材容貌俱佳的，自然欢喜，不只是老婆婆，那几个孙子辈的，也像看到珍宝，看时宜的神情都像是看宝贝。

重新量了尺寸，因为时宜是女孩子，自然那个穿着便服的女孩儿和她亲近，低声和她交流着衣服的细枝末节处，甚至说到兴起，又拿来各色料子，一一品评建议。

"时宜，你的腿好长，"那个女孩儿感慨，"我记得，我有个表妹考舞蹈院校，要求腿一定要比上半身长十四厘米，你大概，超出标准快两厘米了。"

她笑一笑。

由始至终，除了腿脚不方便的婆婆，倒真的没人坐下来。

看起来，他们都很尊敬周生辰。

整个过程中，周生辰都在一旁安静坐着。

非常耐心。他没有看书，偶尔和老婆婆说上几句话，在几个年轻设计师的询问中，表达自己的意见。离开时，已经是两个小时以后。

此处离镇江不远，时宜以为，她大概会在镇江住一晚。

却未料，周生辰坚持把她送回了上海。

待看到她房间的灯亮起来，他才坐回车上。

如果不是非常时期，他也不想如此长途跋涉，送她回来。

他忽然说："我希望，她一直都能平安无事。"

林叔颔首，"大少爷放心，如今周生家的人，都在静候订婚日。在这之前，时宜小姐不会发生任何事，否则，所有人都会怀疑周生行，他不会出此下策。"

周生行掌权已二十几年，心思缜密，谋算深重。

他的确不会这么做。

周生辰等到她浴室的灯灭掉、卧室灯亮后，习惯性看了眼手表。

这次用了三十八分钟，所以……她习惯的时间，应该是二十五到三十八分钟之间。

林叔继续说："周生家家规森严，无人敢破。大少爷放宽心，周生行不敢不让权。"

他将手搭在车窗边沿，说："走吧。"

车内并没有照明灯，只有月光透过车窗，照进来。

很安静。

林叔把车开上路，平稳行驶着，林叔在沉默。

这个大少爷，和旁人不同。

从十四岁进入大学开始，就已经注定他和旁人不同。五至十年的逆市投资，需要的，是庞大的人脉和资金。如今替周生辰出面的，只是外姓和一众幕僚，但如此长期的项目，必须要他真正地支持，而此举，必然违背周生不得从商的家规。

倘若没有周生行这个叔父，或许，还简单些。

时宜本以为，他会如先前一样，白天返回镇江，深夜再回来。却未料，次日清晨，她从公寓附近的酒店健身房回来，周生辰已经等在楼下了。她有些惊讶，他却说："我来陪你吃早饭。"清晨七点，忽然出现一个人说要陪你吃早饭。

她忽然觉得，这种场景，极像是读书时，那些在宿舍楼下、校食堂边出现的年轻男女。

可惜不巧，她已经吃过了。

可他却还饿着。

时宜试探地问，要不要上楼给他随便做些早饭吃。周生辰没有拒绝。她带他上楼后，后知后觉地发现家里只有牛奶和一些水果。厨房的架子上，有雀巢的蛋奶星星，哗啦啦倒了大半碗，倒了奶，切好一盘水果，端给他。

他坐在餐厅的桌子旁，低头看了眼奶中形态可爱的星星，有些怔愣。

"我不知道，你习惯不习惯吃这个，"时宜有些不好意思，轻吐舌头，"挺好吃的。"

"习惯。"他忍俊不禁。

她怕他不够吃，还特地把盒子也拿出来。

周生辰刻意扫了眼上面的说明：六至十二岁食用。

他笑，低头舀了口奶和星星，吃了起来。

她耐心陪着。

仔细看去，他双眉间拢着淡淡的倦意，脸色也很苍白。时宜忍不住伸出手，想要碰碰他的额头，他察觉了，微微抬起眼睛看向她。

短暂的安静。

她不知道是该收回手，还是坦然去试他额头温度。

就在她尴尬徘徊时，周生辰轻轻往前凑近了，配合着，贴上她的手。

她碰到他的额头。果然有些烫。

"是低烧。"他说。

她"嗯"了一声。

他们牵过手，都是在大庭广众下发生的。

此时此刻，在明亮安静的餐厅里，她忽然触碰他的皮肤，手竟然禁不住地颤抖。幸好很快离开，他没有察觉，"是一直没退，还是又受寒了？"

"一直没退。"他放下调羹。

她沉吟了几秒。

他好笑地看着她："又要给我泡药包？"

"现在不管用了，"她遗憾地看着他，"那个是紫苏叶，泡水喝可以散寒。但是现在你已经不是简单的寒热了，上次应该让你喝完，在这里睡一晚捂捂汗，很快就好了。"时宜说完才意识到自己的措辞非常暧昧，虽然是要订婚，但和他之间似乎刚刚才有了比朋友近一些的关系。

若真是留宿……

周生辰仿似没有察觉异样，继续吃水果，动作慢条斯理的，"睡一晚？可能不会有这么完整的时间睡觉。"

"那现在呢？"她忽然问。

"现在？"

"嗯，"她说，"你刚吃了东西，过二十几分钟，我给你吃些退烧的药，在客房睡一觉，烧也就退了。"她看着他，倒是认真。

周生辰有些意外，但很快就颔首，"也好，我大概有几个月没有好好睡了。"

时宜的提议，是真的为他着想。

所以也不觉得什么，只是迅速把客房腾出来，边给他换干净的被褥，边和他有一句没一句地说话。等到他吃了药，躺到床上，她就走出房间，收拾早餐的碗碟。

在清凉的水流中，她慢慢清洗碗碟。

眼前似乎仍是他的模样。眉目清秀，并不深刻的五官，唯有鼻梁很挺直，躺在床上的时候非常地安静，像是刚闭上眼睛就已经沉沉睡去。如此坦然，甚至能感觉到，他的完全信任。

刚把洗净的碗碟放好，她却想起来，他吃了药肯定会发汗。

醒来了怎么办？

难道还要穿着汗湿的衣裤？

她一念刚起，就听到有人轻轻叩门。打开来，是林叔，也没有过多的话，只说送来少爷常备的干净衣服。时宜放下心来，越发感叹他的严谨，任何事情都准备稳妥，做得滴水不漏。她把衣服放到干净的藤编篮子里，推开房间门，放了进去。

这个公寓设计得非常好，不论主卧还是客房，都有独立的洗手间和浴室。

她想，不用自己提醒，周生辰醒来也肯定会去洗澡。

整个上午，因为周生辰在客房里睡着，她的心就像是飘着，始终落不下来，索性就拿了一盒影碟，看起电视剧。她的工作时闲时紧，不可能每日准时坐在电视前追电视剧，只有休息了，才找些感兴趣的片子，从头看到尾，也免得惦记。

因为阳光强烈，只能拉上窗帘，让房间暗下来。

怕吵到他休息，就戴上耳机，仔仔细细盯着字幕，看得入神。

一集集连下来，浑然忘了时间。

忽然身边的沙发沉了沉，她猛地回头，看到他坐下来。头发还湿着，显然已经在睡醒后洗了澡。浅蓝色的绒料长裤，白色衬衫，干净得像是个尚未离校的学生。

"怎么醒了？"时宜摘下耳机。

"不习惯睡很长时间，"他看着电视里的无声画面，"你一直在看电视？"

她点点头，去试他额头的温度。

幸好，烧退了。

"你没有家庭医生？为什么发烧了，都不吃药？"

"有，不过这种低烧，我通常都让它自愈。"

她"哦"了一声，耳机挂在脖颈上，看他还微湿的头发，"如果不急着出门，就多坐一会儿。"

"没有急事，我这一个星期，都会空出来陪你，"他松了周身力气，靠在沙发上，"可能之前已经很忙，订婚之后会更加忙。"

她"嗯"了一声，看着他。

"有话想说？"他了然一笑，声音疲倦，略有柔软。

"没有正经话，"她也侧身靠在沙发上，和他面对面，"只是忽然好奇，为什么你会做科研，真的是因为不知道做什么，才随便选择的吗？"

"做一些事情，可以对别人有益处，"他倒是认真考虑着如何回答时宜的问题，"而科研这种东西，可能帮到的人会更多一些。"

她"嗯"了一声。

"我家里这样的人，不多，但还是有几个。比如我妹妹，"他说，"她生下来，心脏就是先天性供血不足，身体不好，却一直读医科，也就是想做一些事，多救几个人。"

他说起妹妹的声音，有种温暖的感觉。

她在家里看东西时，总习惯戴着眼镜。而现在，坐在面前的周生辰，也戴着眼镜。

两个人的眼睛，隔着薄薄的镜片，时不时对视一眼。

她靠在沙发上，和他慢慢地闲聊。只是如此，就已觉得享受。

从这里，能看到客厅和餐厅之间的玻璃墙。玻璃上，映着她和周生辰。

轮廓清晰，面容却模糊。

她想起，前世的初见。她在城楼上，扶着城墙，有些费力才能借着黎明的日光，看到远处的他，也是如此面容模糊，只见背影。那时身边有人说，十一，他是你今后的师父。她轻轻颔首，在偷偷来见他前，她已听过这个名字：周生辰。听起来儒雅清贵，仿佛饱读诗书。

可所见，却完全不同。

她所想的，是手持书卷的先生。

而她所见的，却是金戈铁马的小南辰王。

那一日。

长夜破晓，三军齐出。狼烟为景，黄沙袭天。

他立于高台，俯瞰大军，素手一挥，七十万将士铿然跪于身前。这就是真正的周生辰,家臣上千,手握七十万大军的小南辰王。

是色授魂与,还是情迷心窍?

六七岁的她,并不懂得这些,只是被眼前所见震慑,双手紧紧扣住城墙青砖,心跳若擂。

曾经的她和他,隔着师徒的名分,隔着她早有的指腹婚约。自七岁至十七岁,琴棋书画,为人处世,甚至每一卷书,每一句诗词,都是他所教授的。从懵懂无知,到深入骨血。

色授魂与。

她用了十年,才弄懂这四个字。

"累了?"周生辰忽然问她。

时宜摇头,"想到一些事,"她怕他追问,很快说,"工作的事。"

她自知道他没有工作和家事的安排后,就刻意说,自己前一夜工作太晚,有些累。两个人在家里待了整天,消磨时间的东西很多,而他,偏偏就选了围棋。他执棋的手势,非常漂亮,也非常熟悉。

时宜有时候会借着斟酌棋局,悄悄瞄他下棋的样子。

她想,他可能有所察觉,只是任由她这么做而已。

他带她去他们的房子。

不大的庭院,还有幢三层小楼。室内装饰得如同一纸素笺,色彩并不浓烈,却有着让人沉静下来的氛围,她走进去,就不自觉地压低声音说话。她忽然想,如果不是自己,而是其他人做他的未婚妻,会不会每件事都觉得十分违和?一种年代的违和感。

可唯独她,从不觉得有什么不舒服。

作为即将和他订婚的人,她理所应当要参与所有的事。周生辰并不认为自己有资格裁决一切,甚至连请柬所需的套色木刻水印,也要亲自给她看,问询她可有偏好的字体。他们说这些的时候,是在他与幕僚谈话的间歇。

深褐色的桌面上,排开了木刻水印,每个版刻旁,还有张裁成长条的宣纸。

是他让人刻了她的名字,复印在纸上的。其实,她认得这其中的每个字体,甚至是背后的每个故事。她问他:"通常,你喜欢用什么?""老辈人崇尚唐风,喜欢周正的楷书,具体哪家的字,只看个人喜好。"

她颔首,楷书四家,唯有赵孟頫是元代人。她理所当然,排除了那张字。

然后,非常准确地把另外三家的字挑出来,摆在两人眼前。

却没留意到,周生辰眼底的稍许惊讶。他没想到,时宜能认得这么准。

"我很喜欢颜真卿的字体,可他算枉死,会不会不太吉利?"她莫名地迷信,"柳公权的字,太过严谨,会不会不适宜订婚的请柬?"她轻声喃喃着,有些犹豫,转而又觉得自己过分。不过是请柬的字体,何必如此较真?

周生辰倒不觉如何,抽走唯一没被她否决的字条,"骨气劲峭,却不失风流,欧阳询的字很不错。"说完,便唤来人,拿走了这张宣纸。

他抬起手腕看时间,然后告诉她,接下来会有很多安排,不适合他参与。

她起初还有些奇怪,看到他的背影消失在书房后,发现门外有张熟悉的脸,歪着头笑着,是那晚给她量身材的姑娘。

时宜恍然,何为"不适合他参与"。

那晚在姑娘的老宅里选料子和量身材,只有他们祖孙四个人,还有位端茶倒水的婆婆。她只觉得除了深宅大院的环境,并没什么特别的。但此时,她看到那个女孩子走进来,身后跟着十几个衣着精致的中年女人,就已经明白周生辰所说的"世家"是什么意思。

那些中年女人手里,有人提着暗红色布所罩的衣裳,还有人抱着长形木匣子。

她看过去,猜不透匣子里装着什么。

女孩子和她打招呼后,示意人拆开匣子,不多会儿,就有了悬挂衣物的暗红色架子。

原来,来送衣服,竟连悬挂的木架也要带来。

她恍然。

女孩子却看出她的神情,也觉此举甚为麻烦,"婆婆说,凡是周生家大少爷的事情,都要做足样子,"女孩子看到她的诧异,也忍不住叹气,"没办法,谁让时宜小姐你嫁的是周生,每一辈只出一个的周生。"

有人撤去罩着的布,把十几件长裙挂上。

时宜看得嘘出一口气:"好漂亮。"

"喜欢吗?真的喜欢吗?"女孩子笑起来,"那我再告诉你,现在只是订婚,我外婆最近身体不好，所以都是我们三兄妹打的衣样。倘若是大婚，婆婆一定会亲自出手，就不只是好看了。"她说的时候，也甚为憧憬。

时宜感叹着说谢谢。

有人挂好布幔。

时宜配合她，一件件试着礼服，终是记起自己始终没问女孩子的名字。

"我叫王曼，"王曼细细看她身上这件衣裳，努努嘴巴，示意她看镜子，"难怪婆婆会说，大少爷待你是好到不能再好了。你是他们家唯一一个，不必在公开场合穿旗袍的女孩子。"

"一定要穿旗袍吗？"她奇怪。

但仔细想想，初次见他母亲，还有后来在金山寺边吃饭，见到他的堂妹和一个堂嫂，似乎真的都是旗袍。无论何种衣料，何种式样，都跳不出老式旗袍的桎梏。

"我也只是听婆婆说起过，钟鼎世家，规矩繁多，所以给他们家人做衣服也很闷。"

王曼看礼服的袖口，似乎在思考减去那些装饰。

美人不必过多装饰，极简才是上上之选。

到最后，时宜终于挑了件礼服，难得露出小半截的小腿，衣袖却已经长及小臂。

最关键的是，这个样子非常像旗袍……

王曼看出她的意思，忍俊不禁，让人撤去屏风，刚想要周生辰来看，她就听到自己的手机在响。时宜从桌上拿起手机，走到窗户边去接电话，就在接通后，听到有男人的声音，轻轻地咳嗽了声。

她回头，门口立着一对男女。

陌生的面孔。

这并不奇怪，和他在一起后她见到的，始终都是陌生的面孔。真正令人奇怪的，反倒是王曼一瞬愣住的神情，视线落在年轻男人身上。时宜也顺着她的视线望过去，这个男人穿着浅色长裤、绿色的格子衬衫和黑色西服。

因为身高的优势，压住了绿色的轻浮，反倒是风流随意。

年轻男人对王曼很轻地点了点头，视线移到时宜身上，"我猜，这位漂亮得让人吃惊的小姐，一定是我哥哥的未婚妻，对不对？"

时宜有些意外，但还是颔首，答："你好，我是时宜。"

"你好，"年轻的男人走过来，伸出手臂，在她刚伸出手准备握手招呼时，给了她一个十分热情的拥抱，"我是周文川，周生辰是我哥哥。"

这个男人，中文说得竟然这么生疏。

完全不像周生辰。

不过时宜还是认出来，他有双他们母亲的眼睛，斜挑起来的眼睛。

原来这就是他口中提过的，双生子之一——周文川。

两个人分开时，周文川才对自己的女伴招手，告诉她："这是我的妻子，佟佳人。"佟佳人向着她走过来，反倒不及周文川的热情，只是简单地和她握握手。

有些冷淡的人，甚至还有细微的敌意。

时宜并不明白，房间里的气氛为何如此诡异。

就在她犹豫着自己以什么身份招待他们时，小型会议室的门忽然被打开，似乎他也听到了外边的声音。内里或坐或立的男人们，均是黑色西装，严谨得像是在做生死谈判。周生辰走出来，让人关了门。

他没穿外衣，衬衫的领口解开了一粒纽扣，右手还拿着自己的眼镜。他微抬起眼睛，看了看书房里的几个人，视线很自然地落在时宜身上，"很好看。"

时宜笑笑，还没来得及说话，王曼已经长嘘一口气："好看就好。"

她似乎不愿久留，很快让自己家里的人将所有东西收拾妥当。

告辞时，周生辰忽然开口，让王曼留下来，一起用晚饭，"你和文川自幼相识，应该很多年没见了？"王曼看了眼周文川，"差不多，三四年的样子。"

"是吗？"周文川想了想，"差不多。"

一笔带过，再无赘述。

晚饭是在家里吃的，饭罢几个人坐在庭院里闲聊，时宜竟然意外听出来，佟佳人和周生辰曾是校友。两人年纪差得并不多，但佟佳人入校时，他已经拿到了博士学位。

"根据'斯坦福－比奈量表'的智商测试标准，我这位哥哥可是标准190分天才，"周文川笑了笑，将左腿搭在右腿上，"十二岁就收到深造邀请，十四岁进大学，十九岁拿到化学工程博士学位。"

王曼轻笑一声："你炫耀你这个哥哥，已经听得人耳朵都麻木了。"

周文川摇头笑笑。

王曼继续说:"吉尼斯世界纪录中,世界上最聪明的人可不是大少爷。人家是两岁会四国语言,四岁旁听大学课程,十五岁拿到物理博士学位。"

周文川微微扬起眉,"小丫头,你从来都和我作对。"

时宜忍俊不禁。

可身边的话题中心人物,却并不太投入的模样。时宜用余光看着他,猜想他是在想西安的那些研究项目,还是在想家里的事?似乎这样,也挺有趣的。他能安静下来,陪在她身边,任由她时不时打量着,天马行空地猜想着他的想法。

时宜的思绪收回来。

却意外地,看到佟佳人巧妙地挪开了视线。

她看的方向,只坐着时宜和周生辰。

不知道看的是她,还是他。

那两个在争论智商的人,已经把话题移到了艾灸上,王曼正说着自己从伦敦回来,脱离了那种容易肥胖的饮食习惯,却未料,反倒是胖了些,"我在老宅子里每日跳操到半夜,早晨又是瑜伽,都不大吃主食了,没想到,还是没成效。"

女孩子说起瘦身,就是如此。

不管你是不是世家子弟,是不是有一双能缝制天衣的手,都要为肥胖烦恼。

周文川只是笑了笑:"小心婆婆被你跳出心脏病,"他看向身边的新婚妻子,"佳人,我记得你教过你表妹,说是有艾灸和按揉的方法?"

佟佳人有些走神,像是没听到。

周文川轻轻用手拍了拍她的手臂,半笑不笑地说:"想什么呢?"

"啊?没什么,"佟佳人疑惑看他,"你说什么?"

"我说,你是不是有什么艾灸和按揉的方法,用来减肥?"

"不是减肥,是促进代谢,"佟佳人把手指放在自己腹前中线,脐下三寸的位置,"这里是关元穴,经常艾灸和按揉,可以利水化湿,促进肾功能,促进五脏六腑的健康。通常代谢好了,体内就不会有太多垃圾和脂肪,也就不会肥胖。若论功能来说,这算是最健康的减肥方法了。"佟佳人说起话来,很和气,却有些疏离感。

"记住了吗?"周文川看王曼。

王曼有些隐隐的不快,没有说谢谢,也没有回答周文川。

一时倒是尴尬了。

时宜旁观到现在，越发觉得，他们之间的关系，非常微妙。

她笑了笑，忽然说："还有，王曼你记得，灸此穴容易上火，灸前后各饮一杯温水，或者配合灸脚底涌泉以引火下行。"

她只想消散尴尬。

倒是引来了周生辰的好奇，"你懂得穴位？"

她"嗯"了一声："一点点。"

很多她所知道的，都不过是皮毛。

但因为是曾经的他所教授的，所以她反复牢记，都未曾遗忘。

包括书法，包括艾灸穴位。

客人相继离开，她和他依旧坐在庭院里。

和他下午议事的几个人，拿着一沓文件来，给周生辰过目。时宜非常识相地避开视线，去看池塘里各色锦鲤。忽然，有条金色的锦鲤，从水面跳出来，"啪"的一声又跌回去。

清浅的水声，突显了夜晚的惬意。

他接过笔，在一页的右下角签了字，在几个男人走后，用两指轻轻揉按着眉心，戴上眼镜。

这才偏过头看她。

时宜的侧脸轮廓很美，眼睛里映着月色，因为要回避他的公事，而专注地看着池塘和池塘旁的假山，没有丝毫的不耐烦。他想起，有句话用来形容美人，"最美者，都贵在美不自知。"

与她初识，他怀疑过她是被人安排，仰仗出色的外貌接近自己。而现在却已真正承认，她是真的单纯地想要认识自己。

非常单纯的目的。

月色中，她看着锦鲤，而他却看着她。

很自然地想到一句话：

长眉连娟，微睇绵藐，色授魂与，心愉于侧。

前世间章　美人骨

　　她还记得，拜师时，是个艳阳高照的日子。

　　清河崔氏这一辈，她竟是家族正支唯一的女孩儿，余下的大多夭折于襁褓中。而因家族权势正盛，她在母亲腹中，就被指婚给太子。据儿时的几个奶娘议论，倘若当时生下来是个男孩儿，应该会被偷梁换柱，换成女孩儿，只为能入主正宫。

　　幸而，是女孩儿。

　　而不幸的是，这个女孩儿生来便不会言语。

　　是以，她才会拜小南辰王为师。这个坐拥七十万大军、最令皇太后忌惮的小王爷，也是太子最小的叔父，却并非是太后嫡出。据母亲说，此举可以让她有坚实的靠山，同时，也好以她的师徒名分，日后替太子拉拢这个叔叔。

　　一举两得。

　　一箭双雕。

　　这其中利害关系，她听得似懂非懂，但想到那日这个师父素手一挥，三军齐跪的霸气，仍旧满怀憧憬。若不是那日偷偷见过他，她会以为，小南辰王是个三十有余的王爷，否则不会有赫赫战功，令皇室忌惮。

　　在众目睽睽之下，时宜工工整整地行了拜师的大礼，接过身边人递来的茶杯，用两只小手紧紧握住，一步步走向坐在正中的年轻男人。

水在杯内微微晃着，荡出一层一层的涟漪。

她每一步都不敢分神，直到周生辰面前，恭恭敬敬地把茶杯举过头顶。

她想，如果是其余弟子，应该尊敬地唤句"师父，请用茶"，但她只能安安静静，唯一能做的就是将茶端稳。很快，一只手就接过她手里的茶杯，另外一只手持杯盖，轻抿了一口，"时宜，你在家中被唤作十一？"十一抬起头，亮晶晶的眼睛，看着他，轻轻颔首。

"恰好，我已有十个徒弟，也叫你十一，可好？"

他没有自称"为师"，而是称"我"。

时宜有些微怔，忍不住看遥远处的母亲。

在母亲颔首后，她才又轻轻点头。她想，这真是个奇怪的师父和小王爷。

事隔多年，她想起那日，仍旧记得清楚。他身着碧色的长衫，眉目中仿似有笑，竟如阴日一道和煦阳光，晃了人眼。少年成名，战功显赫，却又善待每个徒儿和兵将的小南辰王，自那日后便是她的师父，一生一世不再有变。

她是未来的太子妃，和寻常的师兄师姐不同，在王府内独门独院，也有单独侍奉的侍女。也因此，在入门前两年，备受排挤。因她身份，那些人不敢有任何动作，却只是待她冷淡，仿若路人。她并不太在意，也是这样的身份，让她更得师父宠爱，常单独伴在书房，甚至能登上王府禁地——藏书楼。

而后，师父察觉到她被冷淡并给徒弟们以训示，所有师兄师姐终于开始慢慢接纳她。她不能言语，总是笑，笑得每个人都暖意融融，纵然容貌平平，却也招人喜爱。

只是，师父仍旧只允许她一个人上藏书楼。有些师兄忍不住，拿来纸笔问她，藏书楼里到底有何宝物，才成王府禁地？她每每摇头，笑而不写，甚至目光偶有闪烁。

楼内不过三层，常年弥漫着松竹香气，不点灯时，光线很暗。她第一次去，也是偷偷潜入，初入王府，就有邻国敌军大举寇边，师父领兵出征，她甚至没有第二个认识的人。所以，藏书楼里，有一整面的墙上，都是她写下的诗词，均是自幼跟着母亲背诵的。

诗词意思，并不甚懂，却能流畅书写。

当周生辰归来时，藏书楼已被她写满了两面墙。

侍女在深夜寻不到她，只得悄悄向周生辰求救，清河崔氏的女儿深夜失踪，若传出，便是崔氏满门受辱。侍女做不得主，手足无措，周生辰便独自一人寻遍王府，直到走到藏书楼的顶层，看到拜师时给自己乖巧奉茶的小女孩儿，竟在墙面上写下了司马相如的《上林赋》。

洋洋洒洒，竟无一字偏差。

却偏偏卡在了男女情意的那句话上：长眉连娟，微睇绵藐。

她手足无措，紧紧攥着毛笔，从竹椅上下来。甚至不敢抬头去看月色中饶有趣味瞧着她的师父。"忘记后半句了？"周生辰走过去，单膝蹲下，温声问她。

十一抿起嘴唇，有些不甘心，但仍旧默默颔首。

师父忽然伸手，抹去她脸上的墨汁。

指腹有些粗糙，并不似娘亲般的柔软。可是一样的温热，也一样的温柔。

他笑了一声："后半句是：色授魂与，心愉于侧。"

她恍然抬头，欣喜地看着师父，想要反身再爬上竹椅时，却觉得身子一轻，被他从身后抱起来，"写吧，我抱着你。"她颔首，有些害怕，也有些欣喜，以至于这八个字写下来，和别的笔迹相差甚多。

她还要再写，师父已经把她放下来，"睡去吧，待你学成时，再补足余下的。"

是以，藏书楼内，有她未曾写完的篇章。

她私心里甚至将它当作了秘密。

后来渐渐大了些，她方才懂得，这句词的真正意思。

  女以色授，男以魂与，情投意合，心倾于侧。

师父常常不在王府，短则半月，多则三月，每当此时她都会悄悄去藏书楼。有时候在午后打开窗，会有风吹进来，夏日浮躁一些，冬日则冰寒一些。有风，就有声音，无论是风穿透数个书架的萧萧呜咽，抑或是翻过书卷的声响。

起初她个子矮，总会站在竹椅上，后来慢慢长高了，再不需要竹椅。

不用她说，周生辰总会在这里找到她，然后在固定的一根柱子上，丈量离开的这段时间里，她是否长高了。她看到他忽然而至，总会开心不已，说不出，就小心翼翼地用食指勾住他的小指，摇摇晃晃，不肯松开。

"十一,"他和她说话的时候,总会单膝蹲下来,很温柔,"你笑起来,最好看,要常常笑,好不好?"她笑,嘴角扬起来。

日日月月,年年岁岁。

琴棋书画,她并非样样精通,却偏好棋和画。

前者,可在藏书楼陪师父消磨时间,后者,则可趁师父处理公务时,用来描绘他的样子。她不敢明目张胆地画,只得将那双眼睛,那身风骨,一颦一笑,睡着的,疲累的,抑或是因战况盛怒的师父,都藏在了花草山水中。

只她一人看得,唯她一人懂得。

她不能出王府,自然不及师兄师姐的眼界开阔。每每到十日一次共用晚膳,总能听到已随师父出征的师兄,眉飞色舞地描绘他如何剑指千军、身先士卒。而师姐又描绘在市井传闻中,师父的名声。

"十一,你觉得,师父是不是很好看?"

她怔一怔,想了想,然后很轻地颔首。

若说师父不好看,这世上再无可入眼的人。

"有没有听过'美人骨'?"最小的师姐,靠在她肩上轻声说,"'美人骨,世间罕见。有骨者,而未有皮,有皮者,而未有骨。'而小南辰王,是这世间唯一一个兼有皮相骨相的人,百姓们都说,这比帝王骨还稀有。"

小师姐说到最后,竟有了大逆不道的话。

"小南辰王家臣数千,拥军七十万,战功赫赫,早该封疆裂土,开出一片清明天下。"

她眼神闪了闪。

她知道小师姐喝多了,忘记了自己这个不会说闲言碎语的师妹,就是皇太子妃。

为了配得上皇室,拉拢小南辰王而存在的人。

她听得有些心慌,晚膳罢,又偷偷上了藏书楼。却未料师父竟也未燃灯烛,立在窗侧出神。她透过木质书架的缝隙,远远地,看着师父,想到师姐的话。美人骨,这三字虽然听去极美,却也未尝不是一道枷锁。

她看得累了,就坐下来,迷糊着睡着了。

再睁眼天已有些亮了,却不见了师父,只有长衫披在自己身上。衣衫冰凉,想来师父已走了很久,这还是初次,她在此处睡着了,师父没有抱她下楼。

时宜的手指顺着衣衫的袖口,轻轻地画了个圈。

只是如此,就已经脸颊发热。多年前她只能背诵到"长眉连娟,微睇绵藐",是他,教会她"色授魂与,心愉于侧"。

如今她当真是色授魂与,情迷了心窍。

她深夜提笔,书信一封,恳求母亲退婚。

母亲回信来,字字句句不提退婚,讲的却是些坊间传闻。

坊间传闻,小南辰王与准太子妃行苟且事,罔顾师徒名分,罔顾纲常伦理;坊间传闻,小南辰王有意举兵,自立为王;坊间亦有传闻,清河崔氏已与小南辰王府联手,美人天下,双手供奉,只为封疆裂土,由望族一跃成王。

　　吾儿,谨言慎行,清河一脉尽在你手。

她合上书信,揭开灯烛的琉璃盏,将信烧尽。

宫中频频有圣旨示好,太子殿下更是亲自登门,以储君身份安抚小南辰王。君君臣臣,好不和睦,仿似昭告天下,传闻仅为传闻,皇室、南辰王氏、清河崔氏,深交固若金汤,动摇不得。

十七岁生辰,她奉母命,离开小南辰王府,离开住了十年,却未曾见过市井繁华的长安城。

那日,也是个艳阳高照的好日子。

师父难得清闲在府中,倚靠在书房的竹椅上。她记得,自己走入拜别时,有阳光从窗外照进来,斑驳的影子落在他身上,半明半暗中,他眸色清澈如水,抬起头来,静静地看着她。

十一工工整整行了拜师时的大礼,双膝下跪,头抵青石板。一日为师,终身为父,她这一拜是拜别他十年养育教导恩情。

"皇太后有懿旨,让我收你做义女,十一,你愿意吗?"

她起身,很轻地摇了摇头。

刚才那一拜,已了结了师徒恩情,她不愿跨出王府还和他有如此牵绊。

他微微笑起来:"那本王便抗一回旨。"

十一走到他面前，在竹椅边靠着半跪下来。仔细去看，他双眉间拢着的淡淡倦意。她忍不住伸出手，想要碰碰他的脸。

只这一次，这一次后她就离开，离开长安，回到清河。

他察觉了，微微抬起眼睛看向她。她被吓到，不知道是该收回手，还是坦然去碰碰他的脸。短暂的安静后，他轻轻往前凑近了，配合着，碰到她的手。

她的手指，有些发抖，却还是固执地从他的眉眼，滑到鼻梁。

每一寸，都很慢地感觉。

美人骨。

她想，这骨头究竟有什么特别，可以让王室都忌惮，可以让天下人传扬。

色授魂与。说的即是女以色授，男以魂与，如她这般平凡无奇的样貌，又如何担得起"色授"……她静静收回手。他却忽然笑了笑，问她："来长安十年，十一还没见过真正的长安城？"十一颔首，想了想，忍不住遗憾地笑了。

"我带你去看看。"

她愣了愣，想到母亲的书信，有些犹豫地摇摇头。直到他命人取来风帽黑纱，遮住她整张脸，只露出眼睛时，才终于带她走出王府。艳阳高照，街道喧闹，他和她共乘一骑，温声告诉她每一处的名字，每一处的不同。

他长鞭到处，本该是生死搏杀的战场。

可那日，仅是长安城的亭台楼阁，酒肆街道。他没穿王袍，她遮着脸，他不再是她的师父，她也不再是他的徒儿。远望去，马上的不过是眉目清澈的女子，还有怀抱着她的风姿卓绝的男人。

这便是她住了十年的长安城。

她离开王府那日，也是他再次领兵御敌之时。征战十年，边关肃清，邻国更是闻风丧胆，这一战不过是向四方示警，再无任何丧命危险。

她如此以为。

十日后，她抵达清河崔氏的祖宅，受太子奶娘亲自教导，学习大婚礼仪。奶娘似乎听闻她的种种不是，严词厉色，处处刁难。她不言不语，只记下每一个紧要处，略去言辞讽刺。

直到边疆告急。

太子殿下亲自出征，援兵小南辰王，她才觉事有蹊跷。

小南辰王自十六岁上马出征，从未有败绩，长剑所指，皆是血海滔天，必会大胜回朝。一个常年养在宫中的太子，何德何能，敢带兵增援。

她无处可问，四周只有父兄和皇室的人。

她记得那十年在王府的岁月，周生辰每每在她睡着时，亲自将她抱回房内，唯恐她受凉生病。稍有风寒，就会在他房内喝到紫苏叶所泡的热茶。反倒是回了家中，在大雪纷飞日，也要光着脚，踩在冰冷地板上学如何上榻，侍奉君王。

半月后，母亲来寻，旁观她反复练习落座姿势。

半晌，母亲终于悄无声息，递上一纸字笺。

字迹寥寥，仓促而就，却熟悉得让人怔忡：

辰此一生，不负天下，唯负十一。

她光着脚站在青石地上，听母亲一字字一句句，告诉她三日前那夜，小南辰王是如何临阵叛乱，挟持太子，妄图登基为帝，幸有十一的父兄护驾，终是功败垂成，落得剔骨之罪。

何为剔骨？只因他一身美人骨，盛名在外。

那太子偏就要在天下百姓前，剔去他美人骨，以儆效尤。

母亲目光闪烁，她睁着眼睛，直勾勾地看着母亲。

张口却问不出，言语不能。

此生徒有口舌，却不能言语。就连他如何留下这纸笺，都问不出。

是谁负了谁？

十一拿着纸笺，禁不住地发抖，她想起，那日离去前她亲手抚过他的眉眼，不想忘记关于他的一分一毫。而如今再见，却已是残纸绝笔。

他一句不负天下，分明告诉她，他是被陷害的。

父兄害他，皇室害他。

而她，又如何能置身事外？

十一把纸笺折好，放入衣襟内胸口处。继续沉默地，一遍遍练习如何坐下。

十一，你这一生，可曾想与谁同归？

她早有答案。

后记：

  周生辰，小南辰王。一生杀伐不绝，赤胆忠心，却在盛年时，被功名所累，渐起谋反之心。幸有清河崔氏识破奸计，小南辰王被俘，储君恨之入骨，赐剔骨之刑。

  刑罚整整三个时辰，却无一声哀号，至死不悔。

  小南辰王一生无妻无子，却曾与储君之妃屡传隐秘情事。小南辰王死后第四日，储君之妃命殒。有传闻她于王府十丈高楼自缢，亦有传闻她是自长安城墙一跃而下，众说纷纭，终无定论。唯有王府藏书楼内，储君之妃手书整首《上林赋》为证，流传后世，渐成美谈。

他一生风华，尽在寥寥数语中，深埋于世。

这一世已过去二十六载。

  时宜靠在窗边，看车窗外掠过的路牌，不禁感叹这好天气，没有一丝浮云的碧蓝天空，让人心情也好起来。出租车一路畅通无阻，她下车后，手续办得亦是顺畅，却不料在安检的门内，来回走了两次，都警报声大作。

  最令人烦躁的是，隔壁的警报声也响个不停，不知是哪个倒霉鬼和她一样，遇到不讲理的安检门。

  "小姐，麻烦你把鞋子脱下来，我们需要再检查一遍。"她点点头，在一侧的座椅上坐下来，低头脱掉鞋的瞬间，她看到隔壁那个男人的背影。

  很高，背脊挺直。她看到他的时候，他正拿起自己的手提电脑。

  安检门的另一侧，长队如龙。

  而这一侧，却只有他们两个在接受检查。

  "周生辰先生？"安检人员拿起他遗落的护照，"你忘了护照。"

  "谢谢。"他回过头来。

他留意到她的目光，抬眼看过来。

那一瞬的对视，压下了周遭所有的纷扰吵闹。所有的一切，都不再和她有关系。时宜目不转睛地看着他，再也挪不开视线。她想笑，又想哭，却无论如何都说不出话，哪怕是半个字。

你终究还是来了。

周生辰，你终究还是来了。

第六章 色授谁魂与

时间一天天倒计时，她有些紧张，问他，是否需要提前见那些周家的人。周生辰很简单地否决了，他的原话是："不需要提前见，最多三年，我会恢复到正常的生活轨迹，你也一样，不需要有任何变化。"

她理解，他说的正常轨迹，就像在西安研究所一样的他。

穿着实验室的白大褂，带着研究员，研究一些她永远都不懂的材料。

纵然是要订婚，她还是要参与一些业内活动。

比如东视旗下一众配音演员，要录制一期公益曲目。这些配音演员，轻易不开口唱，但如果肯进录音棚，歌声绝对会震撼绝大多数听众。所以从三年前第一期开始，就成了每年五月的惯例。

她连假都没机会请。

林叔开车送她到录音棚，已经有很多人等在那里。或站或坐，都穿着随意，笑着闲聊，时宜推开门，有两个中年女人笑起来："看看，我们今年获奖的最好声音到了。"都是业内的前辈，经常会拿她开开玩笑，她长出口气，也玩笑着深深环绕鞠躬，"各位前辈，晚辈实在是逾越了，竟然拿了今年的大奖，见笑见笑。"

众人大笑。

配音演员就是这点好，不露脸，名声也只在业内，所以都是一些淡泊名利的人。时宜样子好，人也和气，对前辈都很尊重，自然很受欢迎。

她走过去，习惯性和美霖要稿子。

岂料后者双手环胸，非常为难地说："今年的规矩变了，老板说，要学学好声音，让你们都录自己最拿手的，公益打擂。"

"真的？"时宜看看周围人，手里的确也没有纸。

"真的，"美霖笑，低声说，"用你的脸做海报？"

时宜用手肘狠狠撞她。

美霖轻声说："告诉你，今天王应东来了。"

王应东，D Wang，非常低调的制作人，极富才气。最关键的是，他喜欢时宜很久了，久到每个人都知道，却从未明白对她说过。时宜并不傻，但同属一个公司，总会或多或少地和他接触。她已经尽量让美霖安排，自己的工作一律回避他，但这种大项目，总难逃开。

她微微蹙眉，没有说话。

如果可以，她希望，这一世可以简简单单。

除了周生辰，不再和任何人有牵扯。

幸好，他们所有人都坐在休息室。

除了进录音棚录制的人，可以听到王应东的声音，其余时间，都不会有接触。

依照美霖所说，这次真的改了方式。每个人都要背一段指定的角色台词，并且，为了录制各种娱乐效果的花絮，真的不给任何提示，每个人进了录音房，就随意放伴奏音乐。幸好都是当年的流行乐，唱不出的还是少数。

不过也有一些专配纪录片的，根本不听流行音乐，只好现场放几遍，跟着学习。

当时宜被推进去的时候，王应东并没有为难她。

挑的是她最熟悉的台词，放的歌曲，也是耳熟能详的。

《我的歌声里》。

唱遍大街小巷的歌，也因一个选秀节目红得发紫。她戴上耳麦，看到玻璃的另一侧，D Wang也戴着黑色耳麦，对她微微竖起大拇指，用自己标志性的手势示意她准备。

音乐播出来，她轻轻地跟着旋律，哼了两声。

很简单的词。

每句，都能让她想到很多。

  没有一点点防备，
  也没有一丝顾虑，
  你就这样出现，
  在我的世界里……
  你存在，我深深的脑海里，
  我的梦里，我的心里，
  我的歌声里……

  她还记得，他忽然出现的时间。他们坐的都是早班机，机场的人不多，也幸好不多，否则只能让他更觉得自己唐突。每个神情，其实都很清晰，比如他是从左侧转的身，手里除了电脑、护照和登机牌，没有任何多余的东西。
  淡蓝和黄色交叠的格子衬衫，干净的目光。
  他看到她，竟然没有任何多余的神情，反倒显得她眼神慌乱。
  时宜手搭在麦克风的金属架上，轻轻地唱着，从未如此投入地唱过一首歌。
  隔着玻璃，只有 D Wang 和美霖看着她。
  两个人似乎都看出来，她在为某个人唱歌，没有任何杂质的感情。D Wang 轻轻地，将音乐减弱，近乎于清唱。他想，这个内地四大女声之一，刚刚拿下大奖的女人，或许真的在谈着一场隐秘的恋爱。那晚颁奖典礼的花边新闻，曾让他以为，时宜也开始慢慢变质，但今晚，她的歌声里，很明显地表达出她正在非常爱着一个男人。
  不管那个男人身家如何，她真是投入了感情。

  她完成自己的部分，很快就离开了。
  却并不知道录音棚里，余下的那些人，如何开着 D Wang 的玩笑。有人轻轻拍着 D Wang 的肩膀，笑着说："东视最漂亮的女人，归属似乎很不错。"D Wang 两指轻轻叩着工作台，没说话，却有些无奈地笑起来："只要她喜欢，没什么比这个更重要的了。"
  非常严苛的制作人，忽然说出这么煽情的话，一室竟难得安静。

她下楼时，周生辰早在路边等着。

时宜猜，他一定保持着习惯，早到了十五分钟。快要进入多雨的盛夏，夜晚的路面，常常会被突然而至的细雨淋湿，黏着几片绿色的梧桐或是银杏叶，踩上去，会有软绵深陷的错觉。时宜走过去，走到他身边，"你把老师送回酒店了？"

周生辰颔首，"一个小时以前就送到了。"

"一个小时？"她算算时间距离，"你到这里多久了？"

"三十分钟。"

"三十分钟？"她笑，"你不是说，你的等待习惯，是提前十五分钟吗？"

他替她打开车门，随口说："如果是等未婚妻，时间加倍也不算过分。"

她没想到他会这么说，坐进车里，看到林叔似乎也在笑。

车从街角拐出去，平稳地开上灯火如昼的主路。时宜看见他打开车窗，四分之一的高度，刚刚好足够透气，却不致有风吹乱头发。两个人之间，有木质的扶手，他的手臂并没有搭在上边，而是让给了她。

这样细枝末节的地方，她都忽然留意起来。

或许他和自己相处，从来都是如此。

虽然感情是慢慢培养，但他真的做到了该做的一切，留出时间陪她，也留出空间，不让烦琐家规束缚她。虽然从唯一一次见他母亲，时宜就看出来，那些家规有多难被打破。

她轻轻用手碰了碰他的手臂。

周生辰回头，看她。

时宜悄悄指了指前座，他了然，关上了隔音玻璃。

"你们家订婚，需要不需要一些特定的环节？"她问他。

周生辰仔细想了想，"没什么，能省略的，我都已经让人取消了。"

"那，需要戴戒指吗？"

他笑："需要。"

"那戴完戒指，"她看着他漆黑的眼睛，"需要吻未婚妻吗？"

周生辰有些意外，但仍旧仔细想了想，"这个，他们倒是没有告诉我。"

他的声音里，有淡淡的笑意。

时宜想，他可能，大概明白了自己的意思。

可又像是没有明白。

"你过来一点儿。"她低声说。

他很听话,轻轻地把身子靠过来,神情似乎还有些疑问。

她轻声问,有些脸红,"如果问这么仔细,别人会不会尴尬?"

他略微思考,答:"或许会。"

她不知继续说什么,周生辰却礼貌而安静地等待着。

他比她坐着的时候,也高了不少,只得低下头和她说话。近在咫尺,蛊惑人心。

如果再不这么做,可能今晚都不会再有勇气了。

时宜忽然就闭上眼睛,凑上去,在触碰的一瞬,竟分不清前世今生。这样的感觉,让她不能呼吸,不敢动,也不敢睁眼。

只有心跳若擂,紧紧地抓住两人之间横亘的木质扶手。

在短暂的静止中,甚至能感觉到近在咫尺的目光,她的眼睛闭得越发用力,甚至睫毛都在微微颤抖着,固执地,不愿意离开。幸好,他很快就温柔地回吻住自己,自然而然,用舌尖撬开她的嘴唇、牙齿,将所有的被动变为主动。

而他的手,也轻握住她的手,合在了掌心。

掌心温热,并不用力。

唇舌相依,这样的距离,她曾经想都不敢想。他并不着急,甚至有种仔细而耐心的味道,在和她亲吻。一寸寸,一分分,抽走她的意识和思维,她不舍得离开,他也没有放开的意思,就如此反反复复,持续了很久。

到最后,他终于从她嘴唇离开,轻吻了吻她的脸。

悄无声息地,两个人分开来。

他似乎想说什么,最后只是笑了笑。

时宜不敢再看他,很快偏过头,去看窗外掠过的风景。

车仍旧在平稳行驶着,不断有楼宇远去,也不断有灯火袭来。这样美的夜晚,就这样开下去,一路看下去,该有多好。

她回到家,把椅子搬到阳台的落地窗前。

从这里,能看到不远处的高架桥,车如流水。

坐了很久。

她忽然想要完整拼凑出前世的记忆,她和周生辰是如何相识,如何相知,又是如何的结局。可偏偏幼时清晰的画面，到如今，反倒像蒙太奇的画面。

层层叠叠，碎片无数。

她只记得，曾美好得不可思议的相处片段。

记得，一定是自己负了他。

故事的结局究竟是怎样的？或许太令人难过，她真的忘记了。

漆黑的房间里，忽然亮起了白色的光，这么晚，他竟然还打来电话。

时宜心跳得有些飘，拿起来，却又有些莫名担心。通常送她回到家后，他都不会再来电话，因为在门口，已经道过晚安。

她把手机贴在脸边，"喂"了一声。

周生辰的声音，淡淡的："还没有睡？"

"我？"时宜不知道为什么，自从今夜的那个吻之后，听到他的声音，就有些心慌意乱，"嗯，我在客厅坐着。"

他略微沉默了一会儿。

不知道想说什么，总之，最后什么也没有说。

只是说了声"晚安"。

时宜也轻声说了"晚安"。

等到周生辰挂断电话，林叔才在前排，低声问："现在回去？"他颔首，公寓楼下的车缓缓开出小区，向高架桥驶去。

他刚才，只是看她的房间始终没有亮灯，完全不像她平日作息。按照平时的习惯，她应该一进房间，大概十分钟内就会去洗澡。可是今天，却始终没有这么做，以至于他忽然有些担心，是不是出了什么状况。

而打这个电话，还有别的原因。

这么特殊的一晚，是不是应该和她说些什么？

要说什么？他最后发现，电话接通后，什么也不用说。

他能听到，手机里，她的呼吸有稍许克制，和平时有很大差别。周生辰将手肘撑在车窗边，用两根手指撑住脸，视线落在窗外的夜色中。

过了一会儿，忍不住，微微扬起了嘴角。

提前三日，她随他返回镇江老宅。

而父母要晚一天抵达。

时宜在路途中忐忑难安，怕再见他母亲，甚至是他那一族人。当山路深入下去，她却发现，轿车经过了曾经到过的地方，却并未停驻，反倒是更往绿影深重、宁谧的山林内深入。到最后开始有高耸的石雕牌坊，两侧的树木亦变得愈加高耸。

沿着路，左侧有溪水潺潺，右侧则是青石搭就的一层层石阶。

她望着路边的景色，猜测着，这是什么地方。

不久，就看到有两三个女孩子，沿着石阶慢悠悠走着，似乎在闲聊。轿车开过时，女孩子们忽然转过头来，有个认出了这辆车，忙不迭招手，"大哥。"

声音叠在山谷中，略有回音。

轿车慢慢停下，周生辰先下车，年轻女孩子想跑，却不太敢跑，只是从最近的碎石小路上快步走过来，待近了，周生辰伸出手轻轻摸了摸她的脸，"出汗了，从山上走下来的？"女孩子"嗯"了一声，笑着绕过他，走到时宜前，微笑着打招呼："时宜小姐，你好，我是周文幸，你未来的妹妹。"

她看了看周生辰，猜出这就是他疼爱的那位妹妹。

迄今为止，他们家这一辈，她见了四个。果然如同他所说，除了他和周生仁比较特殊外，余下的，都是"文"字辈的。名字没有任何差异，无论远近亲疏，嫡系旁系。

周生辰似乎担心她的身体，坚持让她上车，不再让她攀爬。

岂料周文幸竟然很欣喜，将两位同族的小姐妹也招来，自作主张地关上门，"大哥，你陪时宜小姐走上去吧，希望你能赶上午餐的时间，"她催促林叔开车时，忽然又说，"对了，今日是要试菜的，千万不要迟到。"

轿车很快离开，转过环山弯路，就不见了踪影。

她这一刻的感觉，如同进入了无人的风景区。

没有任何交通工具，只有她和他。

周生辰笑中有些无奈："还需要走一段路。"

"没关系，"她已经慢悠悠走起来，"这里风景很好，走起来，应该不会觉得累。"

他抬腕看表，"你这样的速度，可能需要走五十到六十分钟。"

她脚步顿了一顿，"你妹妹说，中午你要试菜？"

周生辰颔首，把西服外衣脱下来，搭在手臂上，显然做好了徒步上山的准备。

现在时间已快午饭，如果要走将近一小时，岂不是让所有长辈都等着？念及此，时宜不敢再耽搁，拉起他的手腕，"我可以走得很快，非常快。"

握住了，方才觉得这是种亲近。

不过周生辰倒不觉得什么，只是拨开她，反过来握住她的手，"不用走得太快，他们会一直等我们。"因为是上行坡度，他要带着她走，自然就攥得紧了些。

起初她还小鹿乱撞，心神不宁，到走了二十分钟的上行山路，已经有些轻微的喘气。

两个人到老宅大门，她额头已经有些汗湿。

"很累？"他松开她。

时宜微哂。

依旧是深宅，不过看起来比先前去的老宅略微温暖些。她想起那里，仍旧是绵延的细雨，湿漉漉的老式地砖，亭台楼阁皆在雨幕中，包括他母亲的语气也是阴沉沉的。

可这里却漫溢阳光。

庭院很深，数不清是几进，雕梁画栋，一路走入，常能看到阳光透过石雕砖雕，落在地面的奇异形状。两个人并肩而行，她忍不住轻声说："我喜欢这里。"

好像这样的地方，能阻断时光。

他笑而不语。

两个人终究还是迟到了。

周文幸轻轻地对她笑，如同奸计得逞了。只是辛苦两个人，走得腿酸脚疼。

她再次见到他的母亲，还有他曾经提过的，暂时帮他照顾周生家业的叔父。还有很多长辈，他并未一一给她介绍，最后，让她最为不安的是，这些人她也只是走马灯地招呼过，然后就分桌落座。唯有她和他，坐在单独的桌子上。

周生辰似乎还考虑到，有十几桌的陌生人在，刻意嘱咐人搬来屏风，堪堪遮住两人所坐的位置。除了林叔，还有两位看起来像是总管的人，随侍在身旁，再无他人。

他看出她的不自在。

随手把西装外衣，递给林叔，接过温热的湿毛巾，边擦手边说："其实今天来，主要是让你试菜。那些长辈只是难得一聚，趁这个机会来叙旧，这么隔开来，也好让他们安心吃饭。"时宜应了声，看了看身边立着的三个男人。

他了然，让三个人都下去用餐，最后，只剩了他和她。

一道道上来的，倒都是很新鲜的食物。

雪夜桃花、莲蓬鱼肚、驼羹、八卦山药，她吃起来，倒都觉得不错。更享受的是，周生辰每样都很熟悉，没有旁人在，就亲自给她介绍："鱼肚要过油浸泡十二个小时，待软后，再用180℃高温加热使其膨胀，而后，再次低温浸泡，浇入上汤调味，煨小火一分钟……"他说得十分详细，时宜忽然笑出声："这道菜，你会做吗？"

"完全不会，我厨艺很差，"他笑，"其实，也算不上什么厨艺。"

"那你这么清楚？"

"之前挑菜的时候，会有厨师详细介绍，听过了，也就记住了。"

她"哦"了一声，握着筷子，扭头看窗外偷笑。

如果不了解他，一定会以为他在炫耀自己的过耳不忘。

高智商，而不知遮掩的人，也真是有些可恨。

她视线飘回来。

周生辰正在看着她。

屏风外，安静得像没有人。

两个人莫名对视了一会儿，他忽然轻咳了声："所以这些菜，你觉得还可以吗？"

时宜"嗯"了一声。

再精致不过的菜品，毫无瑕疵。最主要的，他刚才说，这些菜都是他之前挑选的，只是这一个理由，就完全足够了。她根本不会有任何多余的意见。

两个人住在单独的院子里，房间仅是隔壁。

或许是因为他的要求，室内装潢都是极舒适的现代设备，除却墙外环境的古朴，她如同住进了私家酒店。在她进房间，洗过澡后，房间电话竟然很快响起来。

一墙之隔，他还不嫌麻烦地来电话，道晚安。

时宜忍住笑意，感叹说："好巧，如果早十分钟，我还在洗澡。"

还没等他说话，就听到窗外，有稍许吵闹。

离得远，她听不清楚。

他似乎也听到了，仍旧礼貌地和她解释："我需要先挂断这个电话。"

"好。"

电话挂断不久。

很快,就有脚步声从楼下上来。

木质楼梯和地板,掩不住这样的快步行走声。而后,是隔壁房间门打开的声响,时宜按住扶手,犹豫了几秒,还是打开门。看到林叔已走下楼,而周生辰的背影刚巧就在楼梯口,听到她走出来,微微转过身,"有些小事情,你先休息。"

他看起来,神色略有不同。

时宜才颔首,他就匆匆离去。

这样陌生的环境里,她很难立刻入睡。

尤其还有深夜莫名的喧闹声,让她更加心神不宁。幸好周生辰很快就返回这个院子,她听见他的声音从楼下传上来,便悄悄走到窗边看下去。

月色中,他面对着五六个黑衣的男人,其中一个正是试菜时出现过的总管之一。说话的声音不大,她听不到具体内容,只见他很快就挥手,众人散去。

院落中,只剩了他自己。

住在一楼的两个负责饮食起居的女孩子,问了句明日晨膳的时辰。他只说照旧,又低声说了句话,便上了楼。时宜从窗边离开,就听到房门被敲响。

打开来,看到周生辰左手手肘撑在门框上,站在门口,笑了笑:"我回来了,和你打个招呼。"她也顺势靠在门上,"有很严重的事情吗?"

他略微沉吟:"上次你见到的一个怀孕的堂嫂,刚刚不慎跌倒,可能要早产了。"

她心头一跳,未料忽然出这种事,追问了几句。

只是奇怪,他一个大男人去管这种事?实在说不过去。

不过他既然没有说出完整的故事,那她也无须深问。毕竟她现在还不是未婚妻,哪怕是未婚妻了,想要真正成为这家庭的一员,或许都有很长的路要走。

两人说话间,小姑娘连穗走上楼,端着一盏茶,在微微对两人欠身行礼后,将茶端入了时宜的房间。待连穗走后,周生辰才解释:"这是莲子心芽泡的水,喝一些可以助眠,不过不要喝太多,晚上醒了口渴了,也可以润喉。"

难怪,有很淡的莲子清香。

时宜的心有些软绵绵的,又点点头,想要抬头和他道晚安时,他却已经低下头来。如此近的距离,甚至能感觉到他的鼻尖已经碰上自己的,轻轻摩擦,却不再进一步。

她不敢置信地睁大眼睛。

"晚安吻，可以吗？"他微微偏过头。

时宜轻轻说了个"好"字。

两个人离得这么近，都能感觉到彼此呼出的气息。

倘若不答应呢？他会怎么办？

她意乱情迷，闭上了眼睛，感觉到有柔软，碰到自己的嘴唇。

起初，她以为只是稍许碰触。

却未料竟是如此绵延深入的一个吻，唇舌间有淡淡的莲子清香，混杂着苦艾的薄荷味道，并不十分浓烈。似乎和那夜不同，但为什么不同，哪里不同，她说不出确切的理由。只感觉他的舌尖轻扫过自己的上腭，竟像被碰到了最脆弱的地方，她直觉上退后一步，却被他一只手扣住了后腰，退无可退。

他发现她的反常，倒有了些研究精神，开始慢慢试着，找出哪里才是最敏感的地方。

那个地方碰一碰，就难受得要命。可离开了，却又有些空落。到最后她也不懂，是好受还是难受，在他终于放开自己时，已经有些空白晕眩，迷惑地看着他。

"还好吗？"他用手指碰碰她的脸。

很烫。

手指滑下来，摸到她的嘴唇，已经有些肿。

时宜轻轻避开，几不可闻地"嗯"了一声。

到现在她终于明白，不同之处在哪里。周生辰一定很认真地研究过怎样接吻，面对一个如此有研究精神的男人，真不知道是该哭还是该笑。

或许是因为山里的寂静，她次日醒来，比平时晚了半个多小时。

周生辰不在，她独自在小厅堂里，慢悠悠吃着早餐。连穗和连容都待她十分尊敬，甚至有些小心翼翼。她忍不住笑："你们吃早餐了吗？如果没有吃就去吃吧，不用陪着我。"

"吃过了，"连穗年纪小些，鬼灵精怪地笑着，"时宜小姐肯定不知道，自从大少爷准备订婚以来，这里的晨膳时间都是五点钟呢。所以除了时宜小姐，这里上上下下的人，早就用过晨膳了。"

这个晨膳的规矩，他没有和她提过，只是让她舒舒服服地自然醒后，安静地吃早餐。时宜握着调羹，抿了一口，紫糯合口，莲子香甜。

却都不及他的细心让人沉醉。

原本上午的安排，是他陪她去寺庙进香。

她耐心等到了十点半，周生辰仍旧没有出现，她拿出来时带来消遣的书，翻着打发时间。时针缓慢地移动着，她看得入神时，钟摆的撞击声骤然响起来，非常有规律的沉重响声，持续到第十一下后，恢复了安静。

十一点了？

她从窗口望下去，周生辰依旧没有回来。院子里的连穗似乎也在等着大少爷回来，来来回回走着，看起来有些焦虑。忽然有人影闪进来，是年纪大一些的连容。

楼层不高，两个小姑娘的说话声很快就传上来。

连容叹了口气："越来越麻烦了，孩子没了。"

连穗"啊"了一声，压低声音说："没了？"

"是啊，说是她生辰八字不好，克的。"

"什么克的？昨晚明明姓唐的那位，仗着自己有身子，先冲撞了她。你说提什么不好，偏偏就在众人面前提她被退婚的事？倘若她不被退婚，说不定如今我们的小小少爷都生下来了，谁敢这么冷嘲热讽——"声音骤然消失。

显然是两人之间有人记起楼上还有时宜，很快停止了议论。

时宜短暂地品味这几句话，震惊于早产后，那个孩子的死去。她还记得，当初在金山寺旁吃饭，忽然闯入的唐晓福。

这个话题中那个克了唐晓福的"她"，时宜猜不到身份。

但显然，曾和那个"她"有婚约的人，是周生辰。

她首先想到的，是在西安听说过的未婚妻。但很快就推翻了这个可能，按连穗说的话，这个"她"若不和周生辰退婚，早已有机会生下孩子。那时间上来说，应该是比较远的事情了。

所以，还有别人吗？

他在过去二十八年里，有过怎样的故事，她一无所知。

如今看到的文质彬彬、波澜不惊、似乎对男女情事不太热衷的周生辰，究竟有怎样的过去？他就像个谜，接触得越多，不懂的越多。

时宜，你要耐心，慢慢地去了解他。

午后，周生辰姗姗而归。他今日穿着深蓝色的衬衫，黑色长裤，周身上下色调暗沉，唯有袖扣泛出了细微的银灰色光泽。他安静地在她身边坐下来，松开袖扣，轻轻嘘出口气。

"下午去接我爸妈？"她给他倒杯水。

"事情可能会有些变动，"他似乎在思考如何措辞，"家里出了一些事情，确切说，有了白喜事，不宜在最近办红喜事。"

时宜恍然。

这个道理是对的，所以她点点头，倒是没有追问。

周生辰看她并不惊讶，猜到了什么，"听到连穗她们说了？"

她吐了吐舌头，轻声说："是偷听到的，你千万别怪她们。"

他眼底有隐约的笑意："这个宅子，大小院落有六十八座，房屋一千一百一十八间，人很多，也很杂，所以——"他停顿下来，时宜疑惑地看着他，"所以？"

"所以，总难免有闲言碎语，真真假假的，听过便罢，不要想太多。"

她笑："知道了。一般电视剧里的大家族，都这么演的。"

这场订婚仓促取消，她虽能理解，却总要和父母交代。

两人大概商量了一些措辞。

周生辰给她父母打了一个电话，很诚恳地抱歉，寥寥数语交代清楚。幸好只是订婚，母亲也觉得人家家中出现了白事，无论如何现在订婚都有些不妥，况且，也有些不吉利，所以很快就释然，取消了行程。

只是母亲多少有些微词，自始至终，周生辰的母亲都没有任何礼貌的交代，丝毫不像是即将结为亲家的态度。时宜含糊笑着，解释说他母亲对这件突发的白喜事，很伤心，所以顾不及这边的礼数。

"时宜，"母亲的声音有些心疼，"妈妈并不需要你嫁得多好，那样的家庭，如果你觉得不适应还来得及。说实话，你们这些年轻人，结婚离婚都像儿戏，何况订婚，你还有很多机会考虑清楚。虽然我挺喜欢那孩子的，但也不想你处处低人一等。"

"知道了，知道了，"她笑，开玩笑说，"我会慢慢树立我的地位的，女权至上。"

母亲被逗笑，嘱咐她不要亏了礼数，去探望一下早产的亲戚。

母亲这么一提醒，她也想起，是该去探望探望唐晓福，毕竟也算和这个堂嫂有过一面之缘。问周生辰时，他却解释说人已经离开了镇江，时宜只能作罢。

周生辰临时改变行程，准备明日就送她返沪。

他午后去处理余下的大小事宜，刚走不久，周文幸忽然而至，说受了哥哥叮嘱，要陪时宜四处走走。时宜本就对如此庞大繁复的老式建筑很感兴趣，自然乐得闲走。

这种江南老宅，皆是长廊接着长廊，院落紧挨院落。

不像西北的大宅子，每个院落中都有分明的进出大门，规整刻板。

"我大哥哥说，一定要带你去一个地方，"周文幸笑的时候露出一颗尖尖的虎牙，可爱极了。时宜猜不到，"是什么地方？祠堂吗？"

周文幸扑哧笑了："那种地方平时不太好去，而且去了也没什么好玩的。我现在不告诉你，到了你就知道了。"

她们走得深入了，附近的植物已经渐渐被竹子取代。

竹子并不浓密，称不上是林，但伴着水声和微风，让人有种清凉感。穿过一道窄门，竹林越发茂密，却已经能看到有三层高的老旧建筑，在不远处安静矗立着。

"喏，就是那个藏书楼，"身边的周文幸告诉她，"我大哥哥说，你曾问过他关于藏书楼的事情，所以他猜，你应该会喜欢这个地方。"

有风吹过竹叶，沙沙作响。

她想起，她在青龙寺的时候，问他可曾去过那种老式的藏书楼，有一层层的木架，无数的书卷。彼时他看似听不懂的神情，只微笑着，似是而非地说他经常去的地方，是一层层木架上，放置着试验所用的器具。

未承想，这里当真有这样的地方。

第七章 十八子念珠

藏书楼，总有很多故事。

她不知道眼前这个往来过多少人，隐藏过多少情事。但此处是江南，而曾经记忆中的那座楼，却远在西北。早已尘归尘，土归土。

周文幸从身上摸出老旧的长形铜钥匙，开了锁。

兴许是考虑到时宜爱干净，周文幸边推开门，边告诉她，这里每日都有固定的人来打扫，不会有任何的灰尘，"对了，你对灰尘和花草过敏吗？"

时宜摇头。

"我大哥哥对灰尘和花草过敏。"周文幸低声笑了笑。

时宜点点头，"记住了，以后家里要一尘不染，而且不能养花花草草。"

周文幸笑起来："他过敏不算很严重，"她忽然压低声音，像是偏向着时宜般，"所以你和他吵架了，就让他闻花香，他身上就会发出红色的小肿块，不多，但是特别有趣。"

时宜实在怀疑面前这个女孩子是不是学医的。连她都知道，过敏是不容忽视的事情，虽大多病发不严重，但真严重起来，还是非常可怕的。

室内果真是一尘不染。

时宜从一楼到三楼，像是欣赏古物似的，从每个角落的摆设，到仰头看到的木雕，都觉得有趣。周文幸看起来对古建筑没有任何兴趣，也说不出所以然，任由她走到楼顶。因为是古建筑，所以楼高足有十丈。

三楼的东面和南面，是有悬窗的，十几排的书架上，摆放着各色书籍。有书卷也有书册，幸好没有竹简，否则她真要怀疑自己所在的年代了。

周文幸接了个电话，因为信号不好，匆匆下楼。

她站在书架旁，随手拿起一本书，就听见有脚步声。

很快，周生辰就出现在楼梯口，他手搭在楼梯尽头的木雕扶手上，透过一排三米高的书架缝隙，很快就看到了她，"有没有喜欢的书？"

"我才刚到不久，"她放下书，"你不是说，家里有事情要处理？"

"结束了，"他微微笑着，"余下的那些妯娌间的事，应该不需要我插手。"

他神色坦然，声音里却有些不太自在。

毕竟都是一些家庭矛盾，的确不需要他来做主。

所以他匆匆离开，甚至走的步子有些快，只是想看看时宜看到这样的礼物，会有什么反应。而此时看到了，却发现她的态度并不重要。

背对着窗外的夕阳，她这种恬淡而又古典的气质，像极了传说中一顾倾城的女子。

"为什么不到窗边去看看？"他不紧不慢地走过来。

时宜愣了愣，瞥了眼半敞开的窗子，竟然踱不动步子。有种深刻的恐惧感袭来，甚至让她手指发抖，呼吸困难。她并不恐高，十丈也不过是十层楼房的高度，不知此时为什么会这么怕。她轻轻地深呼吸了下，怕他看出自己的反常。

他却已经先走到窗边，彻底打开窗子，将支撑的钩子挂上。

如此一来，视野更加开阔。

风吹进来，临近窗边的书架上，有书"唰唰"翻过数页。

他靠在窗边，回身看她，"来，看看这里。"

时宜不敢动，觉得周身都有些疼痛，那种从骨缝儿里渗出来的疼痛，让她紧紧攥住拳头。

他看着窗外，未曾留意她的异样，"站在这里，你能看到整个老宅的全景，还有落日。"

声音淡淡的，在清凉的晚风里，让人如此熟悉。

时宜克制住自己心里的恐惧，慢慢地，一步步地走过去，把手递给他。直到被他轻轻握住，带到窗边。她扶上窗棂的一瞬，眼前只有血红，他的声音明明那么近，却像是隔了层水雾，听不清。

"身体不舒服？"周生辰单手撑在她身侧，低头看她，发现她的脸色竟有些微微的泛白，"时宜？"

他唤她的名字，耳边是他的气息，还有他的体温。

所有现实的触感都把她从噩梦中渐渐拉回来，直到眼前恢复清明。

血光散去。

只剩夕阳余晖。

连绵的白墙黑瓦，还有浓郁的绿，都被余晖拉长了。真的是一眼看不到边界的老宅，那些似乎是边界的风火墙，都隐在了暮色里。

美极了。

她想，他是想让自己看美景。

她额头有些浮汗，此时在即将散去的日光中，才被他看清楚，"忽然出了这么多汗，真的不舒服？"她摇头，还未说话，周文幸已经走上楼来。

周生辰本想给她拭去额头的汗，刚伸出一半的手，也因此中途收回，插入了裤兜里。好像他在第三人面前，永远都很矜持，矜持得像个不近女色的和尚。

时宜被他这个动作逗笑了。

所以周文幸走上来，看到的是时宜笑得有趣，哥哥却一本正经地看时宜，面上毫无笑意，眼底却有着细微的愉悦。

周文幸越发对自己这个未来嫂子有了好感。

要知道，这位科学家哥哥，可是向来对女人没兴趣的。

晚上周生辰带她去见外婆。

让她非常奇怪的是，他的外婆那么大年纪，竟然不住在老宅子里。

车开出山区，拐入不算太繁华的邻近小镇，见到了独居在两层小楼的老人家。接近百岁高龄，老眼昏花，却思维清晰。

她坐在摇椅边，陪着外婆说话时，周生辰始终在耐心地四处检查着用具、设备。甚至淋浴头都要亲自检查，看是否有任何细孔的阻塞。

"再耐心的人，终年对着和自己没有血缘关系的老人，也会失去耐性。无论安排多少人在这里，总难免会有不尽心的时候，还是自己检查得好。"他对走过来看自己劳作的时宜轻声解释。

时宜颔首,"陪护不是亲生子女,总会有怠慢。"

他笑一笑:"感同身受?"

她解释说:"以前我妈妈和几个舅舅轮流照顾外婆,就是因为发现,陪护不陪外婆说话,给她老人家晒的日光不足。都是些小事情,但做子女的就会照顾到。"

她看着他,忍不住想,他在实验室是不是也是如此的耐心。

周生辰检查完浴室,拧开水龙头,清洗自己的双手。

她看得仔细,竟发现他手心似乎有伤疤,"你的手,受过伤?"

他"嗯"了一声:"这很正常。"

他说的正常,自然是身处在实验室内,总有这些那些的小危险。时宜抿起嘴唇,有些心疼,却也觉得这是他的工作,没什么好多说的。

她看他差不多检查完了,就离开了浴室,继续去陪外婆说话。

周生辰低头继续洗手,一丝不苟,却不禁微微笑着,兀自摇了摇头。

时宜回到老人家身边,被老人家摸索着,戴上了一串翡翠珠子。

外婆攥住她的手,轻轻地拍了拍。她未曾细看,就听见外婆说起话来。

"我啊,生了个女儿,一辈子对不起周家,"外婆的口齿已不太清楚,她勉强弯腰凑过去听,"大少爷啊,不该娶她啊,要知道她和二少爷的事情,就不该娶她啊。"

时宜听得云里雾里,猜想,外婆说的大少爷并非是周生辰,而是他父亲。

外婆重重地叹了口气。

然后又握着一串一百零八颗的翡翠手串,默默地诵起经来。

周生辰恰好出来,看到她手腕上的十八子翡翠手串,竟有惊讶自眼中一闪而逝。回程的路上,他才说出这个十八子手串的来历:"周长二十八厘米,十八颗翡翠珠,"他的手指顺着珊瑚珠下的绳带滑下来,"粉色雕花碧玺,还有珊瑚珠、珍珠。"

她抬起腕子,"很精致。"

"这是明末清初的东西。"

时宜恍然,忍俊不禁,"周生辰,你送我个保险箱吧?我要好好把它们锁起来。"

"这是念珠,多少代用来诵经念咒的手串,戴着吧,"他笑,"佛祖会保佑你。"

"这个我知道,"她用食指一颗颗拨弄着珠子,"这个是最小的,还有二十七颗，五十四颗，一百零八颗的，都是念经的手串。"

车在山林中开着，盘山路上很安静，空气显得更好。

有微风从半开的车窗吹进来，吹起她脸颊边的碎发，如此笑吟吟的神情，还有明显在小小炫耀自己博学的那份骄傲，让时宜整个人看起来……有些可爱。

他看了她一会儿，也不说话。

倒是把她看得有些不好意思，笑了笑，不再说什么。

他的轿车，还有随后跟随的四辆车，都保持一定的距离，相继向老宅驶去。

却在快到时，远远看见有很多的警车停在大门外。

那些警车倒是安静，只是都开着车灯，四五辆车的苍白灯光交错着，将老宅门口的路和石雕照得很清晰。林叔很快戴上耳机，低声吩咐后边的车选小路走，不要跟上来。

时宜不解是因为什么，匆匆偏过头，看了眼周生辰。

他没有任何惊讶，只是将挽起的袖口放下来，独自系好袖扣，"林叔，把时宜小姐的护照交给我。"

林叔左手握着方向盘，继续平稳地向着老宅门口开过去，右手则从车内的储藏格内，拿出四本护照，递过来。

"时宜，你记住，"周生辰拿过她的皮包，把四本护照放进去，"你现在拥有四国国籍，而我在这里是有外交豁免权的，你名义上是我的妻子，所以，你也同样享有豁免权。"

他说得很平淡，时宜有些难以理解。

"简单来说，"他冷静地告诉她，"无论发生任何事，你都可以不必理会。"

车缓缓停下来。

林叔先摘下手套，折叠好放在驾驶位，轻轻理了理西服，先一步走下车。时宜错愕地看着眼前发生的一切。有两位警察走近，十分礼貌地和林叔握手，低声说着什么。

林叔很快摇头，欠身看车内，解释着。

安静的画面，听不到任何交谈内容，她却能感觉出事态的严重。

仍旧在交谈。

窗外无声，她却已经胡思乱想了很多。

她以为周生辰只是个家族的长房长子,却未猜到他有如此能力。而眼前的四五辆警车,平淡应付的林叔,也说明他早就清楚这些,预料到了,所以先把两个人放置在最安全的身份上。

他有"外交豁免权"?他是哪国的外交使节?

林叔已经转身返回,走到周生辰那一侧,替他开车门,很快又跑到时宜这里,以同样的欠身姿势,为她也打开了车门。

时宜下车后,很快挽住他的手臂。

如此多的警车停靠在大门口,说不忐忑是不可能的,她的手握得有些紧。

"周生先生,你好。"

一位中年警察和一位检察官走上前,握手后,公事公办说出此行来意。

周生辰始终微笑沉默。时宜眼睛垂着,一直看着地面。直到听到唐晓福的谋杀案,她的手指忍不住扣得更紧了些。

中年警察表示,已知晓他有外交豁免权。

但此次案件,不只是简单的刑事案件。一系列非法拘禁、人员失踪、谋杀、实施酷刑等罪名,都或多或少牵扯到他,甚至有些罪名是跨国而来。她听得胆战心惊,始终紧紧攥着他的手臂,让自己不露出任何的异常表情。

他仍旧什么都不说,直到最后他才非常礼貌地道别。

沉默的力量,让人畏惧。

可又何尝不是令人遐想的黑洞。

这个面容清淡的华裔男人,是伯克利化学学院副教授,在十天前已公开身份是他国外交官。甚至还有他身边这个女人,也在立案前成为他的合法妻子。

"周生先生,我们希望你可以停止在西安的学术交流活动。"

他略微沉吟:"我很遗憾,但一定会尊重你们的意愿。"

出于礼貌,他以主人的礼仪,目送所有不速之客离开。

时宜想要动一动,却因为长时间紧绷着神经,已经双腿发麻。周生辰没有留意,往前迈出两步,再察觉已经来不及。因为他的移动,她跟不上,腿一软就跪在了地面上。

很疼,她蹙眉。

丝袜摩擦粗糙的地面,扯动擦破的伤口。

"抱歉,时宜。"他单膝半跪着,蹲在她面前,细细检查伤口。

她因为太疼，顺势就要坐在地上，却被他阻止："不要坐地上，这里光线不好，也不太方便让人出来检查，我抱你进去。"

不等她回答，他已经伸出手臂，把她打横抱起来。

他很快迈上十几级青石台阶，林叔快速推开大门。他一路不敢怠慢，几乎可以说是健步如飞。路上不停有人躬身唤大少爷，还有些略微熟悉的面孔，都有些惊讶地看着他们。

时宜头靠在他肩膀上，听着他跳得很急的心跳，呼吸竟然也快起来。

因为疼，也因为这样的横抱。

她看着自己膝盖上银灰色的丝袜，沾着血，还有一层层的跳丝，显得非常狼狈。有种非常隐秘的心思，竟然盖过了刚才的恐惧，还有摔倒的疼痛，她想遮住自己的膝盖，很不想让他看到任何糟糕的地方……

周生辰当然不知道她的心思。

直到走入自己的院子内，看到被林叔唤来的中医和西医，才算是松了口气。

等在厅堂的，不只有家庭医生。

可真是坐满了人。

时宜认识的，有他的母亲、叔父，还有弟弟周文川、弟媳佟佳人。不认识的，自然是家中远近长辈，同辈的似乎还没资格参与这件事。那些人看到这一幕，神色各异，他母亲和佟佳人都有些色变，倒是周文川觉得十分有趣，感叹大哥越来越有情调了。

"我很快就会下来。"他简短说完，抱着她走上楼。

四个家庭医生都跟了上来。

等把她抱到房间的木椅上时，周生辰终于留意到自己的手，靠着她的胸口。

他看到的瞬间，她也看到了。

他很快抽离开手，嘱咐那些医生要快速处理后，头也不回地走下楼。

楼下很快传来争执声，声音时高时低，措辞非常激烈，态度却很克制。

老式的小楼并不十分隔音，她大概听出，他在受母亲的责备，叔父的口气也非常的严肃。很快就有女人抽泣的声音，她想了想，唯一年轻一些的女人就是佟佳人了，可她为什么会哭呢？

连穗递给她温热的湿毛巾。

她接过来，看到连穗也分神在听着楼下的声音，忽然想起那天她说的话。难

111

道唐晓福的早产，就是因为佟佳人？刚才那个检察官说谋杀案，她一定也脱离不了关系。

就如此纷繁猜想着。

四个家庭医生倒是神色平淡，像是什么也不知道。

其中一个西医处理好伤口，另外三个仍旧不肯怠慢，一一重复检查。小小的膝盖伤口，被他们看得比谋杀案还严重。

骤然有瓷器碎裂的声响。

楼下安静了片刻，渐渐地，争执都变成了他叔父的说话，内容有些模糊，她努力听了会儿，大意不过是如此大规模的逆市注资，周期会长达二十到三十年，违背家规。并且这次唐晓福的意外身亡，已经引来唐氏的不满，所以才将这件事晒到太阳底下，不肯私了。

"周生数百年蛰伏避世，不能毁在你手里。"

她清晰听到这句话。

心跳得太急，甚至有些疼。

她对他的家规，并不清楚。

但依稀从他的话中，猜到这是个家规比人更重要的家族。否则他也不会为了想要做什么，而马上和自己订婚。但现在令婚期推迟的白事，已经演变成了命案，她虽懂得外交豁免权会让他免于刑事起诉，但却避不开被驱逐出境的后果。

周生辰。

你到底想做什么呢？

"时宜小姐看上去有些累，是不是要休息一会儿？"连穗轻声问她。

她点点头，觉得自己需要安静一会儿。

楼下渐渐恢复安静，悄无声息地，有风从窗口吹进来，带着潮湿闷热的感觉，好像要下雨了。她想起唐晓福的脸，甚至还能记起她轻声妥协的话语，还有对住在阴森老宅的不好感觉。

很快有人走进来，关上窗。

她侧着，蜷缩在躺椅上，睁开眼睛。

周生辰为了和她面对面，坐在了琉璃的矮几边沿，幸好是老旧的红木底座，撑得住他这么高大的男人。

"一直没问过你，配音有趣吗？"他开口，竟然是这样的话题。

她笑:"很好玩,但要很有想象力。比如,录音师经常要求'时宜老师,你要想象自己正走在倾盆大雨中,在失恋,要欲哭无泪',"她回忆着,低声说,"那时候很无奈,你看他们表演的时候,还能对戏,我只能对着稿子和麦克风,纯想象如何欲哭无泪。"

时宜举着各种例子。

周生辰倒是听得认真。

渐渐地有雨声,她能想象外边应该是闪电划破夜空,可惜看不到,他刚才在关上窗子的时候,也同时拉上了窗帘。

她端起茶杯,喝了口润喉,然后就听到他问:"和我在一起,会不会不习惯?"

"会有一些,"她也给他倒杯茶,递给他,"会觉得很多事看不懂,怕忽然遇到什么事,不知道该怎么办。"周生辰抿了一小口,想了想,"会怕吗?"

她笑笑,没有回答这个问题。

生死轮回,她连死都不觉得神秘,会怕什么呢?

认真算起来,她只怕再也见不到他。

"你说,"她转而问他,"我的护照……"

周生辰颔首,"很抱歉,没有事先和你商量。"

"没关系。"她想,总有必要的道理。

"关于你父母和家人,我也希望能为他们这么做,但毕竟是长辈,"他略微沉吟,"你怎么看?"

她看他,"非常必要?"

"以防万一。"

她想了想,"等想到一个好理由再说吧,如果你是为了……嗯,规避法律才想这么做,他们可能会……"她犹豫着,不知如何措辞。

周生辰哑然而笑:"我的确是为了规避一些东西,但是,"他略微瞟了她一眼,"时宜,我不会做任何不好的事情。"

"我知道。"

"你知道?"

"我是说,我相信你。"

"哪怕是今晚面对这么多指控,也相信我?"

今晚这么多指控,换作普通人,完全无法想象。

她沉默地看他的手，骨肉均匀，手掌比她的大了不少。男人的骨骼，总是比女人的要粗大、长一些。起初她想，这双手和她不一样，科学家的手肯定和大脑一样，和普通人构造不同。今晚却发现，不只是这点不一样，这双手握住的权力，也很难去理解。

他可以随意转换身份，让人摸不透。面对那么多可怕的指控，他都坦然以对。

她很怕，有一天醒来，周生辰这个人就人间蒸发，再无踪迹了。

他看她纤细的手，放在自己的手背上，轻轻攥住自己。

有种陌生的情绪，悄然流淌在两人之间。

他抬起眼睛看她。

时宜回视他，轻声给出了自己的答案："只要你让我和你在一起，我会无条件相信你。"

她忽然恐惧，怕他突然离开自己。

所以这是第一次，她真正说出自己的真实想法。

有些忐忑地，告诉他，他对自己有多重要。

越是不了解这个家庭的真正背景，越是害怕，像是已经被人推到了旋涡边缘。

没有人比她更了解，一个人和另一个人的缘分，想要了断有多容易，可能一个人行横道的转弯，就已天人永隔……她甚至会想，会不会松开手，自己就是这个老宅里的下一个唐晓福，毕竟她对这个家庭来说，也是新的来客，也是如此格格不入。

而显然，连他的母亲都敌视自己。

时宜攥着他的手，迟迟不肯松开。

"时宜，"他有些动容，用右手，轻轻拍了拍她攥住自己的手，"你……对我来说，一直是个意外。我好像总把握不好，怎么和你相处，也不知道怎么回答你的问题，"他略微沉吟，声音有些低下来，"谢谢你，相信我。"

非常正式的回答，简直可以写成标准的感谢邮件。

她抽回手，继续往躺椅上一靠，颇有种怒其不争的感觉，低声笑着，用影视剧里被用烂的话抱怨："真是……我本将心向明月，奈何明月照沟渠。"

她的声音，当真是好听。

他笑了笑："说错了，没什么沟渠。你现在是我的合法妻子。"

他不说，她倒真是略去了这句。

她"哦"了一声，蜷缩着腿，脸贴在藤椅上，刚刚落下去的心又飘了起来。藤椅上垫着柔软的白色狐毛，和他曾经喜欢坐的椅子相似，她记得，自己总喜欢悄悄地爬上去，趁着他读书写字，甚至是他在珠帘外怒斥部下时，靠在上边安静地听着。

他的声音，曾经好听极了。

她在心里演练过成千上万次，如何学他说话的音调，从起音到收尾，那时的她想过，只要自己能开口说话，第一个念出的就是周生辰。

"周生辰。"她叫他。

"嗯？"

"周生辰。"她换了个声音叫他。

"嗯。"他看出她的意图。

"周生辰。"她坚持又叫了一遍。

"嗯。"他配合她的小心思。

她觉得自己开心极了，开心得要疯掉了。她用脸蹭蹭狐狸毛，眯起眼睛看他，看这个已经是自己合法丈夫的男人。他今晚穿的是淡蓝色的衬衫，纯色的，袖扣是深蓝色，银灰色的裤子，非常舒服的颜色。原本和自己的丝袜颜色很搭配，可惜现在她只能光着两条腿，膝盖被包上了白色纱布。

"是五月十一日。"他告诉她。

"是什么？"她奇怪。

"以后的结婚纪念日，取了你名字的谐音，很好记。"

她有些恍惚，觉得好不真实，"好记？难道你会记不住？"

"不会，我对数字很敏感，况且，"他顿了一会儿，清淡地笑着，"总有几个重要的日子，必须要记住。"

那晚她就只记得，真是开心极了。

后来想起来，都只记得是开心的，竟然连多余的华丽语言都没有。她两世记忆加在一起，开心的日子并不多，尤其深刻的是纵马长安城，还有这夜他说，她是他的合法妻子。

时宜记得，后来自己和他说话的时候，都不太有逻辑性，总是忍不住笑。窗外是电闪雷鸣，倾盆大雨，可房间内却暖意融融。最后他向她道晚安离开后，她留意到躺椅的狐狸毛下面有个很古旧的雕紫檀蟠龙的木盒。

小心翼翼打开来，并列着两枚戒指。

祖母绿戒指，还有一个非常简约的黄钻戒指。她想，这应该是他早已准备好的。

盒子的盖子上，别着张纸。

他的字迹，简单写着，祖母绿是订婚戒指，尊重家族传统。黄钻是结婚戒指，方便平时佩戴，希望你喜欢。

最后，他竟还龙飞凤舞地写了四个字：新婚快乐。

好吧，用这样的方式送戒指，还有祝自己合法妻子新婚快乐的男人，或许这个世界上也只有他做得出来。她捧着盒子，思考了很久，自己把那个黄钻戒指戴上了。

对这种实验室在自己面前爆炸后，还能冷静转移材料，继续到其他实验室工作的男人，她想，自己真的不能有太多要求。

单单是五月十一日，这样的日期选择，就已经足够了。

五月十一日，511，我的时宜。

凌晨五点，她听到他离开的声音，便跑过去打开房门，问他是否要自己陪着吃晨膳。他站在楼梯口，略微沉默了一会儿，告诉她今天不是个好时机。时宜明白他的意思，只是怪自己被好心情冲昏了头，忘记如今正是多事之时。

周生辰察觉她的失落，从楼梯口又走回来，"不要多想，我只是怕你太难堪，"他低声说，"因为今天早晨，我会遇到一些难堪的事情。"

"我知道，我知道，"她重申着自己的理解，"我在这里等你回来，如果在那里没有胃口吃，回来这里，我陪你吃早饭。"

他颔首，"好。"

他离开后，时宜反思刚才自己的表现，活脱脱像个小媳妇……她有些窘意，也有些担心，昨晚的激烈争吵，她并没有旁观，却听了七七八八。只是这么听着，就已经能推测出，他刚才所说的"难堪"，会是如何的情景。

她在房间里，有时坐，有时又站起来。

天从五点的蒙蒙亮，到日头初升的透亮，不觉就过了一个小时。连穗连着问了三次要不要准备早饭，她都说再等等。却不料等来了他母亲的传话，要她陪着一道去进香。

连穗说的时候，她有些不敢相信。

但很快就反应过来，自己现在的身份已经变了。

她本想问连穗，大夫人偏好什么衣服，却又在话就要出口时，堪堪止住。周生辰提醒过她的话，她记得很清楚：这个宅子，大小院落有六十八座，房屋一千一百一十八间，人很多，也很杂。

她感同身受，并非真源于什么影视剧，而是曾经的真实体会。

昨天的事情并不难理解，他也被困在这样复杂的旋涡里，步履维艰。所以在这里，除了他以外，时宜告诉自己，对每个人都要小心一些。

腿有伤口，还包裹着纱布，不能穿裙子，也穿不了贴身的裤子。

带来的衣服，倒是有运动服能穿。

她想到他的家规，还是咬咬牙穿了旗袍，自己把纱布拆了几层，勉强穿上了不透明的黑色丝袜。还算妥帖，只是高跟鞋穿不得了，有些怪异。

因为要拆卸纱布，小心穿上丝袜，耽误了些时间。

她到大宅门外时，已经是此起彼伏的车门闭合声，却没有任何车发动。周生辰远远站在第二辆车旁，在等她，在看到她的衣着装扮时，神情有瞬息的怔愣。

"姐姐，"第一辆车的副驾驶座被推开，穿着黑色背带西裤的周生仁探出头，"我母亲让你和我们坐一辆车。"时宜刚走了两步，就停下来，看他。

周生辰不动声色，微微颔首。

她忐忑着，尽量以最快的步子走到车前，周生仁跳下车，替她开车门。在打开的一瞬间，她看到他母亲独自坐在后座，身着暗色花纹的旗袍，搭了件深紫色的披肩，妆容一丝不苟，笑容也非常有涵养："时宜小姐，请上车。"

疏远的称呼。

他母亲难道不知道，周生辰和自己已经是合法夫妻了？还是……真的不肯承认？她越发忐忑，余光看了眼仍旧站在车旁的周生辰，坐了进去。

车队很快离开，她和他母亲并肩坐着，竟格外安静。开了好一会儿，倒是他那个十几岁的弟弟，从前排扭头看过来，"时宜姐姐，一直没有机会和你说，你很好看。"

她笑："谢谢。"

周生仁也笑了笑。

她能感觉到，这个看起来话不多的男孩子，在试图缓解车内几近凝固的气氛。或许因为他们两个的简短交谈，真的起了作用，他母亲终于轻轻摇头，笑着说："小仁，看人不能只看脸。我告诉过你，'靡曼皓齿，郑卫之音，务以自乐，命之曰伐性之斧'，还记得吗？"

她怔了怔。

周生仁悄悄递给时宜安慰的眼色，却在一本正经回答自己的母亲："记得。母亲说过，这句话是说，美色和俗曲都会乱人心性，切忌沉溺。"

小男孩儿坐的角度，恰好足够和她交流眼神。

时宜悄悄地，也自嘴角扬起个弧度，感激于周生仁的善意。

自此一路再无话。

她正襟危坐，想，或许他母亲真的很生气，毕竟周生辰没有按照家里的安排娶妻。或许就像高门大户的婆婆，总要给未来媳妇一个下马威。她悄悄安慰自己，幸好是这样的家庭，他母亲再性格怪异，该有的礼数却一个不少，总不会当面给什么难堪。

长久维持一个坐姿，她膝盖有些隐隐作痛。

想着再坚持一会儿，再坚持一会儿，就如此又保持了二十几分钟。最后耐不住，轻轻地挪动自己的腿，看到窗外，已经有了山林古寺的风景，暗暗松气。车停下来，周生仁先跳下车去，给他母亲打开车门。

"时宜小姐，"在车门打开时，他母亲说了句话，"关于你们的合法夫妻关系，周生家不会承认，希望你能慎重考虑，是否要坚持和我儿子在一起。"

她始料未及，身侧人已经下车离开。

第八章 总有离别时

这里出乎意料地清静。

时宜很庆幸，他母亲虽要她全程陪同，却并没再说什么。时宜进香当真是虔诚，双手合十，跪在早已有两道深痕的跪垫上，对佛祖拜了三拜。

抬起头，看微微含笑的佛像。据说信与不信的人，善与恶的人，眼中的佛像是不同的。慈悲的，怜悯的，含笑的，不一而足，而在她的记忆中，佛祖永远都是微微含笑，从未变过。

她忽然想，为什么要这样安排。

她记得所有，而周生辰什么也不知道。

时宜跪下去时，忘记了自己还在恢复期的膝盖，站起来时，后知后觉地有些疼。有只手握住她的手臂上侧，将她扶起来，"如果有下次，不用为了穿旗袍这么做。其实穿运动服也挺好看的。"他记得上次在她家小憩，从客房出来时，时宜就穿着身淡蓝色的运动服，盘膝坐在有些暗的房间里，戴着耳麦看电视。

尤其在没发现他前，捂着嘴笑那些电视情节的动作。

他现在还记得清楚。

"没关系，纱布没有完全取下来，所以不会有问题，"她轻声问，"怎么刚才一直没看到你?"

"我是无神论者,"他压低了声音,回答她,"所以一直站在大殿外,看风景。"

两个人走到大殿外,千年古刹,只是站在这里,就让人觉得心慢慢变得宁静。

"可是我信佛,"她笑,"怎么办?"

他回头,看了眼殿中佛祖,"完全尊重。"

"你看到的是什么?"她好奇。

"看到的是什么?"

"我的意思是,你看到的佛祖,是什么样子的?"

周生辰因为她的问题,略微多看了一会儿,"慈悲。"

她看着他的侧颜,一语不发。

有些人即使忘记了所有,改变了音容,内在却是不会改变的。

这一瞬,有身影和眼前的他叠加,那个影子也曾说过,释迦牟尼抛却妻儿,入空门,就是因为对苍生的慈悲。她记得清楚,所以她从没怪过他所说的:不负天下,唯负十一。

周生辰察觉她的沉默,低头回视,"怎么?难道和你看到的不一样?"

"不太一样。"

"你看到的,是什么样子?"

"笑着的,"她轻声说,"看起来,像是很喜欢我,所以总是笑着。"

他讶然,旋即笑起来。

视线从她的眼睛,落到了她的无名指上,她手指纤细白皙,戴这样的戒指很好看。

他们站的地方,有斑驳的白石围栏,他似乎是怕她被太阳晒到,把她让到阴影处。这个位置很僻静,他始终陪着她说话,像是怕她会无聊。其实经过这么多天的接触,她发现周生辰这个人应该不太喜欢说话,尤其是没必要的闲话。

唯独和自己在一起,总会想些话题,和她聊下去。

他在努力,她看得出来,所以她也心甘情愿为他而努力。

午饭是在山下的饭庄吃的,周文幸走在她身边,低声说,因为母亲信佛,所以早年在此处建造这个地方,专为招待周生家的家人、朋友而设。

吃的自然是斋饭。

饭罢,有今日来的客人,听说这里有周生辰即将订婚的女孩子,竟当场写下一幅字。周生辰并不认识这个人，倒是他母亲好意告诉他们，这是周生辰父亲的朋友，写的一手价值千金的字。

礼物送得突然，时宜收的时候，发现身边竟无一物可回赠。

她悄声问周生辰怎么办，他倒不在意，低声安抚她。这种当场馈赠字的事，并不常见，即使没有什么回赠也不算失礼。她想了想，笑问那位世伯："世伯的字是千金难换，时宜的画虽比不上，却还是想能够回赠，不知道世伯是否会嫌弃？"

她的语气有些客套，那位世伯听罢，欣然一笑，当即让出书案。

他们交谈的地方是饭庄的二层，刚才为了观赏这位世伯的字，很多周生家的客人都起身观看，此时又听说是周生家未来的长孙媳要现场作画，更是好奇。

这位家世寻常，却生得极好的女孩子，会有怎样的画技？

周生辰也未料到，时宜会如此坦然，说要作画。

他对她的过去太过熟悉，熟悉到，能清楚记得她从幼儿园起，一直到大学所有同学、朋友的名字。这期间的资料，并未说明，她曾师从何人学画。

他站在书案旁，看她拿起笔，略微思考着。

时宜的脑子里，回想着自己曾经最擅长的，那些由他亲手传授，他最爱的静物，便很自然地落了笔。

起初是芦草，独枝多叶。

层层下来，毫无停顿，仿佛是临摹千百遍，笔法娴熟得让人惊奇。

到芦草根部，她笔锋略微停顿，清水涤笔，蘸淡墨，在盘子边上刮干些，再落笔已是无骨荷花。渐渐地，纸上已成一茎新荷。

那些不懂的，只道此画当真清丽空盈。

唯有世伯和他的几个好友，渐从长辈式的鼓励笑意到欣赏，到最后，竟是毫不掩饰的惊艳与赞颂的神情。

画的是荷花芦草，笔法洒脱轻盈，风骨却有些清冷。

她怕自己耽误时间，刻意快了些，到结束整幅画时，那位世伯禁不住摇头叹息："可惜，可惜就是画得稍嫌急切了，不过仍是一幅值得收藏的佳作，"世伯很自然地叮嘱她，"时宜小姐，不要忘记落款，这幅画我一定会珍藏。"

她颔首，再次涤笔，落了自己的名字。

岂料刚要放下笔，那位世伯忽然又有了兴致，问她是否介意自己配首诗。时宜自然不会介怀，世伯接过笔，洋洋洒洒地写了两列诗，却为尊重画者，不肯再落自己的名字。

周生家未来的长房长媳有如此画技,出乎所有人意料。

在场的周生家的长辈和世交,都因这位德高望重的世伯,而对时宜另眼相看,甚至纷纷开着玩笑,说日后要亲自登门求画。她不擅应酬,更难应对他家里人各种语气和神色,到最后都不知道说什么好,频频去看周生辰,用目光求助。

他似乎觉得有趣,但看她如此可怜兮兮,便寻了个借口,带她先一步离开。

坐上车了,他想起她的那幅画,还有她明明是被人称赞,却显得局促不安的神情,仍旧忍不住笑着,去看坐在身边的人。

时宜察觉了,不满地嘟囔了一句:"不要再笑我了。"

"很有趣,"他笑,"明明画得很好,却觉得很丢人的样子,很有趣。"

"你也觉得好吗?"她看他。

"非常好,你的国画,师从何人?"

她愣住,很快就掩饰过去,"没有师父,只是有人送过我一些画册,我喜欢了,就把自己关在房间里练,当作打发时间。"

他毫不掩饰惊讶。

"是不是很有天赋?"她继续混淆视听。

他兀自摇头感叹:"只能用天赋来解释了。"

她笑,十年的倾心学画,最擅长的就是画荷。

而他,便是那莲荷。

回到老宅,正是午后艳阳高照时,周生辰让她回房换衣服,自己则坐在二楼的开放式书房里,对西安的交流项目做最后的交接。时宜照他的嘱咐,换了运动服走出来,看到他正在打电话,说的内容完全听不懂。

只是在电话结束时,忽然交给她,说何善想要和她说再见。

时宜接过来,听到何善的声音有些雀跃,还有些紧张,"那个……时宜……不对,现在应该叫师母了。"她"嗯"了一声,悄悄看周生辰,脸有些微微发烫。

"真可惜啊,周生老师忽然就离开了,但是一日为师,终身为父,所以时宜你也一辈子是我们的师母,"何善嘿嘿笑着,"你知道吗?周生老师就是我们的偶像,那种看上去好像就不会娶妻生子的科学家,我们都觉得他要是结婚了,就很怪异。可是想到是你,我们又觉得真是绝配,才子佳人,这才是最高端的才子佳

122

人啊。"

何善继续念念叨叨。

她听得忍俊不禁。

周生辰看她在笑,饶有兴致地坐在她面前,看她接电话。

时宜用口型说:他好贫啊。

他笑,伸手,拍了拍她的额头。

很自然的动作,可是碰到她后,却不想再移开。慢慢地从她额头滑下来,顺着她的脸,碰到她的嘴唇。时宜没有动,感觉着他的动作,看着他漆黑的眼睛。

他征询地看着她。

时宜无声地闭上眼睛。

他细看了她一会儿。

少时有背诵《吕氏春秋》,其中曾说"靡曼皓齿,郑卫之音,务以自乐"。

可真能配得上"靡曼皓齿"这四字的,又能有几人?

周生辰悄无声息吻上来,也不管电话有没有挂断。离得这么近,甚至能听到何善那小子还在反复念叨着,说着什么才子佳人的话,忍不住边吻边笑,微微离开,对着电话说:"好了,把你需要我看的论文发过来,自己先检查一次,上次的英文单词拼错太多了。"

他说完,就把她握着的手机挂断,放到手侧。

"继续?"他低声问。

时宜刚刚睁眼,听到他说,马上又紧紧闭上。

有红晕悄悄从耳根蔓延开来。

他每次亲吻,都会先询问她的意见。明明很死板的做法,此时此刻,如此轻声,却莫名给人以调情错觉,是那种很诡异很认真的……调情。

有阳光,落在手臂上,暖暖的。

他的手,顺着她的肩膀滑下来,碰到她的手腕,轻轻握了握,"多吃些。"

她"嗯"了一声,脸红得有些发烫。

"我可能要离开国内一段时间。"

"因为那件事?"

"不是,"周生辰笑一笑,"那件事情,的确是为了让我离开这里。不过,我这次走的目的，是为了我的研究项目。"

"无卤阻燃硅烷交联 POE 复合材料？"

时宜真的是死记硬背，记下了这个拗口的名称。

周生辰没想到，她能说得如此顺畅，倒是有些意外地深看了她一眼，似乎想问什么。过了几秒，却又作罢。"那个是西安的研究项目，并不是我这几年所做的。"

她疑惑地看他。

"简单来说，我这几年在欧洲的一个中心，复制金星环境，研究居住可行性。"

她"哦"了一声。

这么听着，的确比那个名词简单明了。

可是怎么离她更遥远了，"金星的居住可行性？金星上可以住人？"

"地表炙热，温度 480 摄氏度左右，表面压力接近 90 倍地球大气压强，"他简单回答，说起这些，就像教科书的有声读物，"但是它的大小、质量，甚至是位置都最接近地球。在太阳系里，它和地球算是双胞胎。所以，以后它应该有机会住人。"

她又哦了声。

他笑："听着会不会无聊？"

"不会，"她摇头，"挺有意思的，因为不懂才听着有意思。"

他继续讲了些。

她记性不错，虽然基本不懂，却记得清楚。比如金星的四天环流，极地旋涡，等等。还有他所做的对微量组分的分布情况的研究。她想在他离开的这段时间里，悄悄补习补习，起码在他偶尔提到时，不再坐在阳光里傻乎乎地听着。

"那你……什么时候回来呢？"

他说："三个月。"

她点头，想，三个月会很快过去的。

"时宜？"

她"嗯"了一声。

"为什么会是我？"

她没听懂，"为什么？"

"在白云机场，为什么你会想要认识我？"

周生辰说话的时候，不经意碰到了她腕间的十八子念珠。翠色的珠子，触手微凉，让他有些奇怪的感觉……他蹙眉，不太适应这种瞬间失神的感觉，像是有什么呼之欲出，却完全抓不到方向。

时宜也恰好陷入了短暂的沉默，过了一会儿才说："是一见钟情。"

她无法解释，那些存在于史书中的过去。

只好如此形容故事的缘起。

三个月。

周生辰简单交代了这个时长后，就真的在次日离开了。

他只给了她大概归返的时间，从头到尾，都没提过要带她同行。

她猜，他口中所谓的项目，或许只是他离开的原因之一。他出生的家庭，是个诡异的存在，出了这么大的事情，竟然仿佛没有任何震荡，除了那个深夜的不速之客，还有一系列爆炸性的涉嫌罪名外，没人再提过那个轻易殒命的唐晓福。

那个家族像在另外的空间，有着自己的守则。

如果不是记得他，她怎么敢接近这样的家庭？

他离开不久，夏天早早就来了。

除了每天三个电话，他似乎远离着她的世界。

美霖为了给公司造势，整个月都在筹办配音选秀活动。她因为获奖的缘故，不得不配合一些活动，其实也只是录了一段宣传语，仍旧坚持不参与活动。

那天美霖拿了十几个录音小样给她听，大多是参赛者自己写的稿子。

"那一年，佛祖在菩提树下结跏趺坐，用七七四十九日顿悟。他顿悟的是四大皆空，忘却的是爱恨嗔痴。我想，你我相识四百九十日，四千九百日，四万九千日，我都没有勇气结跏趺坐，宁要金身而忘记你……"她听着demo，忽然有些感动。

美霖笑起来："好像当初我听你的demo带的感觉，那么多的样带，竟然只有你念了一首《上林赋》，念得我们云里雾里的，却觉得真是好听。"

时宜笑："我对《上林赋》最熟，所以读着最有感觉。"

"时宜？"

"嗯？"

"你那个科学家未婚夫……"

她回过头，伸出手晃了晃，"看清楚我戒指戴在哪里，已婚了。"

"已婚？"美霖不敢相信，"你这两个月都和我厮混在一起，算是已婚？房子呢？车子呢？蜜月呢？最重要的是，你的化学先生呢？"

"他在罗马的国家天体物理研究院……"时宜实话实说。

"天体物理？"美霖有些茫然，"他不是研究化学的吗？"

"界限没有那么分明，他现在主要做的是金星地表的微量组分和半微量的测试分析……"她尽量说得通俗，实际上她也说不了多专业的话。

美霖沉浸在这些词语里，仍旧不理解金星和时宜的婚礼有什么关系。

"我一直不知道，你喜欢的是……以人类发展为志向的科学家，大爱无私啊。这种人，对男女之间的感情，应该会看得很淡。"

大爱无私？

她视线飘开，落到大厦外的空地上，"可能吧。有时候我看历史题材的东西，都在想，如果我生在古代，肯定会喜欢上心怀天下的男人。一个男人总要做些事情，和名利、爱情无关，天天谈情说爱……不太适合我。"

美霖又说了什么，她没留意。

只是看到空地上有一对熟悉的人影，是他的弟弟周文川和王曼。在熙来攘往的人群中，他们两个像是一对简单的情侣，低声说着什么，很快就上车离开。

时宜看得太专注，美霖也留意到了。

她忽然就说："哎？这个男人我认识。"

"你认识？"

美霖大致给她讲了讲，公司来了个大学毕业生，顶头上司太过强势，天天被骂。忽然有一天这个男人来公司，说是要找最大的老板谈些事情。具体谈了什么，美霖自然不知道，她唯一知道的就是大老板点头哈腰把人送走后，直接把毕业生分给最强的项目组。

"老板事后感叹，这个人背后的家族很难招惹，他的背景，绝不限于某个地方和城市……"美霖继续自言自语，"你说，那个小姑娘背景这么强，怎么还留在公司，唉，谁让人家乐意呢，就喜欢在这里混着玩着……"

时宜想起那个深夜。

面对突如其来的指控，周生辰的化解简直无懈可击。

她想，这样的说法并不夸张。这个姓氏看起来普通，甚至在平时都不会有人像阅读八卦一样，看媒体分析爆料。

好像他们的存在，就只是一个秘密，而曾经的她根本不会有机会接近。

她和他法律关系已经是夫妻的事实，包括她的多国护照，时宜至今都不敢和父母提起。如果匪夷所思的事情太多，她怕，父母对他的家庭会更加排斥。

午饭后，她被强留下来，帮美霖审 demo。

两个人边听边讨论，很快就到了两点，周生辰的电话准时进来，她比了个手势，跑到小房间里，关上门。比起最初，现在两个人说话的时间长了不少，他甚至有时会说起和她无关的事情，当作趣事讲给她听。

当然，这也是她的要求。

毕竟两个人的生活交集太少，总会找不到话题。直到某天，时宜终于忍不住说，其实你可以说些身边的小事。比如你今天吃了些什么，或者是哪里不舒服，或者天气，都随便，这样我会多些话题，多了解你些。

她想，正常情侣都是如此做的，交流着零碎小事，也不觉得无趣。

周生辰起初还不太习惯，她就问他，他来回答，渐渐感觉自然了很多。这样说着，她就觉得离他很近，而且她也私心地感觉到，周生辰从没和人如此交流过。

"接下来的一周，我会在德国不来梅，"周生辰的声音虽然平淡，却对她尽量温和，"你想来吗？"

"想，"她毫不犹豫，"大概什么时候……不过会不会来不及签证？"

"不会，"他笑起来，"你来德国不需要任何手续。"

她恍然，忘记了自己护照的事。

第一次发现这件事的好处，可以让她随时随地见到他。

周生辰简单解释着他此行的目的，是为了国际空间研究委员会的会议，从星期一到星期日，行程很满。时宜听着他说，或许没有太多时间陪她的时候，已经思绪涣散开，想着要准备什么，见到他时说什么。

等电话结束，她很快和美霖说自己要离开一周。

美霖听到理由后，非常不满她的主动，"时宜，你知道男女之间相处，是要有技巧的，哪怕你们已经是合法夫妻，也要适当用些心思，不要一味迁就他……"

"美霖，美霖，"时宜笑着阻止她说教，"我二十六岁才遇到他，就算幸运可以活到八十岁，也只剩了五十四年，一万九千七百一十天。你也说了，他是做研究的，很容易就像现在这样离开几个月，或许真正在一起的时间，只有不到一万天，"她半是认真，半是玩笑地告诉美霖，"我没时间，没时间用心思、用技巧，我要争分夺秒和他在一起，知道吗？"

航班准时抵达不来梅。

她按照他的嘱咐，取了行李，无处可去，就在大厅里等着。她坐的地方正对着一个门店，透过玻璃可以看到店内形形色色的人，也可以看到自己淡淡的影子。她微微偏头，对自己笑了笑，周生辰，我们有两个月没见了。

两个月，六十一天。

很多交杂的人影，来来去去。

她看到镜子里出现了几个人，有他。今天的他穿得很简单，也很普通，白衫黑裤，戴着眼镜。时宜很快回头，看清了余下的那些严谨的穿着深蓝衬衫和黑色西裤的男人们，有两个还提着黑色公文包，唯有和周生辰并肩走着的男人，看上去随意得多，大概有三十五六岁的模样。

她起身，他已经走到身前。

"我妻子，时宜，"周生辰轻比了个手势，告诉身侧的男人，同时也看向她，"这位是我大学时的同学，也是我的老朋友，梅行，字如故。"这个名字有些特殊，能有表字的人比较少见，周生辰如此介绍，想必又是周家的世交。

时宜友善地笑笑："梅如故？残柳枯荷，梅如故。"很好的名字，她不好意思直接说出来，就如此隐晦地表达着，很快说，"你好，梅先生。"

梅行有些意外，去看周生辰，用手肘撞了撞他的胳膊。

"怎么？"周生辰笑起来。

"好福气。"

梅行有些好奇，礼貌地问时宜："时宜小姐第一次见你先生，是不是也很快就明白了他的表字的含义？"

时宜摇头，"我不知道他有表字。"

"抱歉，"周生辰很快说，"不太常用，就忘记告诉你了。"

他的抱歉非常礼貌。

面前男人的神情，从意外、欣赏，换成了疑惑。

幸好梅行很知分寸，没再问。

从机场到酒店，他安排妥当后，很快把时宜交给了梅行，只是和她说有些手续会由梅行来帮她厘清、办妥。待到周生辰走后，四五个男人有条不紊地打开公文包、电脑，梅行开始很耐心地给她解释，需要接手些什么，大多是周生辰私人的财产。纷繁复杂的词句，她听得渐渐有些发昏，也开始明白这个梅行，应该是他的私人理财顾问。

而这些人，其实只是梅行的助手。

她听到最后，只是明白他要给自己一些财产。但具体如何，梅行解释得很清楚，所有的动产、不动产都不需要她亲自管理。今日所做的，都只是必要的程序。

"相信我，他名下的财产都是干净的。"梅行把眼镜摘下来，折好，放入上衣口袋里。

时宜听不太懂，但隐隐能感觉，这个男人所说的"干净"是在和周家其他人比较。梅行看她想问又不敢问的眼神，有些想笑："怎么？听不懂？又不敢问？"

她颔首。

"其实，我有些事情也不懂，也不敢问，"梅行把钢笔扣好，放在文件旁，"你对他知道的有多少，就已经成了他合法妻子？而且据我所知，还是未经周家点头的婚姻。"

这是个意料之中的问题。

唯一值得奇怪的是，周生辰并没有告诉他真实情况。

时宜想了想："除了知道他喜欢科研外，什么也不了解。"

她所了解的，只是他给人的那种感觉，除此之外没有任何事情在她的预想内。甚至她隐隐有种感觉，她刚才接触到了最边缘、最无关紧要的事情。真正的核心，他的背景、他的为人，甚至他的喜好，她都一无所知。

梅行的眸光很深，端详着她，过了一会儿，笑起来："他表字，长风。"

"长风。"她重复。

"想到了什么出处？"

时宜笑："长风至而波起兮，若丽山之孤亩。"

梅行也笑，接了后半句："势薄岸而相击兮，隘交引而却会。你果然能猜到出处。"

这么有名的《高唐赋》，她很难不知道。

只是深想这个表字的含义，并不太符合周生辰的性情。这些话分明是形容巫山川水，磅礴汹涌，难以匹敌。而他的性情却很冷清，不咸不淡的。

这个梅行于传统文化方面颇有造诣,说话又偏风趣随意些,他们聊得很开心。到最后处理完所有事务,他问她,是否来过不来梅。时宜摇头,他似乎很有兴致邀她一同外出用餐,时宜很委婉地拒绝了,要独自留在酒店。

她喜欢安静,并不怕无聊。

时间充裕了,就上网看看这个城市的介绍,想要等到后几日周生辰再忙的时候,自己到处走走。就如此戴着耳机,翻看网页,偶尔听听邮箱里新进来的比赛demo,消磨了整个下午。忽然有淡淡的茶香飘进来,时宜终于察觉,客厅有人在。

走出去,看到的是周生辰。

不知他什么时候回来的,竟然非常有情调地泡着茶。他身前是整套完备的茶具,应该是刚才拿出来的,水已经烧开,在一侧汩汩冒着热气。

他虚握着小巧的茶壶,将水倾倒而出,添了水,再倒出。

手势很随意,应该早已习惯了自己泡茶喝,她视线很快停在一点,看到了他无名指上的戒指。刚刚在机场时,她记得他还没有戴,难道是因为看到自己特意准备的?

周生辰听到脚步声,没有抬头,随手添了个茶杯,倒了些水,"刚才看你听得很专注,就没有打扰你。"

她笑,默默地想,她刚才都不知道自己在听什么。

整个下午,唯一专注做的事情,就是想他。

时宜在他身边坐下。

她仍旧忍不住去看他手上的戒指,他察觉了,回视过来,看到她的目光,略微有些不自然地用手指轻轻转了转左手无名指上的戒指,"前几天洗手时摘下来,丢了原本的那个,这个是下午刚刚才送来的。"

她"嗯"了一声。

没头没尾的一句话,却解开了她的疑惑。

"时宜?"

"嗯?"

"晚饭时,出去走走?"他提议。

这是他的提议,她以为他很熟悉这里,是为了陪自己散心。结果却发现他还不如自己了解不来梅,那种有人提议陪你逛一个陌生城市,到最后你反倒成了他的向导的感觉,让时宜觉得这个已经是自己丈夫的男人,忽然添了些可爱。

她猜想，他是不是除了科研和家族中的事，再无暇去看这个世界？

又或者，他看这个世界的角度，和她不同？

两个人像是初来此地的旅行者，所到处都是最大众的必游景点。此时已是傍晚，微有夕阳余晖，有些游客状的人们，在美景前驻足留影。她带他走入弯弯曲曲的窄街道，"刚才我在网上看这里，觉得很有意思。"

十五、十六世纪的木质小房子，鳞次栉比，色彩艳丽。

有些地方窄得只能走一人。

因为脚下都是石板弹硌路，高低错落，让她走起来有些吃力。她的鞋跟并不算高，但总免不了一次次卡入弹硌路的间隙，她微微趔趄，被一只手稳稳扶住，"走慢一些。"

她站稳时，有一对老夫妇迎面走来，周生辰很快又松开手，插入自己的裤兜。

"你准备什么时候回国？"

"没有具体计划，想要回去，还有些事情要先解决。"

她想想，提议："如果你不回去，我们就住在国外好不好？"

"好，"周生辰答应得很痛快，"在我完成这次十年引资计划后，我们可以定居在任何你喜欢的城市。"

这是他第一次和她说起自己要做的事。

时宜还记得，第一次关注这个引资是在清明节时，和父亲随口闲聊了两句。她记得，当时自己和父亲的评价是，能挽救这个大势的人，既要有实力，也要有良心，只是她没想到这个人会是周生辰。

"这几年，国内人工成本上涨得厉害，很多企业开始撤去东南亚，所以你才会想要逆势引资？"时宜回忆父亲说的话，她并不十分懂这种经济话题，但道理浅显，她也就记得七七八八。

他倒是没想到，她会关注这种话题，"背后有很多原因。比如，人民币连续六年走高，对外贸易成本已经上涨了30%。成本上涨30%，非常可怕，这时候最需要的是扶持的政策，在美元下跌时，人民币也该……"

时宜看着他，努力想听明白。

周生辰忽然止住，微微低头，兀自一笑："抱歉，难得陪你，竟然说这么无趣的事情。"

她摇头，"没关系，你继续说。"

周生辰看她真的很认真，便又多说了几句。时宜听着，想，自己不论轮回多少世，都会始终爱着这个男人。这个男人，骨子里并非是为一人一家一姓而活，在现在这个社会，这种人可算是傻，傻到应该很少有人能理解他。

她听了一会儿，试着去总结："所以，简单来说，你想要做的就是把白花花的银子扔进去，缓冲这个过程？"

周生辰不置可否，若有所思地感叹："所以，过程会有些痛苦。"

他所说的痛苦，应该是指那个盘根错节的老旧家族，要历经数十代的蛰伏，才能积累如此家业，恐怕不只是他的叔父和母亲，任何一个人都会成为他的阻碍。

她想起周生辰的表字，忽然觉得自己的理解错误了。

这个男人的内心里，何尝不是磅礴汹涌，难以匹敌？

迎面又有游客走来，道路太过狭窄，他很自然地退后两步，让出了路。而同时，时宜却忽然轻轻地，主动去拉住了他的手。他们鲜少在室外如此亲昵，周生辰竟有些不太自然。

时宜有些撒娇地嘟囔："我累了，你拉着我走，好不好？"

她的周生辰，如此动人。

既然他不懂男女相处之道，那就让稍稍懂得多些的自己，来一步步靠近他好了。

他忽觉好笑，反倒放松了，"好，我拉着你走。"

第九章 情爱如何解

时宜独自在酒店时，就已发现周生辰的日常用具和衣物也在这间套房里。换而言之，他并没有打算和她再分房住，白天还不觉什么，到吃过晚饭两人回到酒店，她就有些心猿意马。幸好时间尚早，有梅行和助理在，不至于让她直接想到今晚的独处。

男人之间的谈话，稍嫌严肃。

她旁听得一知半解，低声问他："我给你们泡茶？"

周生辰莞尔："是不是听得无聊了？"

她抿起嘴角，"不是，我看你喜欢喝茶，而我刚好也会泡茶。"

声音有些轻，淡淡的，甚至能听得出来有委婉隐晦的感情，告诉他，其实她想让他开心。周生辰原本想要说稍等片刻，自己结束，亲自给她泡来喝，可听她这么说，想说的话反倒被压了下去，"学过茶艺？"

她笑，不置可否。

两人的对话，倒是吸引了梅行，他饶有兴致地看时宜，"我猜，周生你的太太，应该不只会泡茶，或许会给人更加意外的惊喜。"

周生辰怕他为难时宜，抬手，用食指对梅行指了指，"好了，不许拿她开玩笑。"

"我没有啊，我只是觉得你太太或许很喜欢茶文化，"梅行看时宜，"时宜，我呢,也很喜欢喝茶,而且只要你能做到的,我都备有器具。"

时宜听得懂,这个男人所说的,是各代的饮法。

这些实在是难不倒她。

她不是个很喜欢展示自己的人,或许今夜有周生辰在身边,而面对的又是他的挚友,她自然不愿意认输,"我呢,读过陆羽的《茶经》,也喜欢研究这些饮法。如果梅先生想要试试,倒不难。"

梅行很是欣喜,"煮茶,如何?"

时宜忍俊不禁,"这个还是算了,以葱、姜、枣、橘皮、茱萸、薄荷等为作料,煮之百沸。我煮起来并不麻烦,就怕你们喝不下去。"

梅行笑着劝说:"试一试,又不会如何。"

时宜想起那个味道,有些踌躇,手臂却被周生辰拍了拍,"不用理他,泡茶就好。"

"哎?"梅行摆手,"有懂行的人在,怎能浪费?既然煮茶不妥,我现在就让人去取饼茶和器具,我们尝尝你太太的煎茶。"

梅行很快让助手去取器具和饼茶。

因为这个意外的提议,他们的话题倒是落到了茶上。时宜正坐,听他们低声闲聊着曾经跟茶有关的经历,脑中浮现的画面,也渐渐清晰。

曾经的他闲坐书房,素手煎茶。

备器、选水、取火、候汤、炙茶、碾茶、罗茶、煎茶、酌茶,她看得仔细,不愿错过他的每个动作,只为消磨时间。她看着,他来做,并不觉无趣。

此时此刻,她做起来也不觉烦躁。

她甚至喜欢这漫长的过程,将他曾授予她的,再还给他。

梅行是个爱茶人,连茶具都备了四套。而时宜却是个名副其实的懂茶人,从开始选择茶具,到候火泛汤,到炙茶的火候,都极像是一场艺术表演。梅行起先还和周生辰说几句,到最后两个男人都看着时宜。

倒是那画境中的人,只专心做自己该做的。

有茶香飘来,却只成了点缀,让这画境如染釉色,越发怡然。

周生辰看着她,也看得很专心。

他不懂女人的心思，更不懂时宜，哪怕她已经成了自己的太太。她如此一个人，为何会到二十六岁还没有任何感情经历？他不相信任何虚无的解释，比如注定，或者说缘分，可现在，却只能用这些词语来解释她对自己的感情。

而自己对她呢？

梅行告辞前，毫不掩饰对时宜的欣赏。

她被说得有些不好意思，频频向周生辰投去求助目光，后者心领神会，慢悠悠地拍了拍梅行的肩，一语不发。男人之间的沟通不需要语言，比如现在。

梅行微微笑着，拎起西装外衣就走，头也不回。

门锁"啪嗒"一声合上，留了两人独处。

时宜看了他一眼，"你们两个还真是默契。"

"我从五六岁就认识他了，"周生辰笑，"他历来如此，见到好看的女孩子就喜欢多说几句，你也别太介意。"

好看的女孩子？

时宜总觉得这么说有些怪异，原则上来说，她应该不只是好看的女孩子，还是他的太太，虽然两个人现在的相处仍旧像男女朋友。

周生辰走到卧室，拿了干净的衣物，习惯性地解开了几粒衬衫纽扣，很快像是想起什么，又潦草地系好两粒纽扣，走入浴室。到有水声传出来，时宜终于想起今晚，他要和自己睡在一个房间、一张床上。

她一时不知道该做什么，就在客厅沙发上坐下来。

如果睡在一起，那么……应该会……

她轻轻呼出一口气。

他很快从浴室走出来，衣服穿得规整，给人一种即将出门的错觉，"你稍等一会儿再洗，我让人来收拾干净。"他说着，已经走入卧室。

"没关系的……"时宜站起来，想要去拿干净衣服，却看到他拿了件黑色外衣，边穿边走出来。她有些奇怪，"你要出去？"

"嗯，"周生辰说，"实验室有些事情，需要开个很长的电话会议。"

他说得很快，自然地看了下腕表。

"那今晚还会回来吗？"

"会，就是会很晚，"他兀自笑了笑，"刚才喝了茶，应该不会觉得困。"

他很快交代了两句，便离开了酒店。

说不失望是假的，可也松了口气。虽然有些心理准备，但她却感觉两个人之间少了些什么。鱼水之欢，首先要有鱼和水相融的关系，才能顺理成章地发生，不是吗？

她长途而来，又和他逛了大半个不来梅，经热水一冲洗，疲惫感尽显。她穿着睡衣坐在床上，能感觉得出这些床上用品都不是酒店公用的，格外柔软。

躺在床上没一会儿，她就睡着了。

因为潜意识在等他，自然睡得浅，听到房间里有响动，很快就清醒了些，只是还有些昏沉的感觉。她睁开眼，天已经有些蒙蒙亮。周生辰靠在沙发上，正打算随便躺在那里补眠，房间暗，看不清他的脸。

"几点了？"时宜忽然开口。

他动作停顿，抬腕看了一眼，"五点四十七分。"

"那上床睡一会儿吧……"她轻声说，"睡沙发会很累。"

周生辰又停顿了几秒，把西服外衣放到沙发上，走到床的另一侧，躺到了她身边。床很大，她能感觉他有些拘束地躺着，忍不住微微笑起来，很快翻过身，把被子盖在他身上，手也顺势搭在他腰上。或许还有些困顿，她难免比平时随意了些，带了稍许揶揄："周生辰，你和太太睡在一张床上，很为难吗？"

"没有，刚才只是怕吵醒你。"他声音有些低。

"已经醒了。"

他笑："不睡了？"

"睡，"时宜坦白回答，"因为你没回来，所以睡得不太踏实，现在头昏沉沉的，还想睡。"

"那就睡吧，"他伸手，把她揽到怀里，"我下午才有会，可以陪你睡久些。"

她把脸贴到他身前，隔着薄薄的衬衫布料，听他这么顺理成章地说着，却想偏了些。靠在他怀里睡觉，这还是第一次，他虽然穿着衬衫和长裤，可她却是睡衣……

就如此安静了一会儿，她觉得自己的心跳开始不稳，忍不住挪动了身子。

"睡不着？"周生辰察觉了，低头看她，"还是习惯一个人睡？"

……

她决定换个话题。

"今天……你朋友夸了我很多，你还没有说过什么。"

她的声音里，有些失望。

周生辰略有疑惑，很快明白，"我不太会夸人，但你总能给我惊喜，多得有时候我也不知道说什么好。"她微微扬起嘴角，轻声说："那你拿什么回报呢？"

"回报？"他想了想，"说说看，你脑子里在想什么？"

"你负责哄我睡着吧。"

"好，"他倒不介意，"你通常怎么样会容易睡着？"

"听歌……或者听诗词，慢慢听一会儿，就睡着了。"

周生辰噤声了一会儿。

她闭上眼睛，等他给自己惊喜。

"就诗词吧，我念些和茶相关的，慢慢念。"

时宜"嗯"了一声："我能点想听的吗？你不用念全，随便一两句就好。"

"可以。"周生辰还是初次发现时宜的难缠，却觉得如此也很可爱。

"白居易？"

"他留了两千多首诗词，有近六十篇和茶有关……"

她好笑地打断："随便就好。"

还真是认真，稍微不留神，就会陷入严谨思维的科学家……还真是……

周生辰倒也不再深想，随口应对："白瓷瓯甚洁，红炉炭方炽。沫下曲尘香，花浮鱼眼沸。盛来有佳色，咽罢余芳气。"

时宜没出声，他便多挑了三四首。

"嗯……"她似乎满意了，继续说，"苏轼。"

"活水还须活火烹，自临钓石取深清。大瓢贮月归春瓮，小杓分江入夜瓶。雪乳已翻煎处脚，松风忽作泻时声。枯肠未易禁三碗，生听荒城长短更。……"

起初她还说些名字，后来累了，他就自己随便挑些，念给她听。

从李白到刘禹锡，再到那些不甚有名气的，边回忆边念，倒也不成障碍。这还是他初次发现自己的记忆力如此好，也能做如此有趣的事情。

时宜听得舒服，不再出声。

她知道，他并不懂这些的意义，虽然诗句不同，但自己也曾如此被哄睡过。渐渐地，在周生辰刻意放慢压低的声音里，她渐渐有些模糊了意识。他闭着眼睛给她念，越来越放缓速度，直到终于停下来。

房间里悄无声息。

因为靠得近，似乎能听到她平稳的呼吸声。

周生辰睁开眼睛，耐心看了她一会儿，确认她真的陷入沉睡后，才又闭上眼睛，让自己真的睡着了。

他睡了大概一个半小时，到七点半自然醒过来。

时宜仍旧睡得很沉，从周生辰的角度，能看到她侧脸的弧线，到颈部，甚至能看到她领口内细腻的皮肤。他如此看了一会儿，心底有些不可名状的感觉，时宜轻轻地动了动，攥住他衬衫领口的手，微微松开了一会儿，却又很快攥紧了。

他略微撑起身子，轻声叫她："时宜？"

她不知是在梦中，还是迷糊着，"嗯"了一声。

他略微思考了一会儿，最终还是选择低头，吻住了她领口露出的皮肤。隔夜露出的胡楂儿，轻摩擦着她的脖颈，时宜下意识避开来，他便沿着她的锁骨亲下去，解开睡衣的两粒纽扣，透出些许旖旎春色。

"周生辰……"她醒过来，模糊着声音。

"嗯。"

两个人身子贴着，严丝合缝。

她能感觉到他身体的变化，还有那半梦半醒般的桃色氛围。她嗓子有些发干，忍不住扭动身子，面红耳赤地避开自己大腿和他下身的接触，"要不要……先洗澡……"

"不用，"他低声说，"我就是想抱抱你。"

他的行为和语言有所差别。

时宜也没有再出声，感觉他的嘴唇，真的就只亲吻，摩擦着自己的脖颈、锁骨和胸前，不进也不退，两个人在薄薄的棉被里，亲昵着，甚至有些折磨的感觉。

"你有没有读过《上林赋》？"他问。

时宜淡淡地"嗯"了一声。

她从来没有和他提到过《上林赋》，却没有想到他会先说起。

"我第一次见你，就想到《上林赋》，里边有形容女人的词句，"周生辰觉得想要放开她，竟然比预料得难，只能低声说话，来打断自己身体对她的欲望，"绝殊离俗，妖冶娴都，用来形容你很合适。"

这是他第一次说起两人的初遇。

也是他初次对她说类似于情话的话。

时宜闭着眼睛，笑起来。

她伸手，试着去摸他的脸。周生辰配合地停住话语，任由她的手指抚过自己的眉骨、眼睛和鼻梁，时宜的动作非常温柔，甚至有种他难以理解的感情。

"再好的皮相，也有年老色衰的时候，你在我心里是最好的，"她轻声说，"美人骨，世间罕见。有骨者，而未有皮，有皮者，而未有骨。世人大多眼孔浅显，只见皮相，未见骨相。我能摸到你的美人骨。"

这样的细微曲折，鼻梁和眉骨，没有丝毫改变。

国际空间研究委员会的这次会议行程很满，虽然有足足一周，但两人相处的时间并不长。时宜倒也会自娱自乐，了解了他详细的时间表后，就自动消失，在不来梅附近闲走。

正好碰上德甲的赛季，她甚至还饶有兴致，现场观摩了一场球赛。

她以前没有过男朋友，倒是身边的宏晓誉是铁杆的德国球迷，不断向她灌输各种知识，以至于她坐在赛场看台，甚至能认得出那些出名的后卫和前锋、中锋。

她告诉宏晓誉自己正在赛场，宏晓誉立刻拨来电话，非要感受现场气氛。

幸好她身边的位子都空着，不至于干扰别人。

"时宜时宜，下次带我去好不好？"宏晓誉在电话那头，带着哭腔说，"你找到一个富二代就把我抛弃了，我自费机票，只要你提供食宿就好啊……"

"好，好，下次我给你出食宿，"时宜乐不可支，想了想又补充说，"不过下一次也不一定会来德国。"

宏晓誉嘀嘀咕咕，继续抱怨。

她听着，随手去摸身边的矿泉水，却未料先被人拿起来，递给了他。

她抬头，没想到遇到的是周文川。

"好巧。"她感慨。

"不算巧，"周文川挨着她坐下来，"我来不来梅一周了，一直想来见见你。"

时宜有些不解，但没追问，她接过自己的矿泉水瓶，"你也在不来梅？我没有听你哥哥说起过。"

"他没说过？"

"嗯。"

周文川了然笑笑："或许他怕你误会。"

"误会？"

"误会他和我太太，"周文川倒是没想隐瞒，"你可能不知道，我太太佟佳人和他曾有婚约,还是他们年纪非常小的时候。也是因为这个原因,我太太念书时基本是跟着他的脚步,始终是他的师妹,换而言之,他们也算是一起长大的。"

之前几次遇到佟佳人,她就感觉到她对周生辰的那种在意,只是没想到会有如此深的渊源。他前半生大部分时间,是和佟佳人一起的吗?

周文川继续说着:"后来因为一些原因,婚约取消了,而后……又因为一些原因,我娶了她,"周文川也觉得自己说得很含糊,自顾摇头笑笑,"这背后有很多复杂的故事,如果有机会,我想你可以问问我哥哥。"

她颔首,猜到周文川隐而不谈的话,一定会牵扯很多灰色地带的事情。

她不知道自己是不是做好准备,要听周生辰说周家的背景,所以她没有追问。

"所以你这次来,你太太也来了?"她想到周文川最开始说的"怕你误会"。

"她和我哥哥一样,立志献身科学,"周文川轻耸肩,"其实我不太了解他们所做的事情,这次也是巧合,都受邀来了。"

周文川又说了些话,大多只是闲聊。

时宜边陪他说话,边伴装看球赛,仍在想他有意相遇的意思。或许是出于女人的直觉,她能感觉到周文川对周生辰的感情,并没有对他孪生妹妹那么深。不管是因为佟佳人的缘故,还是别的什么原因,她都明白自己不能完全信任这个人。

球赛结束后,两人离开赛场。

周文川有车来接,她看得出那些他身边的随从,还有司机,都和周生辰一样是世代跟随的,也彬彬有礼,极有规矩,张口闭口唤的都是"时宜小姐"和"二少爷"。

周文川低声询问佟佳人是否已经回酒店了,身穿黑色西服的中年男人轻颔首,他这才询问时宜:"我哥哥是否安排了车来接你?需要我送你回酒店吗?"

时宜摇头,随口说:"不用,我约了朋友。"

周文川轻扬眉,似乎识出她的借口,却没有点破。

他从身侧人手里,接过一个普通的信封,递给她,"这个东西,我想,应该是属于你的。周家的婚姻从来都是父辈安排,感情大于利益。从家族角度,我很珍惜我的婚姻,希望时宜小姐和我一样保持沉默,但同时也要解决这件事。"

她接过来,看着他上车离开后,摸了摸密封的信封。

能感觉到整个信封里只有一个非常小的东西,形状应该是戒指。

她没立刻拆开。

回到酒店洗干净手，给自己倒了杯热水，这才拆开了信封，把那枚和周生辰手指上一模一样的戒指拿出来。很素净的戒圈，没有任何多余装饰，甚至是花纹，她看得仔细，很快就在戒指的内侧看到"辛卯年，四月初九"的刻字。

她虽然不常记农历日子，却不会忘记这是今年五月十一日。

这是他丢的那个戒指，不会有错。

时宜把戒指套在自己手指上，她手指纤细，套上他的戒指自然是大的。就如此在手指上轻轻转了一会儿，刚才那稍许的醋意倒是都没了。虽还有些在意佟佳人和他自幼相伴，却肯定他并不知道此事。

没有人这么傻，会把刻有结婚日期的戒指送给别人。

更何况周生辰的智商……

她轻轻呼出口气，门同时被人从外推开，周生辰边走进来，边反手合上房门。

时宜抬头看他，莫名就想到今天早晨两人之间的亲昵，视线很快飘开，"我今天碰到你弟弟了。"周生辰把外衣放到沙发上，"他找你了？"

"嗯，还陪我看了半场球赛。"

他本想坐下来，看到她手指上的戒指，略微怔了怔，片刻间就把来龙去脉猜清楚了，"这是他给你的？"

"嗯。"

"是不是还告诉你，我和佟佳人的关系了？"

"嗯。"

"说得有多清楚？"他坦然坐下，"需要我做什么补充吗？"

时宜看他泰然自若的，倒是奇怪了，"你不怕我生气吗？"

周生辰兀自笑笑："你智商还可以，应该有自己的思考能力。"

她"扑哧"笑了："多谢夸奖。"

"我和她自幼相识，一直在相同的学校读书，包括现在，偶尔也会有交流合作，"周生辰似乎有些口渴，看时宜放在桌上的杯子，很自然地拿过来喝了口，"后来她妹妹嫁给了我的叔父，我和她取消了婚约。再后来，我也不太清楚是什么原因，她和文川结婚了。"

简短的补充，非常直接地解释了这些问题。

她想，自幼一起长大，又始终有着婚约，却因为这样奇怪的事情而取消婚约，佟佳人的心里应该始终有他。更何况周文川也说，她和周生辰志趣相投，是同类人。

她转着戒指，思绪乱飘地想着。

视线游荡回来的时候，发现他在若有所思地看着自己。

"我明天要回去了，"他说，"是明早的航班。"

她把戒指放到桌上，"我也该回去了。"

周生辰早就说过，这次在不来梅只会留一周，她只是不知道具体离开的日期和航班而已，所以听他这么说也不觉意外，只是有些舍不得。

时宜从没掩饰过对他的依恋。

他也看得出，"这次会议已经结束。但我稍后需要出门处理一些私事，大概晚饭时间会回来。"

"一起去吧？"她征询他，"我不会干扰你做事情的。"

只是想尽可能多地和他一起，哪怕是坐在车里等他。

他略微思考了一会儿，"好，你告诉林叔喜欢看什么书，我让他准备一些在车里。"

她觉得这是个好主意，拿来桌上的便笺纸，用铅笔随手写了几个名字，都是想看而没买到的书。她的字很漂亮，甚至可以说极有风骨。周生辰拿过来，有些意外地仔细看了一会儿，"你写书法，应该不会比陈世伯差。"他说的是上次她作画时，给她题字的那位世伯。

她笑一笑，倒是不否认。

毕竟师从于曾经的他，总有些骄傲在。

他把林叔唤来，递出纸笺，吩咐准备这些书给时宜下午读。等林叔退出房间，周生辰才认真看她，"时宜，很抱歉，我们虽然已经是夫妻关系，却连你的字迹都不了解。等这次事情彻底结束，我会空出很长一段时间，让我们彼此了解。"

这个人，总在匪夷所思的地方认真。

她笑，看了眼桌上多余的那枚戒指。

周生辰顺着她的视线看过去，从外衣的内侧拿出钱夹，将这枚戒指放了进去，"这种事不会再发生。"

两个人稍作休息，很快离开酒店。

车内果然备好了她喜好的书，周生辰抵达目的地，下车前征询她的意见，是留在车内等他，还是一起上去找个休息的地方。她侧靠在那里，想了一会儿说："你会去很久吗？"

"不会，"周生辰把外衣脱下来，放在她手侧，"最多半小时。"

他时间观念极强，说是半小时就一定不会超过。

"我在车里等你好了，"她扬了扬手里的书，"还能看半小时的书，否则和你上去，都是不认识的人……其实我挺不喜欢见陌生人的。"

"发现了，"他笑，凑过来低声说，"你会脸红。"

她睁大眼睛，"真的？"

"真的。"

他笑着下车，把她留给了林叔。

不过从周生辰离开后，林叔也离开了驾驶位，立在车子靠前的位置。

这幢大厦的停车场在三层，视野开阔，她扫了眼，只觉得林叔是考虑到她的身份，才没有和她一同坐在车内。她低头继续翻看手中的书，《野史奇说》，千百年流传下来的故事，写的人文笔不错，凄烈处令人动容，慷慨处也自然让人心潮澎湃。

字字句句延展开，几十年几十年地掠过。

直到，出现他的名字。

简单的白纸铅字，寥寥十几行，她却盯了足足七八分钟，不敢看下去。

心脏撞击着胸口，沉闷而又紧张的声音，就在耳畔。

她不是没有找过关于那些半梦半醒的记忆，可大多数句带过，身为逆臣贼子，无人会为他撰书立说。他一生风华，在数千年的历史里竟毫无存在感。

她靠在那里，过了许久，终于逐字逐句地读完了这段野史。

后人著说，大多下笔过狠。

笔者将他描述为少年掌兵，权倾朝野的佞臣，言之凿凿，仿佛自己所写的才是历史真相。时宜沉默了一会儿，把这页纸撕下来，撕成碎片，放到了长裤的口袋里。

她没了再看书的心思。

把书放到手边，看到他下车前脱下来的外衣。

忍不住伸出手，摸了摸，手指顺着衣衫的袖口，轻轻地滑了个圈。只是如此，就已经脸颊发热，像是碰到了他的手腕。

他曾经的"不负天下",到最后都被湮没了。

而现在他想要做的事,在数百数千年后,或许连记载都没有。

他的抱负,他的慈悲,他的所作所为,能懂的有几人?

她脑子有些乱,强迫自己闭上眼睛休息,让心静下来。

就在眼睑合上,黑暗降临的一瞬,忽然传来了刺耳的枪声,猛烈连续。时宜猛地睁开眼睛,难以置信地从后车窗看出去,看到有四个人完全没有任何蒙面遮掩,举着手臂在射击,目标虽然不是这里,但枪声击碎车窗、车身的声响都完全真实。

"时宜小姐,"身后林叔已经迅速打开车门,"不要动,就坐在车里。"

她反应不及,已经有四辆车急刹在车前,挡住她的视线。

那些纷纷走下来的人,都静默立着,护住时宜这辆车。那些远处的枪击和跑动尖叫的人,都像是和这里没有关系。

仍旧有枪声,她再看不到画面。

手控制不住地抖着,紧紧攥住身边他的衣服。

完全没有任何思考能力,只能记住林叔的话,不要动。

很快,枪声就平静了。

可是那些护着她的车和人都没有动,她不敢眨眼,纵然什么都看不到,也紧紧盯着刚才看到的方向,慢慢地告诉自己,时宜你要冷静,冷静……

忽然,车门被打开。

她猛地抱住他的衣服,惊恐地看着车门。

"时宜。"

周生辰在叫她。

她想答应,张了张嘴巴,却没发出声音。

"时宜,"他再次叫她,声音有些轻,人也跟着坐进车里,"没事了,什么也没有,不要害怕,完全没有任何危险。"这是他第一次说话完全失去条理,只是拣最能让她安心的话,一句句告诉她没有危险。

刻意温柔的声音,不断安慰着她。

周生辰攥住她的手,把自己的衣服拿开,把她的两只手都攥在自己手心里,"和我说句话,时宜,叫我的名字。"

"周生辰……"她听他的话，终于开口说了第一句话。

"继续叫我的名字。"

"周生辰……"

"继续叫。"

"周生辰。"

他的声音，引导她忘记突如其来的枪战。

那些尖锐的、残酷的子弹射击声，都慢慢在他和她的对话中退散。周生辰的手心有些薄汗，温热有力，紧紧攥着她的手，甚至有些太过用力。

可也就是因为他攥得用力，手被挤压的痛感，让时宜渐渐恢复了镇定。

"好些了吗？"他低声问。

"嗯，"她勉强笑笑，"对不起，我真的从没遇到过……"

包括前世，她也从未真正见过冷兵器的厮杀，还有死尸。

"没关系，你的反应很正常，"他用右手，把她的长发捋到耳后，手指碰到她的脸，竟然摸到了一些汗，"没有人是不怕枪战的。"

除了影视剧，这还是她初次遇到这样的场面。

可是他却很镇定。

时宜看得出来，他没有任何恐惧感，更多的是对她的担心。

繁华地段的枪战，很快引来了警察，一辆又一辆车不断开入停车场。周生辰不愿让她再留在这里，在警察封锁停车场时，他们一行很快就获得特许，离开了这个地方。时宜坐在车里，不由自主地用眼睛去搜寻刚才发生枪战的地方。

有车窗破碎，玻璃散落了一地。

有西方容貌的路人，在警察的安排下等待着询问。

他们的车离开得很突兀，自然吸引了一些人的目光，包括那些警察也有投来奇怪目光的。她知道他们不可能透过车窗看到自己，仍旧避开来，余光看到周生辰在看着自己。她回头，笑了笑，轻声说："我好多了，别担心。"

周生辰伸手，摸摸她的头发，"回去好好睡一觉。"

时宜应了。

她忽然很怕，如果自己或是他在刚才被流弹击中，来不及抢救，会不会真就再次分开了？这种情绪，盘旋心头，始终难以消散。

周生辰似乎也是顾忌了，没有和她在外用餐，而是让人把饭菜拿到房间里。

银制的筷子握在手里，稍嫌冰凉，她依旧心神不宁。周生辰也看得出她没什么胃口，倒也不劝她多吃，很快让人撤去饭菜，给她准备了些茶点。

林叔在饭菜撤走后入内，像是有什么话要说。时宜很识相地回避开，到卧室换身随便的衣服，却在脱下外衣时，抖落了一些细小的碎纸。

是下午撕了的那页书。

因为当时没有地方扔这些碎纸，她就随手放入了长裤的口袋里，现在伸手进去，真是一手的纸屑。时宜怕被他看到，把长裤拿到洗手间，彻底翻过口袋，把所有碎纸都抖落在马桶里，冲了个干净。

再走出去时，周生辰已经走进来。

"怎么拿着裤子？"他有些疑惑。

"没什么，怕你进来，就在浴室换的衣服。"

他微微展颜："怕我进来？"

声音隐有揶揄。

时宜听得出，却没有玩笑应对。她把长裤放到沙发上，转过身时，周生辰已经走到很近的距离，"还在想刚才的事情？"

"嗯。"

"是个意外，"他简短解释，"那个大厦是个大的华人市场，里边的商铺长期雇用两家物流公司，这次是两家公司起了纷争。你知道，物流是暴利行业，各个公司相互的纠纷在世界各地都很严重，暴力解决的也很多，我们只是碰巧遇到了。"

她点点头，接受他的解释。

然后两个人都安静了。

他近在咫尺，触手可及，却很容易就失去。

不管是他的身份，还是刚才那场意外让她认识到的生命脆弱，都让她很不安。

周生辰看出她的情绪，还想说什么，她已经轻轻握住他垂在身侧的一只手，另外的手，攥住他衬衫的边角，人很快凑上前，吻住他。

她紧紧闭上眼睛，感觉他搂住自己的腰，回吻着自己。

不管曾有过多少次亲密，在两个人亲近时，她总是心跳急速，呼吸难以为继。过了许久，她才松开他的手，试着去解他的衬衫。

周生辰感觉到了，轻声问："想做什么？"

"周生辰，"她也轻声说，"我长得很好看，对不对？是不是在你认识的人里，算是很好看的……或者会有比我更美的，但是……"

"没有，没有比你更好看的女人，"他笑，"以前读历史，最不相信的就是美人计。不过遇到你之后，我倒是信了。"

他说得隐晦，形容却很夸张。

她知道自己长得好，却还没有到如此夸张的地步。可纵然是个姿色平庸的女人，有最爱的人这么夸奖，都会觉得很美好。情人眼里出西施，这话之所以如此动人心魄，重点并非是你被比拟为西施，而是认为你最美的人是你的"有情人"。

时宜轻轻呼出一口气："所以，我不会配不上你，对不对？"

"不会，"他低声告诉她，"你可以满足一个男人的所有虚荣心。"

她抿起嘴，隐晦地笑着。

继续去解他的衬衫。

周生辰没有再问她，也没有阻止，只是在她有些紧张的动作里，低下头，去亲吻她。

他记得，在那些过往历史中，美人计是亡国之计，却有人甘愿倾国倾城。

第十章 一如你初妆

时宜临时换了晚上的航班，周生辰把她送到飞机场。

他让身边人离开，两个人站在安检口，话倒是格外少。

"我想起第一次遇见你，"时宜看了眼安检门内，"你拿着电脑和证件，其余什么都没有，可是却被要求重新安检。"

"是第一次，"他说，"我第一次被要求重新安检。"

第一次吗？她想起他看自己的第一眼。

是因为自己太过露骨地盯着他。

他抬起手腕，看了眼时间。

她知道差不多要走了，用食指勾住他的手，轻轻搭住，"我走了。"

她舍不得他，可还是要很懂事地离开。

周生辰"嗯"了一声，看了看她，忽然说："口渴吗？"

"有一点儿。"她舔了下嘴唇，有些微微发干。

刚才来的路途中，只顾得和他说话，忘记了喝水。

她想说没关系，过了安检随便买些就可以。可没等开口，周生辰已经示意她稍等，转身去买了瓶水来，拧开递给她。时宜有些意外，喝了两口又觉得浪费，"其实我可以进去买的，这样喝两口又不能带进去，浪费了。"

"没关系，我带在路上喝。"

两个人最后的对话，竟然是不要浪费半瓶矿泉水。

后来时宜登机了，想到刚才这件事，仍旧觉得好笑。

夜航很安静。

她很快就有了困意，渐渐又回想起，那场刚开始就结束的旖旎情事。她记得，他如何替她穿好衣服，问她，为什么忽然这么焦虑。聪明如此的人，轻易就看出她的反常，她想要匆匆落实关系，害怕有任何变故的焦虑和恐慌。

她没有回答他。

如果说"我怕再也见不到你"，会显得太煽情，或是矫情。

或者又会让他觉得匪夷所思。

她想了一会儿，听到身边两个人在轻声说着白日的枪战，内容和周生辰的解释相似。只不过落到两个欧美人口中，又是另外的视角，无外乎那个大楼是华人市场，经常会被临近的人举报有"黑帮"之类的。说得神乎其神，仿佛华人就是这个城市最不稳定的存在……

描述者不经求证，却说得逼真。

她在低语的英文中，想起了周生辰和他的朋友梅行。在数百年家族文化熏陶下，那两双漆黑的眼睛，同样是波澜不惊。只不过梅行更像魏晋时的人，追求随心随行。而当时宜想到周生辰，心便很快软化下来。

她无法用一字一句，一个时代的特征来形容他。

她的假期一结束，立刻进入了高压的工作状态。

美霖将大赛总决赛定在了乌镇新建的西栅，也算是和新建的景区合作。这个新建的景区和老旧的那个东栅相比，一切都显得簇新，却也能看出商业化的痕迹。

幸好，景区还没有正式对外开放。

她作为主办方的人员，有提前进入的权利。宏晓誉听说了，也要来一起闲住。这种江南水乡在夜晚很美，又没有多余的游客，这种机会简直可遇而不可求。

宏晓誉的电话里，隐约提到自己的新男朋友。

时宜没有多想什么，让美霖多留了一间房给他们。

两个人来得迟了，到傍晚时分才到这里。

时宜站在景区入口处等他们。远远看到宏晓誉背着相机，走在一个男人身边，有说有笑的，那个男人长得周正，眉目很英气。

时宜匆匆从他面上扫过。宏晓誉已经看到她，快步跑过来，"你说，我见你一次真不容易，明明都住在上海，可这两个月你总行踪不定的，最后竟然是在上海周边相会。哎，不是我说，时宜大美人，你这个人重色轻友的程度，绝对可以载入史册了。"

"你可以等两三天，我就回上海了，"她懒得理宏晓誉的调侃，低声说，"别以为我不知道，你是为了和他有实质发展，才以我为借口，来这里的。"

宏晓誉瞥了她一眼，为两人做了简短介绍。

那个人的职业和宏晓誉相似，只不过一个是新闻记者，一个是摄影记者。

可时宜总觉得这个人，骨子里掩不住一些凌厉。

她直觉向来很准，不免在三人一路走入景区的闲聊中，仔细打量了这人几次。不过后来听宏晓誉说起他战地记者的身份，也就释然了。

她记住他的名字叫杜风。

公司来了一些人，都是绝美的声音。

宏晓誉平时不太有机会见到这些人，这次因为时宜的关系，终于见了个遍。大家都是很随和的人，时宜介绍时也随便了些。大多都是说，这个就是××纪录片的旁白，这个就是某某热播剧的男一号、女一号……

宏晓誉不停意外地露出恍然大悟的神情。

但是那个杜风，时不时总笑着，大多是笑宏晓誉的大惊小怪。

"这种水乡，大多都有故事在里边，"美霖用手捏着螺壳，笑着看 D Wang，"我记得上次你给我讲西塘的事，就是经常有人住在那里，就会走失几个小时，再回来……"

D Wang 摇头，打断她，"时宜胆子小，不要晚上讲这些。"

他说得自然。

可是这里很多人，都知道他和时宜的事，有的笑得别有深意，有些已经开起玩笑。这种善意玩笑很常见，无伤大雅。

时宜为免他太尴尬，只是笑，倒没有多排斥。

宏晓誉从没见过 D Wang，倒是很好奇，低声问她："他怎么知道你胆子小？"

时宜轻声说："我经常半夜录音，每次都要等人一起，才敢坐电梯下楼，合作久了的人都知道，很正常啊。"

"不对，不正常，"宏晓誉眯起眼睛，"非常不正常。"

时宜轻捏了下她的手背，"不许八卦了。"

"那最后一句，"宏晓誉好奇地问她，"你那个老公知道有人喜欢你，会不会吃醋？"

会不会吃醋？

时宜倒是对这个问题很没底气。

她想，周生辰是喜欢自己的，有多喜欢？她心里没有底。

所以才会焦虑吧，就像在不来梅。

"你不会连这点儿自信都没有吧？"宏晓誉蹙眉，"所以我说，嫁人还是要爱自己多一些的，我眼看你怎么喜欢他，怎么开始，甚至莫名其妙没有任何仪式就结婚了。你太上心了，明明自己是传世珍宝，偏就当地摊珍珠卖了……"

时宜忍不住笑："都什么比喻？"

"本来就是……"

"嘘，"时宜拿起手机，轻声说，"我要出去接电话了。"

她起身，走出去。

这里是老式的木质小楼，他们吃饭的地方是临河的二层，排列着七八桌。他们占了两桌，靠东侧，她就走到西侧窗边的地方。

周生辰准时打来电话。

她靠在木窗边，压低声音和他说话。

周生辰已经被她训练得非常娴熟，从晚饭的饭菜开始，事无巨细汇报自己的行程。也亏他记忆力好，连具体时间都能说出来。到最后时宜听得心情极好，想到宏晓誉问的话，装着无意地说："最近好像……有人在追求我。"

周生辰略微沉默："是那个 D Wang？"

"嗯……你怎么知道的？"

"我一直知道。"

……

时宜想到，他掌握着自己所有资料，顿时有种被识破的尴尬。

她一时没说话。

倒是周生辰察觉了："想知道，我会不会介意？"

她不好意思承认，也没有否认。

周生辰笑了笑:"你可以这么想,我是因为介意,才会随时掌握你的动向。"
"真的?"
"真的,"他顿了顿,轻声说,"千真万确。"
她笑出了声音。水的远处,能看到有几艘停泊的木船,挂着灯。
景区没有游客,只有这次的主办方、媒体,还有参加总决赛的人,所以这种游船在晚上时不会营业,只停靠着,自成风景。
周生辰继续说了几句话,就断了连线。

众人饭罢,被景区负责人安排了活动。
泛舟或者是去大戏院听评弹。
时宜不喜欢深夜在河边上的感觉,就去听评弹。整个戏院坐了半数,夏日有些闷热的风吹进来,她有些不在意地听着,轻轻转着手腕上的念珠。
这样炎热的夜晚,环境并不算惬意。
却莫名地,让她记起了一些,早已模糊的事情。

那一世,她自幼对一首古曲极有兴趣,因多年战乱,一直难寻完整曲谱。她屡屡打探到何人可能会有,都会求师兄师姐去寻,次次落空。直到一日听闻曲谱在一位老王爷手里,便去求师父。
她当真想听,周生辰也宠着她,让人请来曲谱和乐师。
可惜那日她犯了错,错过了那场古曲会,一切只源于一杯茶。她自幼喜茶,周生辰便为她搜集名茶,那日她想为他泡他最爱的,却因水质缘故,倒了又倒。
名茶价值千金,却被她任意挥霍。
那是他初次斥责她,眉目显出怒气,却隐忍不发。
只是不让她去观歌舞,将她留在书房内,站立持笔,字字句句写着历代名茶。写到后面,她委屈地红了眼眶,听着远远的歌舞乐曲声,却不得不继续握着笔,一字字继续写:蒙顶、紫笋、神泉小团、碧涧明月、方山露芽、邕湖含膏、西山白露、霍山黄芽……
她努力眨眼,想忍住眼泪,却还是落在纸上,晕成一片。
"十一,"他微微俯身,看她写得密密麻麻的纸,终于开口说话,"你倒一杯茶,便是百姓数日,甚至是整月的口粮。你有品茶的喜好,我便为你买茶,但不想你骄纵成性,不知百姓辛苦。"

她攥着笔，微微颔首。

"你是未来的太子妃……"周生辰继续说着。

她却忽然抬头，眼泪汪汪地看着他。

她不想因为自己是太子妃，才要记得这些。她只是他的徒儿，甘愿受他责罚。

含泪的眼睛里，尽是倔强。

周生辰欲言又止，忍不住微微含笑，直起身子，"继续写吧。"

有夜风吹进来。

评弹仍旧继续着，时宜靠在木质的长椅一侧，仍旧难以将思绪拉回来。

她眼前仿佛就有着抄写满满的宣纸。

而余光里，只有他。

晚上住的地方，装修并不算精致。

更如同寻常的人家。

不知道是因为晚饭后听的那段评弹，还是因为这里的氛围，她想起他离开前，两人在镇江的那段日子。短暂而又玄妙，当时只是紧张于和他奇怪的家庭相处，现在想起来，却越发感慨。

他存在于这样的家庭，是否是注定的？

钟鼎之家，隐匿于世。

睡到三点多，那段抄写茶名的片段，反复出现，她辗转起身。想了很久，终于拨了他的电话，在漫长的等待音里，几次想要挂断。

他是在短暂休息？还是仍旧在实验室？还是在开会？

她把手机举到眼前，看着未接通的提示，拇指已经滑到挂断的选项。忽然电话接通了……时宜马上拿起来，贴在了耳边。

"怎么这么晚，还没有睡？"周生辰的声音，有些疑惑。

"我做了一个梦，"她犹自带着睡音，"一个同样的梦，重复很多次。我知道是在做梦，可是醒不过来，就只能看着。"

"梦魇？"

"嗯，梦魇。"

"那些水乡多少都有故事，"周生辰不知道是在哪里，传过来的声音伴着些轻微的回音,"我听说过一些,大多有些中邪的迹象。不过我不太相信,或许你白天没有休息好?"

"嗯……或许吧。"

梦是相同的,都是他和她,时宜并不觉得可怕。所以醒过来,也只是冲动地想听他的声音,好像要求证他真的存在,和自己在一样的年代和空间里。

"梦到什么了?"他问。

"梦到我在抄历代的名茶,"她低声说,"你能背得出吗?唐代的茶?"

"差不多,都知道一些。"

"比如?"

"比如?"他笑了声,"想让我给你背茶名,哄你睡觉?"

"嗯……"她本来是平躺着,现下侧过身来,换了个更舒服的姿势,"想听。"

"好像我太太,是四大好声音之一?"他揶揄她,"我只是个搞研究的,声音实在没什么特别,怕你听久了会厌。"

"不会……"她笑,"一辈子都不会厌。"

那边略微沉默,叫了声她的名字。

"嗯?"

时宜以为他想说什么。

未料,他当真开始给她念,那些茶的名字。蒙顶、紫笋、神泉小团、碧涧明月、方山露芽、邕湖含膏、西山白露、霍山黄芽……

有些或许是记载问题,单独的字有些出入,她没有出声纠正。

她坐起来,靠在木质的床头,看窗外稀疏的灯火。这里的建筑设计,都具有年代感,在那一世清河崔氏及长安都在长江以北,江南是什么样子的?她没什么太大的印象。只在李、杜的诗句中,获悉江南"女如雪"。

而数百年后,她坐在这里,听周生辰远在大洋彼岸,给自己念有些无聊的茶名。

他的声音说不上有什么特点。

念得很慢,却很有耐心。她发现,周生辰最大的优点就是有耐心,不知道他是不是对谁都是如此,起码从初相识到现在,他对她始终如此。

"婺州东白、祁门方茶、渠江薄片、蕲门团黄、丫山横纹、天柱茶、小江团、鸠坑茶、骑火茶、茱萸蓼……"他略停顿,"差不多了,就这些,你还要听别的朝代的吗?"

"嗯……"时宜犹豫着,想要问他会不会很忙。

忽然,门外传来细微的声响。

像是金属落地的声音,这个声音刚才也听到了,只不过,她太想听他说话,都忽略了。"时宜?"周生辰忽然又叫她,"怎么了?"

"我好像听到奇怪的声音……"她低声说,安慰自己,"不会是你说的……'这里都有些故事'吧……"

他笑了声,略有取笑:"你信佛,又不做恶事,为什么会怕神魔鬼怪?"

"不知道,天生的吧?"

她仔细想想,经历过轮回的人,的确不该这么怕黑,或者惧怕神魔鬼怪。

周生辰又说了些话。

时宜很少这么主动给他电话,而他也出乎意料地,主动和她闲聊一些自己实验的事。时宜听得认真,走过去把窗子关紧,走到门边检查门锁的时候,听到了一些脚步声。

她凝神,想要听清楚。

"还怕吗?"周生辰像就在她身边,看得到她的心理变化。

"一点点……"她低声说,"可能有人太喜欢水乡风景了,我听到有脚步声。"

"有时候人越是恐惧什么,就越想要接近什么,"周生辰的声音,有着让人安心的力量,刻意地温柔着安慰她,"不要开门,回床上试着睡觉。如果睡不着,我会一直陪你说话。"

她的确有些怕,很听话地上床,"会不会耽误你的正事……"

他笑道:"不会。"

周生辰和她说了很久的话,慢慢声音就都没有了。时宜一觉睡到了九点多,被宏晓誉叫醒,一起吃早饭,她问宏晓誉昨晚有没有听到奇怪的声音,晓誉很惊讶地说没有,又看看身边的杜风,问他有没有听到。

杜风只是用筷子夹着菜,摇摇头。

时宜见两人如此反应,更是有些后怕了,在下午决赛前,低声和美霖说自己要换个地方住。美霖咬着笔帽,乐不可支:"给你换,你肯定也还是怕,要不然你接下来两天就和我睡一间房吧?"时宜自然乐意。

美霖问她半夜怕鬼，怎么不给自己电话，时宜想到那个陪自己直到天亮的电话，很隐晦地笑了笑。她是略微低着头的，笑得连美霖这个同性都一时移不开目光，轻声嘟囔了句："我打赌，你真有让男人倾国倾城的冲动。"

时宜伸手，轻推了她一下，示意比赛开始了。

两个人这才端正坐好，看那些决赛选手的表演。

中午周生辰准时打电话来，问过她晚上的安排，听到她和美霖住在一间房，才算是放心。到下午三点多结束了今天的比赛，她忽然接到一个电话，非常意外的电话。

是周生仁。

她记得周生辰这个过继的弟弟，对自己算是非常友善的，甚至比周文川这个同胞兄弟还要亲近些。小男孩儿在电话里说，自己刚好这几天有些空闲，想要来陪陪她这个未来的大嫂，时宜虽然觉得很奇怪，却没有拒绝。

对于"未来大嫂"这个称呼，她早就有心理准备。

只要周生辰的母亲不承认这门婚事，就连周生辰身边的林叔都要一直称呼她为时宜小姐，或许这就是大家族的规矩。她和周生辰明明生活在现代社会，是合法的夫妻，在这个家族里却不被认可。

对于这些，时宜有时候想起来，也觉得委屈。

但是这种情绪只是稍纵即逝，对她来说，没什么比周生辰更重要。从他和自己求婚起，她就认定了这一生自己要和他一起。

名分和认可，都不重要。

周生仁是晚饭时到的，随行而来的除了两个女孩子，就都是男人。不同于在镇江的见面，他私人出行就随便了很多，只穿了条浅蓝色的牛仔裤，白色短袖T恤，像是个初中刚毕业的普通男孩子。

时宜在离景区入口较近的小石桥边，站在阴凉处等着接他。

没想到他就如此堂而皇之进来了，走到时宜面前，扬起嘴角，叫了声"时宜姐姐"。

"你直接进来了？"她有些奇怪。

毕竟现在景区没有开放，只接纳了他们这次比赛的人和媒体。

周生仁点点头，"母亲怕我出意外，特意安排人做了准备。"

他说得一本正经，颇有些周生辰的影子。

时宜笑了："你这么和我说话，我以为看到了你哥哥，"她手掌轻轻摸了下小男孩儿的额头，"出汗了？很热？"

小男孩儿长得快，已经和她差不多高。

或许是家里没有一个姐妹敢这么对他，以至于略微有些愣，很快就笑了，点点头。

她见过小仁几次，知道他不太爱说话，也就没多说。

周家果然做了安排，景区的负责人已经安排好了小仁及随行人员的住处。时宜陪他到阁楼房间时，两个女孩子已经迅速打点好一切，连茶具都换了全套。

小仁似乎没有喝茶的习惯，等两个女孩子出门后，从房间的小冰柜里拿出两瓶可乐，打开来，倒给时宜一杯，"我听梅家的人说，时宜姐姐很会泡茶？"

时宜接过玻璃杯，"还可以吧，就是一个小爱好。"

"姐姐好像……天生就是要嫁进我们家的人。"

"有吗？"时宜笑起来。

"没有吗？"小仁仰躺在竹椅上，认真端详时宜。

她知道小仁说的，是她那些琴棋书画，还有对古文学的热爱，"可能我偏好古文学……"小仁摇头，打断她，"不只这些，我听说你们在德国的事情……姐姐，你怕吗？如果让你看到枪战、流血、死人，还有……很多非常凶残的事，你怕吗？"

男孩子的声音很清澈，却问着如此的问题。

时宜一时未反应，联想到德国的事，仍心有余悸，"会怕。"

周生仁握着玻璃杯，继续端详她。

眼睛里有着十四岁少年不该有的冷静。

过了会儿，他抿起嘴角，反倒安慰时宜，"我刚才说的，是吓唬姐姐的。"

她有一些天生的敏感度，尤其是对人的态度。

稍有微妙，就有察觉。

所以她想，小仁忽然来探望她这位未来的大嫂，一定不只是如他所说的"顺路"。小仁吃住比周生辰要讲究不少，或许因为是周生辰叔父唯一的儿子，虽然过继给了周生辰的母亲，却依旧被宠爱得厉害。所以他举手投足，多少有些恃宠而骄的意思。

不过他对时宜倒真像有好感,起码她没有感觉到任何的不友好。

这个小弟弟过来,顺路带来了一箱子衣服,搬到时宜和美霖住的房间。搬箱子的人前脚离开房间,美霖后脚就打开了没有锁的箱子。满满一箱子的衣物,从贴身的到外边穿的,一应俱全。

时宜穿过王家人做的衣服,知道他们喜欢在袖口的内侧缀两粒珍珠。

所以翻了两下,就明白这些衣服都是王家人做的。

美霖还在翻看衣服的时候,就有人又搬来了整箱的水。

"我听哥哥说,你昨晚听到奇怪的声音,"小仁对她简单解释,"所以如果有可能,接下来的两天,我们就尽量避免喝这里的水,吃这里的饭。这些,和我同来的人都会解决。"

"这么严谨?"时宜忍俊不禁。

小仁也笑,半真半假地回答她:"不管是阴间鬼,还是阳间鬼,周家人都遇到不少,自然也学得小心多了。"

时宜只当作是玩笑,随口逗他:"你遇到过吗?"

岂料小男孩儿竟没回答。

看他的表情没觉什么,可时宜总觉得自己说了什么不该说的。

晚上她和周生辰电话时,说到了这件事,周生辰略微沉吟:"小仁的母亲是意外死亡,而且原因有些特殊,所以他有时候说话和做事,会有些奇怪。"

周生辰的解释很含糊。

说实话,时宜并没有听懂,她难得追问他:"是什么原因?"

他没有回答。

时宜想了想,又说:"这些事,我迟早要知道的。"

"周家有些特殊,资产96%都在海外,也会有些阳光照不到的生意和朋友,"他说,"小仁母亲的家庭,虽然和我们是世交,但她嫁到周家,主要是因为想要调查周家的一些事情。后来……是意外死亡。"

时宜靠在窗边,继续听他补充说明这段过去。

大概八九年前,周生仁还是个小孩子的时候,他曾和父母一起登上一艘船。船是周家的,当时为了分配一个归属不明的矿床,周家牵头做了这场交易,而小仁的母亲是在这艘船上被发现后,"意外"死亡的。

当时为了不给小仁带来影响，将这件事做成了"意外身亡"的假象。

但是当小男孩儿慢慢长大，有些真相自然会知道。

所以他才会对"阳间鬼"这个话题，保持了沉默。

她惊讶于周生辰对自己家庭的描述，却没有过多地追问。

将过往那些串联起来，她越发觉得，自己和他生活的环境根本不在一个世界。

"某些方面来说，我并不是周家的人，"周生辰说，"等件事结束，所有人和事都会回到最初的轨迹。"

"所以……你并不想继承周家？"

"完全没有打算。"

他身边，有人在用她不懂的语言说话，听上去像是谈工作。

时宜没有再说什么，结束了这场对话。

窗外的风有些大，在水面上打着旋儿，吹起渔船里船客的衣裳。随之而来的，自然是嬉笑吵闹的声音。

她想，她理解他的意思。

如果说周生辰两世的信念都是扭转大势，少些不幸的家庭，那么她这两世就简单了很多，她信他，也会一直站在他这一边。

次日晚上，是这次比赛的总决赛。

小仁表示要去看，时宜一本正经告诉他不能特殊化。比如只能单独入场，坐在媒体席的一个角落，她以为这个骄傲的小男孩儿不会遵守，没想到他真的来了，就一个人，还带着本书。时宜坐在评审席上，大部分时间照顾不到他，等比赛结束时，才得空去看他。

没想到翻了下他手里的书，竟然是外文教材。

她没仔细看内容，扫了眼眼熟的公式，是物理。

"你以后，想学物理？"时宜终于在他身上看到了普通人的影子。

"嗯。"小仁颔首，合上书，平放在大腿上。

"挺好的，"她低声说，"这些学得越深入，学科分界就越不明显，说不定以后你能超过你哥哥。"

"不可能，我不可能超过他，"小仁笑，而且难得略带腼腆，"他是天才，十二岁收到深造邀请，十四岁进大学，十九岁拿到化学工程博士学位。我已经十四岁

159

了，可还没有进大学……"

这段话她听过，从周文川的口里。

但是显然小仁说的时候，是真的很自豪，还有分明的崇拜。

"是这样啊，"时宜故意装作刚知道，配合着，惊讶着，"好厉害。"

"是很厉害，"小仁看她，"要不然，我二嫂也不会现在还喜欢他。"

"二嫂？"

"佟佳人。"

"哦……"她笑，"我听说过，他们以前有过婚约。"

"是，"小仁倒没有隐瞒，"佟佳人也是我生母的姐姐，总之，关系很复杂。当时因为我生母嫁给父……叔父……她自己主动取消了婚约。"

是她主动的？

时宜"哦"了一声。

"不过这也只是我听说的，那时候我还没出生。"

或许因为话题牵涉到周生辰，小仁难得话很多。

时宜陪他说了会儿话，倒是认真翻看了他的那本书，不太能看懂。这个孩子看起来一部分也和周生辰很像。她想，如果小仁能有机会跟着周生辰读书，说不定，这些被家族培养出来的"骄娇二气"，可以彻底磨平。

两个人说了会儿话，时宜就对美霖找了个借口，先单独陪小仁吃了晚饭。

这是决赛的最后一晚，到明天下午，所有人都会离开这里，回到各自所在的城市。所以时宜在所难免要陪众人喝茶闲聊。

小仁坚持陪在她身边，也不多话，只是偶尔在宏晓誉好奇搭讪时，应付两句。

到最后，那些老一辈的配音演员都去休息了，只剩下了年轻人，众人讨论玩些什么，不知怎的就说到了牌九。

"我可没有准备这些，"美霖笑着打击他们的热情，"现在出去头，恐怕来不及了吧？"

"不用那么认真，我们可以找些东西，现做工具。"

众人兴致高昂，时宜不太懂这些玩意儿，就纯粹地旁听。

倒是小仁忽然低声唤来了不远处的一个小姑娘，低声说了两句话，那个跟随他的女孩子很快离开，再出现已经抱着一个长方形的匣子。

"是什么？"时宜好奇地问他。

"牌九，也可以叫骨牌。"

时宜惊讶地看他。

两个人身侧，坐着宏晓誉和杜风，晓誉听到了倒是很有兴趣，"真的有人带来了，正好，打开来大家一起玩。"

小姑娘只看着小仁，小仁点点头后，她才把狭长的匣子放在了桌上。

莹润微黄的象牙骨牌，被四张叠在一起，迅速码放了八排。

小姑娘没有离开的样子，反倒是站在桌前，俨然一副做庄家的模样。众人有些安静，起初都以为时宜的这个弟弟是个娇生惯养的富二代而已，而身边跟着的小姑娘肯定是照顾饮食起居的人。

可看这桌上的骨牌，再看那小姑娘刚才码牌的手势……不知道的，还以为进了旧日社会的赌场，而他们这些则是贵客，被单开了一桌。

"家里长辈喜欢这些，所以为了哄老人家，大家多少都学了一些，"小仁很善意地解释着，"这个姐姐是经常陪父亲玩这些的，所以很熟悉。"

这个解释有些玄妙，但也不难理解。

有了骨牌，刚才那些人都纷纷上桌下注。因为都是玩玩，美霖又严禁众人加入金钱交易，坐庄的小姑娘就象征性地分了每人一些筹码，当作本钱。

那边厢热闹起来，时宜倒是奇怪了，轻声问小仁："你父……叔父很喜欢这个？"

"家里人都很喜欢，"小仁看时宜，"我哥哥没说过？"

她摇头。

"你们家人真有趣，"宏晓誉觉得这个小男孩儿的言谈举止都有意思极了，"你会吗？"

周生仁颔首，"会。"

宏晓誉"扑哧"一笑，扯了扯杜风的手臂，"你要不要试试？一会儿？"

"既然不带钱的，倒是能玩玩，"杜风也甚是有趣地看小仁，"没想到一个小男孩儿也会牌九，玩得好吗？"

周生仁看他，"不是非常擅长，但陪你们玩还是绰绰有余的。"

"呵，"杜风乐了，"好大的口气，我去澳门时，可是不常输。"

小仁想了想,"你知不知道'倾城牌九'的说法?"他像是想起了什么人,或是事,声音带着些笑意,"在牌九的生死门中,一夜就可以让你输掉一座城池。所以这个东西,不要随便去碰,尤其是在意气用事的时候。"

第十二章 初妆一如你

"'倾城牌九'?"杜风笑得若有所思,"这个说法,不太经常听到。"

周生仁低头,又开始翻自己带来的书,"杜先生似乎对这些,非常感兴趣。"他语气忽然就冷淡疏远了,杜风倒是不以为意。

或许是小仁给人的骄傲感,还是因为别的什么,时宜觉得他对杜风似乎很不友好。

众人玩得兴起,时宜却觉无聊。

她看小仁认真读书的模样,忽然有些自责,他这么爱读书,却要陪着自己在这里和人闲聊。她从包里拿出笔,悄悄在面巾纸上写:我们回去?

然后,用食指点了点他的手背,用面巾纸盖住了他所看的书。

小男孩儿愣了愣,抿起嘴,笑了。

他们很快离开,时宜回到自己房间里拿了些书和纸笔,两个人找了个安静的茶楼,坐在二楼窗口的位置,各自看书。

时宜时不时抬头,看小仁一眼,忽然有种做人家长的错觉。

而这个孩子绝对是那种最喜好读书的,完全不用你操心,从开始一心看书起,就再不管身边的水流蝉鸣,只拿着笔不断在纸上随便写着东西,眼睛不离纸和书。

时宜低下头，继续看自己手里的书。

她也有边看边写的习惯，有时候看到喜欢的词句就随手抄一遍，也就记住了。不知是这里的氛围太好，还是周生仁的安静感染了她，她手里的笔，写着写着，就停下来。

鬼使神差地，起笔写了一句话：

夏，六月，己亥，帝崩于长乐宫。帝初崩，赐诸侯王玺书，南辰王……

她再次顿住笔，笔尖悬在纸上，迟迟不肯再写下去。

她能清楚记得是六月初一，是因为她便是这日所生。先帝驾崩，她降世，而同时，先帝驾崩后，十四岁的小南辰王不肯接玺书，质疑玉玺印太小，怀疑宫中有异变，险些酿成内乱祸事……

他十四岁，她才降生。

她在见到他之前，所听说的事，足可写成一本书。

时宜写的那行字很小，笔迹也淡。她自己怔怔地看了一会儿，或许因为太过入神了，引起了周生仁的注意，小男孩儿放下书，看了眼她写的东西，有些惊讶："你写的是古时候的那个周生辰？"

她也意外，有些犹疑不定地看他，"你也知道？"

"知道，"小仁越发对时宜欣赏起来，"周生家的族谱上有他，虽然史记并不多，但我对他很感兴趣，涉嫌谋反多次，也很……风流。"

"风流？"时宜错愕。

"敢和太子妃在一起，能不风流吗？"小仁说得笑起来，"太子妃是什么人？未来的后宫之主，却为了他什么都不要，跳楼自尽，岂不是风流吗？这可比旁人都要风流多了。"

小仁半是玩笑地说着。

时宜更是错愕。

"听母亲说，我哥哥就是特意取这个人的名，"小仁笑笑，"所以我对这个人更有兴趣了，可惜记载太少。"

记载太少，而且并不甚好。

这也是她所遗憾的事。

两人说了一会儿，小仁继续去看自己手中的书，时宜却再也安不下心。她看着那行字，犹豫了一会儿，继续写了下去：

南辰王得书不肯哭，曰：玺书封小，京师疑有变……

她忽然有个想法，想要把脑海中存留的记忆都写下来。

不管还记得多少。

这个想法让她一夜没有睡踏实，当你特别想做一件事的时候，潜意识总会反复去想，这是完全无法控制的。她辗转整晚，半梦半醒，都是那些曾听说过的事：水淹绛州，朔州鏖战，六出代州……

到最后，美霖都难忍了，在天初亮时，伸手软软推了她一把，"我恨死你了……一晚上翻身，我也跟着没睡着……"

时宜也困顿，喃喃说："总是做梦，还都是兵荒马乱的梦。"

"所以啊，"美霖睁眼，看她不太好的脸色，"所以说不定前一晚根本没有声音，是你做梦而已……"

时宜也不好和她说自己和周生辰讲电话讲到天亮，只摇头笑："不知道。"

"时宜。"

"嗯？"

"你觉得不觉得，你有时候活得不太真，"美霖低声说，"你对什么都不太感兴趣，工作也只是因为需要一份工作，我从认识你，就没发现你对什么有兴趣。除了你那个忽然认识就结婚的老公。"

时宜翻了身过来，也觉得，自己活得太平淡了。

或许因为上辈子活得太精彩跌宕，出身名门，定下最富贵的亲事，师承最让女子倾慕的男人……还有一段最让世人不齿的心思。

有些东西得到过，就不会在意了。

她大约从懂事起，就只执着于"与君重逢"的念想，也只因为这个想法，设法让自己融入这个社会，用最正常的身份遇见他。

"你说，如果人有轮回，你觉得钱财有用吗？和别人明争暗斗，有意义吗？"她想了想，"我觉得挺没意思的。"

"是啊……可是我不信轮回，所以我活得比你现实多了，我喜欢钱，喜欢别人都尊重我，"美霖长出口气，"你呢，好像只重感情。所以你这种人做朋友最好，我永远不会担心你会做什么伤害朋友的事。"

时宜笑，没说话。

美霖想到她心心念念的自家先生，忍不住感叹，还没有机会真实接触过。一个生活在地球，反倒去研究金星的男人，倒真让人感兴趣。

时宜也不知道他何时会回国，只能说，下次有机会一定约到一起吃饭。

这场决赛圆满结束，美霖又成功签了三位新人。

两男一女，很有资质。

美霖坐在船内，和那些专业配音演员喝着小茶，说着小笑话，几个新人坐在当中，略有腼腆。其中一个男孩子，时宜非常欣赏他的音色和天生的戏感，忍不住在离开西栅前，和他多说了两句。

船行得非常缓慢，从一座石桥下穿过时，她恰好结束了对话，随便看了看岸边。

有人在微笑着，看她。

他穿着浅米色长裤和天蓝色的有领短袖，干干净净，也普普通通。他没拿任何行李，简单地站在岸边的阴凉处，手里就拎着自己的框架眼镜。

他是远视，自然取下眼镜会看得清楚些，而且看他的样子，显然已经看了好一会儿。

如果不是现在景区尚未开放，他很容易就会淹没于人流中……时宜急着扭转身子，抓住美霖的胳膊，"快靠岸，靠岸。"美霖小惊了下，看到岸边的人，不太确定地问她："你老公来了？"

这一句话，倒是引来了船上所有人的好奇。

众人对美女的归属，总归会好奇过普通人，更何况自从上次颁奖典礼，大家都已知时宜有个好到令人羡慕的归属，如今人来了，也肯定要仔细看看。

当然，D Wang 一定是看得最认真的一个。

时宜只应声，想着赶紧靠岸。

她很怕这么多人八卦的眼神，让他不自在。

周生辰倒是比她想象的要淡定得多，看众人看他，便很自然地颔首，算是招呼。船在最近的石阶暂时停靠，周生辰也走到那里，在时宜上岸时，伸手扶住她。

"周生先生，你好啊，"美霖站在船头，非常冠冕堂皇地打量，招呼着，"每次都错过见你，这次总算见到本人了。"

周生辰用一只手稳稳扶住时宜，让她跨上台阶，站在自己身边。

"你好，美霖，"他礼貌笑着，"时宜经常说起你，谢谢你这么久以来对她的照顾。"

时宜略微惊讶。自己从来都怕他觉得烦，并不会说工作中的事。

美霖笑着，和他寒暄了几句。

周生辰在船离开时，再次看众人，颔首说了句再见。

他的视线和 D Wang 交错而过，相安无事。

等船再次离岸，时宜终于忍不住拉住他的手，"你什么时候回来的？怎么会忽然回来？你那边的事情呢？这里的入境问题也解决了？"

问题是一个连着一个。

他笑起来，随手戴上眼镜，竟意外地揽住了她的腰。

动作不算大，力道也不算重，但足以将她带入怀中。时宜被吓了一跳，待靠上他的身体，才觉得他手臂有些汗涔涔的，贴着她的手臂。肌肤相亲，并不需要真的在房间里坦诚相见，这一刻已经足够令她脸热。

"今天上午到的上海，主要怕你在这里有什么事情。我的事情暂时告一段落了，包括研究和入境问题，"他把她每个问题都回答了，微笑反问，"还有什么问题吗？"

"嗯，还有一个……"既然他光天化日下这么亲近了，她也很自然地，两只手臂搭上他的肩膀，低声问他："除了怕我有事，有没有一些，是因为……想我了？"

有他在身边真是好，感觉天更晴了。

时宜太明白，自己所有的喜怒哀乐都拴在他一人身上，但她甘之如饴。

她看着他。

他也看着她，笑着看了一会儿，终于颔首。

"是，我很想你。"

时宜看着他，眼睛亮晶晶的，似乎又太亮了一些，有什么要涌出来。

最后，她自己略低了头，"你刚才为什么要刻意去看 D Wang？"

167

"我？"周生辰揽住她的肩，带着她边走边开玩笑着说，"向失败者致敬。"

时宜一瞬错愕，"扑哧"笑了。

见到他，她难得话多，掩饰不住的心情好。从抱怨那晚的古怪声音，到这里的美食，不一而足。他似乎对这里的布局很熟悉，甚至在两人走过观赏用的染坊时，立刻就认出是哪里，时宜有些奇怪，"这里刚建，还没有对外开放过，你怎么会这么熟悉？"

"因为你住在这里，我让人给我看过平面图。"

她"哦"了一声，看着烈日下的染坊。

布被挑得很高，一道道狭长的深蓝的布匹，被风微微掀起，复又落下。

这样的小风景，让她想到的却是，曾听说过的那场长达二十日的攻守战。他率骑兵一万人日夜不停，增援青城守军，当时的敌军，有十三万人。

二十日后，援军至。

当家臣早已不抱任何期望，却忽见城墙上，被数人投挂了数条鸦青色的长布，破败不堪，在烈风中飞扬着。

鸦青色，是小南辰王的王旗。

这数条在城墙上辗转飞扬的布匹，在昭告着城池未破。

她记得，对她讲述的先生，当说到这里时情绪有多激动。先生说，守城军士，顷刻欢呼震天，声嘶力竭。

她记得，当时的自己听得心怦怦直跳，仿佛身临其境。

两人走过染坊，狭长的街道，到小仁之前住过的房间。这个孩子也很奇怪，来得突然，走得也悄无声息的，只留了一张纸做告别。

短短一行字：两位，我就不打扰了。

周生辰扫了眼，递给她，示意自己要先冲凉，"这里太热，我出了不少汗，你稍等会儿。"他说完，从柜子里拿了一些别人替他备好的衣物，走进了浴室。

时宜拿着遥控器，开了空调，又把窗户都关上。

房间里因为开着窗通风，非常热，过了好一会儿，温度才降下来。她觉得温度舒服了，又调高了一些，怕他一会儿洗完澡出来会感冒。

她举着遥控器，研究温度的时候，周生辰已经从浴室走出来。

"在研究什么？"

"温度，怕你太冷感冒。"

从身后看过去，都能感觉到她的认真。

他忽然身体有些发热，想要她。

这种感觉，在不来梅有过几次，都被压制下去了。可是现在面前人明明穿得规规矩矩，却对他有种吸引力，难以挣开。

或者，没必要挣开。

周生辰走过去时，时宜已经调好温度，随手把遥控器放在书桌上。他走近她，低下头，用嘴唇碰触她的脖颈，时宜绷紧了身子，却在下一秒又软化下来。

她喜欢穿有领子的棉布连衣裙，露的地方不算多。

周生辰用手指勾住，把领口往下扯了一些，露出一些后背的皮肤。他继续吻上去，莫名的触感，让她有些难过，微微动了动。

"不用调得太高，一会儿会出汗。"他低声说。

时宜"嗯"了一声，紧闭上眼睛。

他始终站在她身后，流连于她脖颈和后背，他低声叫她，毫不掩饰自己身体的变化，将她抱在身前，紧紧贴着自己。

时宜感觉他这次，是真的想要。

越发紧张。

她想给他，可是又怕。

临到眼前，竟然开始害怕，怕他会对自己的身体失望，怕自己不够懂这些，会让他觉得索然无趣……她越想就越怕，到最后周生辰都察觉了："不方便？"

她轻声说："没有……"

"还是不喜欢这样？"

"不是……"

"害怕？"

她想说是，可想了想，上次在不来梅，两个人在房间里都坦诚相见了，还是自己主动。现在为什么忽然就害怕了……她也不知道。

周生辰两只手提起她裙子下摆，从下至上，把她的连衣裙脱下来，轻抛到书桌上。

他没有脱掉衣裤，贴着她的皮肤，开始更加深入地亲吻，从锁骨到肩膀。时宜面红耳赤地想要避开身后和他的接触，却被他一只手按住，不让她离开。

不急不躁，渐渐深入，他的手开始解她的内衣，"记得我说过，我喜欢收集吴歌吗?"

时宜"嗯"了一声,微乎其微。

她感觉内衣被解开,落到地上。

"对吴歌熟悉吗?"

"不熟……"那些民间流传的,闺房情趣诗词,她如何能熟读?

周生辰的手掌有些粗糙,起码对她的皮肤来说,存在感非常强。他手抚上她胸口时,她轻喘了口气,眼睛闭得越发紧,甚至连睫毛都微微颤抖。

耳边是他的声音,很轻很低:"朝登凉台上,夕宿兰池里,乘月采芙蓉,夜夜得莲子。"

她隐约听得出其中的桃色旖旎。

却已经神思游离,第一次的肌肤相亲,实在太敏感。

无论他的手滑到哪里,都让她想躲。究竟是在亲昵,还是在折磨,她早已分不清了。

"古人用'莲荷'的莲,代替爱怜的'怜',"他低声说,"莲即是爱。"

他的手臂出了汗,和她的身体摩擦着。

日光透过玻璃,落在身上,没有任何衣物的遮掩。

最后终于把她转过来,低头,边亲吻她的嘴唇,边脱自己的衣裤。

蒙眬间,他一直没停过,低声给她念着那些从未听过的、爱人间才能说的诗词。大部分都过于隐喻,他就解释给她听。言语低沉,却认真,将这些桃色满满的淫词艳曲,讲得如同学堂授课。

两个人身体贴在一起,严丝合缝。

他却迟迟没有再进一步动作,时宜已经觉得意识飘忽,不知道该做什么。她甚至有一瞬觉得这是幻觉,质疑自己真的和周生辰如此肌肤相亲,毫无阻碍地在一起……

他低声说:"我开始了,可能会有点儿疼。"

有红晕在她身上蔓延开。

她甚至不敢呼吸,明明自己都懂的事情,经他一说,却是引诱。

认真地,引诱地做爱。

所有的神经都被吊起来,他稍许动作,就让她紧张得轻吸气。

"我小时候,背过《吕氏春秋》,家里长辈都说,'靡曼皓齿,郑卫之音,务以自乐'，"周生辰的声音像是被打磨过，有些轻微缺水的沙哑，"美人和消遣的音乐，都不能太沉迷，听过吗？这句话。"

她咬着嘴唇，"嗯"了一声。

"我不屑一顾，认为这两样，都不值得沉迷。现在，我不这么想了。"

他在尝试，她痛得发抖。

有汗从他身上流下来，落到她身上，周生辰不敢贸然动作。她痛得有些轻了，就鼓起勇气凑上去，迎着他。周生辰有些惊讶，稍停顿，看她略微发白的脸满是汗……"时宜。"他忽然叫她。

时宜睁开眼睛。

这是她印象中，所有的开始。

有很多回忆，不管是前世的，还是今生的，都层层叠叠涌上来。有飞沙走石，有狼烟四起，有他独坐书楼，有他带她策马横穿长安……如果那一日，两个人没有勒马止步……

周生辰很有耐心，不断轻声问她，还好吗？

她起初还应声，后来只是断断续续地轻嗯着，紧紧抓住身子下的床单。手紧了又松，那些脑子里的纷乱都远去了，真实的这个人，和自己在一起的人，是他，也不是他。时宜手心都是汗，伸手去摸他的脸，"周……周生辰。"

他低声应着。

"我爱你。"她哑着声音，告诉他。

他低声"嗯"了一声。

手摸在他脸上，都是汗，两个人的身体压在床单上，潮湿炙热。

最后，他抱她，翻过身来，让她趴在自己身上休息，随手扯过单薄的锦被，盖住两人大半身子。时宜累得睁不开眼睛，脸贴在他胸口，听他的心跳。

漫长的安静，安静到她几乎睡着了。

手指却还是忍不住，去摸摸他腰间的皮肤，"你之前，有没有和别人……"

他闭着眼，笑了笑："没有。"

时宜也笑，倦倦地，低声说："以后也不可以。"

"是，以后也不会。"他手放在她后背上，轻轻滑过。

"如果我先死了，就委屈你一段时间，下辈子我再补偿你。"时宜觉得自己煽情得过分，可是还是忍不住想说，也就是这个时候，她敢和这个大科学家说这些话。

他笑了，淡淡地"嗯"了一声。

时宜满意地抬头，轻轻吻了下他的嘴唇，然后继续温柔地，摸着他腰间的皮肤，呼吸声渐缓下来。真就趴在他身上，安心地睡着了。

她醒来的时候，感觉他在轻轻抚着自己的背脊。

并不含有情色的感觉，像是在抱着一只猫，只是下意识地哄着抚摸着。时宜睁开的眼睛，复又悄悄闭上。

周生辰，我爱你。

她觉得，自己和他不只是上辈子，甚至是上上辈子，生生世世都有着牵扯。

那么应该是什么时候呢？会发生多少事情？

生生相付。

是的，是生生相付。

她慢悠悠地想着，想了会儿就微微扬起嘴角，悄无声息地笑了起来。

他察觉了，低声问她："睡醒了？"

"嗯。"

"我们今晚住在这里，明天回上海，好不好？"

"嗯。"

"之后……很长一段时间，我需要住在镇江。"

"回去住？"

"回去住。"

时宜想了想："我辞职，陪你回去？"

周生辰并没有立刻回答，似乎在权衡。她想周生辰顾虑的应该是他的家人，可是她不想在他回国后，仍旧和他分开两地。

"你还是住在上海，离镇江不远，我可以每隔一天回来。或者，你也可以周末时候，和我在镇江住两天。"他做了建议。

时宜没有再争论："也好，如果隔一天回来一次，住在我的房子好了。你那里太大，你如果不在的话，我自己住不习惯。"

她想，他做的决定一定是对两个人最好的。

"好。"

他们在傍晚的时候，出门吃饭。

周生辰并不像小仁那么讲究，没有刻意安排什么吃食，只说到附近的地方，随便吃些东西。时宜顿时觉得轻松了不少，似乎她所认识的他，除了在镇江和家人一起外，始终维持着自己的生活方式。

普通，而又不随便。

衣着干净妥帖，随身物品精简，不喜欢应酬，更不喜欢用手机这种浪费时间的东西。固定的时间，固定的地点，做有规律的事情。吃饭喝水，是生活必需，余下的……时宜挽着他的手臂，努力想了一会儿，笑了。

周生辰看她。

她解释给他："我在想，你和别的男人相同的地方，可是想不到太多。比如你也看没营养的电视剧，能把《寻秦记》看七十九遍的……也实在……"

他兀自笑着："是真的，消遣的时候看。不想再费精力去找别的电视剧，就重复来看，当你看到上一个场景，能立刻想象出下一个场景和台词，也挺有趣的。"

她笑，像个小孩子一样，紧紧挽着他。

时宜给宏晓誉打电话，约她一起吃晚饭。

周生辰订了一个小饭店，和时宜一起过去坐着说了会儿话，宏晓誉和杜风就到了。这种水乡景区的小饭店，做的都是当地的家常菜，或是特色菜，除此之外倒没什么出彩。

一道红烧羊肉端上来，周生辰刚要下筷，时宜就开始低声说，羊肉忌夏日吃，会上火云云的。周生辰颔首，转而去吃白水鱼，真就不碰羊肉了。

宏晓誉见此景，唏嘘不已："你说，我点菜的时候你不说，我要吃了，你就劝你老公别吃，说什么怕上火……果然嫁出去的女人泼出去的水，你眼里彻底没我了。"

时宜笑："你到哪里，都喜欢吃特色菜，我知道，我肯定劝不住你，就不多费口舌了。"

两个自幼相识的女人，真正斗起嘴来，有说不尽的话。

谁都赢不了谁，却让旁观的两个男人觉得有趣。

杜风倒了酒，推一杯给周生辰。

他笑着婉拒了："抱歉，我不喝酒。"

杜风不以为意："意思意思，抿一口。"

宏晓誉也不以为然："男人认识，都要多少喝一些的。"

周生辰略微思考了一会儿，拿起酒杯，可马上就被时宜拿过去。

她看了看宏晓誉，"不许逼他喝酒。"

"啊？哪里有逼，"宏晓誉哭笑不得，"我只劝了一句，就一句，我的大小姐。"

时宜拿起酒杯，凑近闻了闻，"酒精含量不低呢。"

她话里的意思非常明显，宏晓誉真是被她这种维护周生辰的态度气死，轻轻用筷子敲了敲她的杯子，"过分了啊——"

杜风笑了："这样吧，我们就放过你老公，不过……"

时宜怕他们再说什么话，让周生辰为难，竟然没等杜风说完，就自己喝了一大口。

谁也没料到，就都没拦住。

待她放下杯子，"好了，我替他喝完了，你们不许再提要求了。"

宏晓誉知道她也滴酒不沾，看她这样是认真了，不敢再造次，忙抚了抚胸口，"这才是真爱啊，我和你比，差远了。"

她笑："初次见面，没关系的。"

她知道自己护周生辰，护得有些不给好朋友面子。

可是她就是看不得他受一点儿委屈，哪怕微微蹙眉、略微犹豫，她都不愿意看。

时宜又去喝茶水，压下让人不舒服的酒精味道。

她搭在椅子边沿的手，有温热覆上来，周生辰握住她的那只手，她偏过头看他。感觉得到，他正在把她的手攥在他的手心里。

他不是个在外人面前，能坦然表现私人感情的人。

所以时宜只是抿嘴笑笑，暗示他不用说，自己知道。他想说的，自己都知道。

他有些责怪她，也有些自责，怪她忽然喝酒，而他又没来得及拦住，眼神略严肃。时宜低头笑了笑，扭过头去不再看他，却又联想到，是不是在实验室里出了什么事，周生辰也是这样的神色？

时宜当真是没有半点儿酒量。

离开饭店的小楼时，她已经有些面颊泛红，笑的表情始终收不回来。所以人有喜事，总喜欢喝几杯，就是这个道理吧？她带他去听评弹，因为这次比赛的工作人员、参赛者和媒体人都在下午离开了，这里只有几个因为各种原因被景区免费招待的散客。

台上评弹声声，台下一排排的长椅，几乎都是空着的。

他们坐在西北的角落里，她起先靠在他肩上，后来借着那几分酒意，慢慢滑下来，躺在了他的腿上。就这么仰头看着他，百看不厌。

周生辰被她看了一会儿，也就手臂搭在前座的靠背上，额头抵着手臂，低头去看她。

或者说是，让她更自由、更尽兴地看自己。

他穿着纯黑色的有领短袖，脸刮得很干净，非常干净。

也许因为常年简单的实验室生活，所接触的、所做的都是和研究有关的，他丝毫没有一个三十岁男人的样子。最多像是二十几岁的研究生。

时宜伸手，摸了摸他的下巴，"今天上午，这里还有些……嗯，新长出来的。"

周生辰兀自一笑："是不是上午扎到你了？"

他问得很清淡，她却浮想联翩，脸更红了，嘟囔了句："不和你说这个了。"

酒精的蛊惑，让心底所有的波澜都被放大。

她的手，摸着他的脸，轻声说："快听。"

周生辰细听，似乎是《锁麟囊》。

是唱评弹的人在休息，自顾自在哼着。

在这水乡，竟也能听到京剧，倒也妙得很。

台上人一直没停。

时宜听了会儿，也跟着轻念："这也是老天爷一番教训，他教我收余恨、免娇嗔、且自新、改性情，休恋逝水、苦海回身、早悟兰因。"

周生辰不禁一笑，这戏里唱的是一个女人在感叹荣华转瞬即逝，要早悟人生无常。

他以为她在患得患失，是酒醉后的小女儿心思。

她看他："你肯定想错了，周生辰，想错了我要说的。"

"是吗？"他笑。

"我想的是，既然人生无常，就不要耽搁了。等到你把要做的事情做完，就放下这里的所有，以后你只需要每天去研究你的金星，余下的都交给我。以后有

175

我，周生辰，我就是你的倚靠，你的亲人。"

她眼睛亮晶晶地、憧憬地看着他，像看着最珍惜的东西。

他是她最珍贵的东西。

周生辰回视她，一时沉默。

片刻后，他用手背碰了碰她的脸，"你脸很红。"

"真的？"时宜马上用两只手捂住自己的脸，感觉自己脸颊的微热温度，"我不能喝酒，一沾就醉——"

"不过，这么红着，也很好看。"

时宜难以置信地看着他。

他笑："真的。"

或许因为酒精的刺激，她很难控制自己的情绪，只觉得自己鼻子酸酸的，很快就要流出眼泪了，忙侧过身子，用双手环住他的腰，脸埋在他一侧大腿上。

"怎么了？"周生辰问他。

"头有点儿晕……"她声音闷闷的。

"如果难受，我们先回房间？"

"不用……让我抱一会儿就好，现在走，反而会更晕。"

她脸贴着他的裤子，小声回答着，眼睛湿着，心情却说不出的好。

周生辰也没发现她的异样，用手轻轻拍着她的后背，像是哄她睡觉的样子。

哼唱的人结束休息，又起一曲。

他拍哄她的手始终没停，等新一曲评弹再结束，整个戏院归入安静。

台上的几个演职人员似乎看到观众寥寥无几，在商量着是否提前结束。不过那里的事情，早已经和这里无关了。

第十二章 何曾无挂碍

周生辰既然正式回来了,时宜总要带他正式到家里去一次。

没有正式的婚宴,时宜就婉转解释,两个人是决定在一起,只是因为他家规矩烦琐,婚宴的事情要延后一些。至于合法夫妻的身份,她是真不敢交代,否则父母肯定会气到不行,都是合法身份了,双方的长辈还没有见过……连她也知道,这真是过分了。

父母虽然不太开心,但看时宜这么坚持,也勉强算是接受了两人"在一起"。

"女大不中留啊,"母亲趁着时宜洗脸的时候,站在她身后,低声说,"幸好,小周看起来还算是个老实可靠的孩子,否则我真是——"

时宜擦干净脸,拿了木质梳子:"嗯,我也觉得他老实……可靠。"

"可是,两个人光是两情相悦是不够的,还需要合法的保障,"母亲接过梳子,替她梳起一个马尾,简单扎好,"还有,不要太早同居。"

时宜意外没吭声。

母亲察觉出异样,看她表情有些别扭,马上就明白了。

用手拍了拍她的后脑,蹙眉,"算了,你们这些年轻人……和我们那代不同了。"

时宜接过梳子,放回原位,低声说:"反正我这辈子就和他一起,不会变的。"

"一辈子？一辈子长得很——"

母亲还想再说，她已经错开身子，笑着避开了这个话题。

家里的习惯是父亲做饭，她走出来的时候，发现周生辰也在厨房间，忙走进去。他正在和父亲慢悠悠说着话，她走进时，看到他在递给父亲一把剥好洗干净的小葱，对他抿嘴笑笑："你出去吧，我来帮忙就好。"

他看她，用右手手背，碰了碰她绑起来的马尾辫子："没关系。"

第一次见到她这么梳头发，就自然多看了两眼。

两个人在做饭的老人家身后，对视两眼，时宜被他看得有些脸红，伸手把他衬衫的袖口挽高了一些，然后，悄无声息地踮起脚，在他脸上亲了亲。

在父亲转身的瞬间，退后了两步，"那……我出去了，你好好表现。"

"小周啊，来，把葱给我。"

周生辰还握着那把葱，反应慢了半拍，才递出去。

而她，已经逃离了现场。

一顿平和的家常午饭。

周生辰和时宜并肩坐着，安静吃饭的样子非常合拍，就连颇有微词的母亲也不得不承认，他们实在太合适。到临走前，他被拉住，陪时宜的父母闲聊。

约莫都是父母在问，他一一作答，完全知无不言，言无不尽。

她母亲的姑母，曾是过去旧上海的富贵小姐，母亲见得多了，自然以此来揣测周生辰的母亲。试探着问，是否他从小都是保姆带着，母亲没有太照看过，周生辰倒是没否认。时宜母亲笑笑，也算是释然了，在时宜走前，轻声嘱咐："她母亲家里，估计就是过去有些钱的小姐，这种家庭的人，和孩子都不算亲厚，也有些脾气。"

虽然有些出入，但也有些雷同。

时宜答应着，说自己会好好和他母亲相处。

父母家离她住的地方，车程有半小时左右。

两个人到路口的地方下了车，并肩沿着小马路往小区走。她想起刚才他和父母的谈话，假装很随意地问起来："你小时候，不是在你妈妈身边长大的？"

"算是，也不算是，"周生辰笑起来，"怎么忍到现在才问？"

她被戳穿，抿起嘴，想了想才说："怕直接问你会生气啊……"

"和你父母想的差不多，我母亲不是亲自带孩子，我和我弟弟妹妹，都是外人带大的，而且每个人的乳娘都不同。"

她"哦"了一声："难怪，我觉得你和你弟弟……关系很远的样子。"

他倒没否认："的确不太熟，我离家太早，到他要结婚的时候，才接触得多一些。"

她说着话，有两条很小的泰迪狗，绕着她转，忽然就狂吠起来。

周生辰忙伸手把她搂在怀里护着，直到狗的主人很快冲上来，呵斥住它们，又很快道歉后，他才放松下来。她起初确实被吓了一跳，但也没怎么害怕，倒是周生辰的维护让她有些意外了。

他握了握她的手，两个人手心里都有些汗。

她被狗吓得出汗，他，是因为她而紧张。

"我没有那么怕狗。"时宜被他松开来，轻声念叨了句。

他似乎嗯了声，略停顿后，说："我怕。"

"啊？"时宜看他。

他很冷静地看着她，过了几秒后，却忽地笑了，摸摸她的马尾辫子，"怕它们咬你。"

淡淡的，亲昵感。

就是如此，她就已经心都软了下来，伸手握住他的手。

他在护着自己，怕自己受伤。

两个人回到家，时宜给他把书房收拾出来，放了他搬来的常看的书和电脑。他的生活用品真的不算多，除了男人必备的一些东西、书、两台电脑和衣物外，就再没有多余的东西。电脑似乎一台是实验室专用的，一台是私人工作的。

她平时在书房，只需要用自己的笔记本电脑和一盏台灯，插座是最简易的那种。

现在摆了两台，怕是不够用了。

"你这两台电脑，会同时打开吗？"

周生辰在客厅回答："会。"

"那插座好像不够了，"她思考着，"你先坐一会儿，我下楼去便利店买个大一些的。"

"楼下便利店？"他走到书房门口，问她。

"嗯，要不然就不够插台灯了……"

"好,知道了。"

他说着,已经转身出去。

等他关上大门,时宜才发现,自己刚才仍旧把他当成个客人。

可是他显然已经把自己当成了男主人。

她的手撑在书桌上,看着面前的人,有种不太真实的幸福感。从乌镇回来,有些东西在改变着,细枝末节,却清晰可见。并非是指那些男女之间的肌肤相亲,而是……更多的,她感觉到他对自己的在乎。

像是曾经,他对自己的那种在乎。

虽然他都不记得了。

这个除了对科研和经济有热情,对余下的任何事情都兴趣乏乏的男人,开始护着自己,开始像个普通男人,会自然地由自己指挥,去买日用品……她拿着白色的抹布,擦着书房的每个角落,过了会儿,慢慢地蹲下来,看着书柜最底层那一本本历史书籍。

大多是装帧精美,没有翻过的模样。

也的确,很多买回来只翻了一次。

看到这些,她想起自己包里夹在杂志里的纸,找出来,放在新文件夹里,非常小心地收放在那层书的上面。关于这段记忆,她不知道要写多久,只希望自己不要忘记得太多,能尽量翔实地记录下来。

那些,关于他的,只有她知道的事情。

晚饭随便吃了些凉菜和葱油拌面,他就进了书房。

时宜自己在阳台的小桌子上,拿了几张纸,构架这本书的年代表,很快几个小时就过去了。她的工作时间本身就是从下午到深夜,到十一点多,也不觉得困,看书房里还安静着,就去用瓷盘装了些点心,敲门后,推开来。

周生辰似乎是习惯了一个人,回头看了她几秒,才从工作中回过神来,"困了?"

"没有,"她走进去,把点心和一杯热牛奶放在他面前,"我怕你饿,如果饿就吃一些,不饿就喝杯牛奶。"

他笑,把杯子拿起来,喝了口牛奶。

放下杯子,把身边空着的椅子拖过来,"坐这里,我陪你说会儿话。"

她"嗯"了一声,坐下来。

虽然说法有些怪，但意思总是说要陪陪她，估计是觉得整个晚上有些冷落她了。

两个人说着闲话，他就随手打开了自己的私人邮箱。

整理得非常整齐。

她看到十几个人的名字里，有专门的文件夹叫"时宜"，立刻就想到了曾经那些和他邮件来去的日子。大半年都没有任何别的交流方式，当时她别提多灰心了。可是现在了解他了，再想想，这就是他习惯的交流方式。

很直接，而且回复时间可以自主选择。

处理私人关系尤其有效率……

周生辰忽然问她："看到这行字，你能不能找到类似的？"

时宜看了眼他的电脑，word上只有一行字：

　　一萼红，二色莲，三步乐，四园竹，五更令，六幺令，七娘子，八拍蛮，九张机，十月桃，百宜娇，千年调。

她了然，笑起来："这是词牌名，不过列出这个的人也挺有趣的。"

"想出什么类似的没有？"

时宜略微想了会儿，中药里倒是有些，"一点红，二叶律，三角草，四季青，五敛子，六和曲……七叶莲，八角枫，九里香，十灰散……嗯，百草霜，千日红。"

"全是中药？"他未料她用中药来应付。

她点点头。

他很快把她的答案写下来，粘贴在邮件回复里。

很快又敲下一行字：这是时宜给的答案。

"发给谁？"她看到他写自己的名字，好奇地问了句。

"梅行，"他笑，"他总喜欢群发这种东西，当作娱乐。"

她想到那个男人，嗯，倒是符合那人的脾性。

周生辰把牛奶喝完，合上电脑，"我凌晨四点离开，你明天有工作，还是在家休息？"

"没有工作……"她拿起空杯子，"我和美霖说……我在蜜月。"

"蜜月，"他略微沉吟，兀自笑笑，"的确算是蜜月。"
如此夜深人静。
他简单做着肯定。而她，看了他一眼，莫名就脸热了。

阴历七月，是鬼月。
因为这个月的特殊，周家夜晚有门禁，周生辰不便在深夜往返镇江和上海，时宜就请了一个月的假，住在镇江的老宅。美霖不无感慨，嘲笑她索性去过少奶奶的生活，不要继续留在上海了，反正这种灯红酒绿、衣香鬓影的大城市也不适合她家那位科学青年。
她笑，没说什么。
虽然前几周的周末和他回去，吃住同行，但总感觉像是空气。
或许他们家真的很看重名分这种东西，包括和她关系很好的小仁，在人前也只礼貌地称呼她时宜小姐。唯一值得庆幸的是，这段时间，他母亲并不在国内。

那个地方移动信号不好，她只是晚上在房间里上上网，用固定电话和家人、朋友联系。
白天的时候，看书写东西累了，周生辰又不在，她就坐着看外边发呆。
桌上的书倒都很难得。
几本都是藏书楼里收藏的一些绝版书籍，大多数都是竖版繁体，还有些索性就是手抄版。她对藏书楼有一些抵触，所以都是他陪着她去挑回来，等看完了，再去换一些。

大概过了十天，家里有了年轻人，气氛融洽了些。
这日午后，周文幸和梅行同时抵达。彼时，周生辰和她正慢悠悠地踩着石阶往山下走，大片的阳光都被厚重绿叶遮住了，有水有风，倒也不觉得热。
走累了，她就停下来。
溪水里有非常小的鱼，不多，恰好就在这转弯处聚了一群。
水上，还有几只蜻蜓，盘旋来去。
她看着它们，思维放空地坐在一个大石头上，权当休息。周生辰就站在她身边，略微静默了会儿，看了看腕表，"文幸和梅行该到了。"
他说该到了，两分钟之内就肯定会出现。

时间观念太好的人，自然会约束身边的人，包括她，现在也养成了守时的习惯。

果然，一辆黑色的轿车很快就沿着蜿蜒的山路开上来，停在了离两人不远的路边。车门打开，梅行先从车里走下来，随后是文幸。两人从高耸的树下穿过，停在小溪的另一侧，文幸偏过头，笑着叫了声："大嫂。"

时宜笑："他刚说你们该到了，就真的到了。"

"我大哥对时间要求很严的，"文幸佯装叹气，"搞得司机也很紧张，不敢迟到。"

这算是控诉？还是撒娇？

她觉得每次见到周文幸，她都对自己很亲近，算是这家里不多对自己和善的人。她略微对梅行颔首招呼，就笑着和周文幸一唱一和，控诉周生辰严苛的时间观念。

被指控的人，倒是毫不在意。

"这里蜻蜓啊、萤火虫啊什么的，都特别多，"周文幸看时宜在看蜻蜓，半蹲下来，试着伸手去捏蜻蜓的翅膀，"我小时候偶尔回来，经常捉来玩。"

她的手非常瘦，应该是先天心脏病的原因，使整个人看起来都有点儿憔悴。

上次见面不觉得，这次她的精神状态却明显差了许多。

"我的小美女啊，鬼月，是不能捉蜻蜓的。"梅行笑着提醒周文幸。

"为什么？"周文幸倒是奇怪了。

梅行隐隐而笑，偏就不继续解释。

周文幸咬了咬嘴唇，气哼哼地喃喃："欺负我在国外长大，不懂你们这些邪说。"

时宜听得笑起来："这只是民间的避讳，通常呢，都认为蜻蜓和螽斯是鬼魂的化身，所以在鬼月……最好不要捉回家，免得有'好朋友'来做客。"

她也是小时候扫墓，被几个阿姨教育过，才记得清楚。

"啊？"周文幸即刻收手，"我通常回这里，不是清明扫墓，就是鬼月……还经常捉一堆回来玩……"她略微有些胆寒，忍不住追问，"螽斯是什么？"

时宜来不及回答，梅行已经告诉她："是蝈蝈，我记得你小时候也经常玩。"

周文幸脸更白了。

时宜倒是真怕吓到她，笑了声："别怕，都是说着玩的。"

其实她自己也怕这些民间传说，自然理解小姑娘此时的心情。

她刚想继续安慰，周生辰已经轻摇头，长叹了口气："蜻蜓，又称灯烃、负劳，属蜻蜓目差翅亚目的昆虫。常在水边飞行，交尾后，雌虫产卵于水草中，和魂魄没有任何关系。"

这就是无神论者的解释。

纯科学。

梅行忍不住揶揄他："大科学家，存在即合理，我呢，是信佛信轮回的。"

周生辰也半蹲下身子，很轻巧地捏住蜻蜓的翅膀，轻薄笑着，以理反驳："它现在在产卵，之后是稚虫，再羽化为成虫，然后又是一轮繁殖，很严谨完整的过程。对不对？"

梅行嘲他两句，二人自幼相识，早已习惯了如此你来我往。

如果说周生辰没有信仰，也不尽然。

他信的应该是科学。

时宜听他们说着话，用手指拍了拍水面，冰凉惬意。

不知道千百年前的他，醉饮沙场，可想得到今日，会站在绿荫浓重的山林间，闲聊着物理化学拼凑成的世界。或者说，自己记得的，都不过是颠倒梦想？

葡萄美酒夜光杯，欲饮琵琶马上催。醉卧沙场君莫笑，古来征战几人回？

那些诗词都在，而作词的，和词作中的人，都已是历史。

有周生辰如此的人在，自然就打破了刚才的神鬼氛围，让周文幸的心踏实不少。可是小女孩虽然学医，却终究是少女心性，又生长在这样古老的家族，仍旧对鬼神忌讳不少。

走之前，周文幸还似模似样的，对着几个蜻蜓拜拜，念叨着什么"对你们前辈不恭，切莫怪罪"之类的话。

在鬼月，周家吃饭时，都会空置着一桌，摆上相同菜色。

周生辰还要象征性地代表这一辈人，将每个酒杯都满上，当作是孝敬逝去长辈的。

时宜起先不觉得，经过下午的事情，倒是觉得他真是个矛盾体。也难怪他会直接对自己表示，最终不会生活在这个家族里。

因为梅行和周文幸的到来，晚上的生活总算有些人气。

梅行坐着陪周文幸和时宜闲聊，周生辰也陪坐着，不过是对着电脑翻看那些她根本看不懂的资料。她靠在他身边，周生辰自然就一只手揽住她的腰，半搂着她，继续看自己的东西。

她也不想打扰他，就这么当听众，听另外两个人说话。

梅行是个很会讲话的人，偏也很会吓人，话题说着说着，就扯到了各种灵异鬼怪的故事，还非常"体贴"地联系着周家这座老宅的建筑。

"那座藏书楼啊——"他讲了几处，终于扯到了藏书楼。

"停，停，"周文幸本是靠在时宜身上，马上坐起身子，"不能说藏书楼。"

梅行倒是奇怪了："为什么不能说？"

"我嫂子最喜欢去的地方啊，"周文幸很认真地阻止他，"你如果说了，她以后不敢去了，怎么办？"

梅行意外地，看了眼时宜。

她想了想，也慎重地说："还是别讲这里了，我怕我真不敢去。"

"那里的书，我倒是也读了不少，"梅行感慨，"好像，很多年没有人去看了。"

时宜想了想，也的确，虽然打扫得一尘不染，却没有丝毫人气。

周文幸盘膝坐在沙发上，随手拿起面前的茶杯，抿了口，"你喜欢古文学嘛，应该生在我们家才对。我看你们家兄弟姐妹，其实喜欢这些的不多。"

梅行"嗤"的一笑，眼眸深沉："是啊，的确不多。"

"上个月月初，你出的那道题目，有人解出来了吗？"

"题目？"

周文幸提醒他："就是你群发给大家的，一串词牌名字。我后来问你这个有什么用，你悄悄告诉我，是以后用来选太太的初试题。"

时宜听到这里，想到她帮周生辰答的那道题。

她愣了愣，余光去看周生辰。

后者显然没有听到，仍旧在翻看着手里的东西。

梅行轻咳了声："那是开玩笑。"

"没人有答案？"文幸试探问。

"嗯……有，"梅行用手指无意识地敲打着木椅扶手，"你大嫂。"

"时宜？"文幸惊讶。

时宜忙解释："我只是随便帮周生辰答的。"

文幸轻轻歪了歪头，小声对梅行说："你和我哥哥比，差得远呢，千万别觊觎我大嫂啊。"

她是开玩笑，梅行却咳嗽了声，眼神示意这个小妹妹不要乱说话。

时宜也有些尴尬，动了动身子。

"怎么了？"周生辰察觉，视线终于离开了电脑。

"我去给你们泡茶。"

"让连穗去泡吧。"他低声建议。

"我去好了。"她把他的手臂挪开来，亲自去给他们泡茶。

到临近九点时，只剩他们两个。

仍旧是习惯的相处模式，只是休息的时候，偶尔有交谈。

时宜仍旧想着白天他对神佛鬼怪的排斥，在躺椅上，有些心神不宁地看书，或许是翻身的次数太多，引起了他的注意。

周生辰走过来，坐在她躺椅的一侧，两手撑在两侧，低声问她："有心事？"

"没有，"她呼出口气，"只是在胡思乱想。"

"想什么？"

"我很信神佛这种东西，你会不会不高兴？"

他恍然一笑："这个问题，你问过我，在五月的时候。"

真是好记性。好像真的是初次来，陪他母亲进香的时候。

那时他就站在大殿外，并没有入内的意思，然后告诉她，他是完全彻底的无神论者。

她看着他，想了想，转换了话题："真是难为你，每天还要给……'长辈'倒酒。"

周生辰笑了一声，用手指碰了碰她的脸，"再有自己的坚持，也逃不开人和人的关系，有时候为身边人让一小步，不算难为。"

她"嗯"了一声，任由他用手摩挲自己的脸。

"何况，只是倒酒而已，"他低了头，凑得近了些，"比实验室里倒试剂，容易多了。"

有些自嘲，有些玩笑。

室内是暖色的壁灯，室外就是灯笼。她本就坐在临窗的位置，能看到和视线齐平的一串灯笼，而此时，眼前人挡住了那一道风景。

中元鬼节前后一日，周家夜不灭灯。

接连三夜，彻夜通明。

这样的地方，像是能阻断时光。

分不清何年何月，分不清姓甚名谁。

"我想送你一些东西，你想要什么？"他声音略低。

光线作祟，还是深夜的时间作祟，他浓郁的书卷气息被掩去不少，大半张脸背着光，竟然让她觉得好熟悉。其实除了清澈眸色，已再无任何相同之处。

"怎么忽然想送我东西？"

"不太清楚。"他微微笑起来。

"不太清楚？"

"我是说，不太清楚原因。"

她忍俊不禁，轻飘着声音，揶揄他："你想送我东西，可你不知道原因？"

"可能是本能。"

"本能？"

他似乎在想措辞，略停顿片刻："一个男人，对喜欢的女人的……本能行为。"

时宜动了动身子，轻声说："你想送什么，就送什么吧。"那些存在的都是外物，生不带来，死不带去，她不在乎他送的是什么。

这一句话就足够了。

她穿的是睡衣，领口有些低，身子稍许挪动，便已是一方春色。他斜坐在卧榻边，贴着她一侧的腰，短暂的安静中，他的视线，从她的脸移到胸前，再到腰间的弧线。时宜被看得有些昏沉，在这让人心浮气躁的寂静里，动了动手指，起先只是想分散这燥热的不适感，最后却是鬼使神差地，伸手去摸他的脸。

不知道他是想要，还是想看。

她看不透他的想法。

"送玉吧，你习惯戴什么？"他终于抬起头，去看她的眼睛。

"为什么是玉？"她想了想，明白过来，"倒也是，你们家比较传统。"

他笑了声，伸手从她睡裙领口进入，直接滑到后背，一只手臂就把睡裙剥落了大半，"看过《说文解字》没有？"

"看过一些，记得不太清楚了……"

内衣被解开，缠绕在手臂上。

他俯身上来，"'玉乃石之美者',"他低声说，"送你，很合适。"

她的胸口贴上他的衬衫，和布料贴合着，有些摩擦的不适感。两个人的身体在卧榻上，颇显拥挤，她受不住出声时，恰好听到窗外的院子里连穗和连容说话，女孩子交谈的声音戛然而止的瞬间，她的嘴唇也被他堵住了。

楼下的两个女孩子，马上就猜到楼上的事情。

所有声音都退散去。

只有阵阵蝉鸣，节奏催动，耳鬓厮磨。

"时有美人，宜家宜室。"他在她耳边，解读她的名字。

时宜。

时有美人，宜家宜室。

她的名字，他如此以为。

次日清晨，时宜醒来，周生辰已经离开。

她独自在小厅堂里，慢悠悠吃着早餐。连穗和连容，都小心翼翼陪着。前几日早餐时她还会和她们两个闲聊，可是因为昨夜……她有些不好意思，没和她们多说什么话。等她放下调羹，连穗收拾桌上的碗碟，终于打破尴尬，"今日是中元节，会放灯。"

"这里会放灯？"她倒是从未在中元放过水灯，只有在上元灯节见过一两次陆灯。

"会的，"连容笑起来，"每年都有。"

人为阳，鬼为阴，陆为阳，水为阴。

水灯和陆灯，都是风景。可惜在上海那种太过繁华的都市，这些习俗都没有了，她记得每年鬼节时，最多会把当天的录音提前结束，大家各自念叨句"鬼节啊，早点儿回家，不要在外边瞎跑了"，如此而已。

"刚才二少爷和二少奶奶到了，"连穗想到什么，"二少奶奶怀孕了，不会去放灯。"

放灯照冥，是忌讳有身子的女子去，免得影响了胎儿。

时宜忽然想起上次自己来，那个突然殒命的女人，有些不舒服。可是好像所有人都把这种事看得极淡，包括连穗她们提起佟佳人怀孕的事，也只是完全叙述的语气，毫无喜悦。她本来想追问两句，最后只"嗯"了一声。

她记得周生辰的那句话：

这个宅子，大小院落有六十八座，房屋一千一百一十八间，人很多，也很杂。所以，还是少问少说的好。

晚上他意外地没回来，晚饭也是她自己在这个小院里吃的。

她知道，他母亲和周文川夫妻一同抵达，应该是怕母亲给自己什么难堪，他才如此安排。幸好还有个周文幸，总能在恰当的时候出现，让她能安下心。周文幸在时宜晚饭后赶到，特意陪她去放灯。

"我妈妈今晚不会去放灯，"周文幸一笑，就露出颗虎牙，"你不用太紧张。"

她"嗯"了一声："她身体不舒服？"

"可能吧，不太清楚，晚饭时候看着还可以，"周文幸想了想，"可能就是不想去。"

两人说着话，手里的灯已经放到水面上。

水面上有风，飘着的荷花灯忽明忽灭，灯影错落重叠。

岸边都是周家的人，老少都有，三五个凑在一处，随便说着话。

起初时宜并不想坐船，但文幸坚持，她就没再说什么。

文幸坐在船边上，说到高兴了，忍不住低声笑："有一年鬼月我去新加坡，看到有露天的演唱会，明星在上边唱，有座椅却没人坐……我啊，就很开心地跑过去坐了……"她边说边笑，忍不住咳嗽起来，"后来被我同学拉起来，才知道，那是给鬼坐的地方……"

她看上去是开心的，却不知道为什么，咳嗽得越来越厉害。

时宜轻拍她后背："风大，要不要回岸边？"

"嗯，好。"文幸的脸都有些白了，吃力地呼吸着，轻轻按着自己的胸口。

她摸了摸文幸的手腕。

心跳得好快，也很弱。

她不懂，只觉得很不好。而且看文幸的脸色，更确认了这种想法。

"麻烦，回岸边吧。"时宜回头，看撑船的人。

那个人很快应声，开始掉转船头，向来时的地方去。

"嫂子，我头晕，坐在这里。"文幸声音发涩。

时宜忙伸手，想要扶她换到里处去坐，船却忽然晃了几下，她站不稳，猛向一侧倒去。重心偏移的刹那，只来得及松开文幸，就骤然跌入了河水里。

没顶的冰凉，还有黑暗。

她不会水，连喝了好几口河水。

这一瞬间就好像过了几个小时，所有光影都在水面上，无孔不入的水，还有下沉和黑暗。她在无知觉前，只是拼命让自己闭气……

直到，意识渐离渐远。

……

身边再没有水。而她，半跪靠在竹椅旁，真实地碰触到竹椅的扶手。

棱节分明。

身前的人倚靠在书房的竹椅上，有阳光从窗外照进来，斑驳的影子落在他身上，半明半暗中，他眸色清澈如水，抬起头来。

看的是自己。

那双眼睛里，有自己的清晰倒影。

她想要伸出手，去摸他的脸，到中途却又不敢再靠近……

"时宜？"

古旧的画面很快就消散了。

她头疼欲裂，腹部也疼得厉害。

从艳阳高照到黑暗中，很吃力地清醒过来，视线蒙眬中看到了周生辰。

他衬衫前襟是湿的，正跪在她面前，双手撑住地面，叫着她的名字："时宜。"

"嗯……"她用尽力气，想回答他。

"醒了就好，"他的声音有些紧，也有些哑，"不要说话。"

她很听话，重新闭上了眼睛。

很快又开始意识模糊，好像有人在给她输氧。

有人在说话，似乎是"急性缺血缺氧"什么的，她想听清已经很难，只是知道他在自己身边。刚才那片刻的幻觉，太美好，也真实得可怕。在那些幼时对过去的记忆里，她始终都是个旁观者，只有这一次她身临其境……心临其境。

甚至在昏睡前，有些奢望，可不可以再有这样的幻觉。

哪怕一次也好。

再清醒已经是天亮。

她睁开眼，视线蒙眬了一会儿，渐渐恢复清明。看日光，应该快要接近正午。

"醒了？"是周生辰的声音。

她牵扯起嘴角，有些疲累地"嗯"了一声，循声偏过头去，看到他就靠在床边上。身上的浅蓝色衬衫，还是昨晚换上的那件，双眸漆黑，安静地看着她。

他低声说："昨晚，是文幸把你救上来的，她现在还睡着。我离开一会儿，十分钟就回来。"

文幸？

那样的身体，还跳到那么冰的水里救自己？

时宜蹙眉，心忽然跳得有些急，"她怎么样……"

"她水性很好，就是受凉了，"周生辰说，"你可能还要严重些，需要做些后续的治疗。"

"她身体不好……"她没继续说，因为知道周生辰是安慰自己，文幸的身体状态并不乐观，"你去吧，我觉得好多了。"

周生辰很快唤来人，却并不是连穗，而是陌生的女孩子。

大概低声叮嘱两句，很严肃的语气。女孩子安静地点头，表示自己都记住了，他才离开房间。时宜也就趁着这段时间，又闭目养神休息了一会儿。

再听到门响，却是周文幸和周生辰一起进来。

文幸说自己会陪大嫂，让周生辰放心离开。待到房间里只有时宜和她，还有那个陪在一侧的小女儿，文幸才在床边坐下来，轻声说："嫂子，你吓死我了。昨晚真的吓死我了……"她难得化了淡妆，却还是显得气色不好。

"对不起，"她去握文幸的手，忘记手背上的针头，刺痛了一下，只得又收回来，"我应该小心一些，害得你跳下去救我。"

"幸好我水性好，"周文幸的眼睛瞬间就红了，"上岸时，你心跳都停了……"

她有些意外，没料到会这么严重。

"我们都被吓坏了，哥哥脸是白的，抢救的时候，什么也不说，就知道在你身边叫你名字……都怪我，非要坐什么船……"

第十三章 解不开的谜

周文幸细碎地说了两句，就真的哭了。

哭得非常伤心。

时宜倒真被吓到，反倒去安慰她："我现在没事，真的，文幸。"

"我后怕死了，"周文幸哽咽着，鼻音浓重，"真的很后怕。如果你真的就这么……哥哥一定会恨我。"

她安慰文幸："不会的，他很爱你，而且只是意外嘛。"

每次周生辰提起这个妹妹，都是温柔的神情。她知道他一定很喜欢文幸，对小仁也是如此，在这个老宅子里，这几个人是难得的温暖存在。

文幸说了会儿话就很累的样子，仍旧连连愧疚地说抱歉。

最后倒是成了她安慰文幸，好说歹说，终于劝她回去休息。周生辰留下的那个女孩子，非常娴熟地给她换了袋营养液，然后对她和善地笑了笑。

"谢谢。"

女孩子还是笑："少奶奶放心，大少爷很快就回来。"

她愣了愣，笑了。

到了午饭时间，他还没有回来。

本来女孩子是要喂给她，她笑着拒绝了，要了个能摆放在床上的小木桌，自己慢慢吃着。倒不觉得饿，就是吃的时候胃有些疼，女孩子安慰她，头晕和胃疼,都是溺水之后的症状,毕竟大脑缺氧了一段时间,又是溺水呛水,这些都是难免的。

现在主要是营养神经和护肝的治疗。

她想起文幸说的心跳停止,也有些后怕,就没有追问。

她低头吃着东西,总觉得众人的反应都出奇地谨慎,就像……这并非是一场意外。

门被推开。

周生辰走进来,视线先投向床上的人。

白色的睡衣裤,显得她很虚弱。他挥手让女孩子离开,时宜也同时察觉了,抬头去看他,"回来了?吃饭了吗?"

"吃完了,"他在她身边坐下来,低声征询,"我喂你吃?"

时宜眨眨眼睛,笑了:"好。"

初才醒来,他就离开,她难免会有一种失落感。

可现在想想,他衬衫未换,应该是寸步不离地守了自己一夜,等到自己醒过来,才终于能抽出时间看自己的妹妹。

"昨晚外婆状况不太好,"他从她手里接过调羹,舀起一匙白粥,递到她嘴边,"事情都凑在一起了。"

她讶然:"现在呢?好些没有?"

"好多了,刚才我去看她,还在和我说过去的笑话。"

她松口气,想到文幸,欲言又止。

"想问什么?"他微笑着看她。

"文幸是不是身体……"

"是,所以才安排她回来休养。"

"那昨晚……"

"昨晚她比你好一些,但不算太乐观。"

"那你还带她过来看我?"

"她坚持,"周生辰一时词穷,"拦不住。"

他又喂了一口,时宜乖乖张开嘴巴,吃到嘴里。

她能感觉到他今天的心情不是很好,就没有多说什么,倒是周生辰放下粥碗和调羹时,从裤兜里摸出一个小盒子,打开,拿出项饰。暗红的绳子打着琵琶绳结,绳结下坠着白润的平安扣。

"平安扣？"她抿起嘴角。

"是，平安扣。"他声音疲惫，略有些柔软。

"帮我戴一下，"时宜指了指自己的脖颈，有些撒娇，"一定要保我平安。"

这也是他选这个的本意。

他把平安扣拿出来，给她松开绳结，从前胸绕过来戴上，"昨晚，你是怎么落水的？"

"昨晚？"她摸着他送给自己的礼物，仔细想了想，"船在掉头，有些晃，当时文幸坐在船边，说头晕，我去扶她，没有站稳就掉水里了。"

"没有站稳？"

"嗯，可能站的位置不好，脚下也不平，就摔下去了。"

那么一瞬的事情，又太突然，她实在不觉得有什么特别。

绳结重新打好。

他抱住她，让时宜靠在自己怀里，"我困了，想睡会儿。"

"那你脱掉外衣躺上来吧。"她把手放在他手背上，觉得好暖。

"就这样靠着吧，"他轻声说，"我睡觉时间不长，这样抱着你，稍微闭眼休息一会儿就可以。"

他说着，已经把眼镜摘下来，放在手边。

重新将她抱得舒服了些，就真的不再说话，慢慢睡着了。

她怕吵到他，不敢动。

时宜坐到最后身子都僵了，还是不敢动，只能噘噘嘴，好笑地暗暗嘀咕：我最爱的科学家，有你这么陪病人的吗……

他怕她热，房间里是开了冷空调的，或许又是怕她觉得闷，窗户也是开着的。温度很舒服，刚才那种想动又不敢动的想法淡去了，反倒是想起了文幸的话。

她记得，她在岸边短暂清醒时，他是跪在自己身旁，看着自己的。

而文幸所说的脸色苍白，不肯说任何话，只是叫她的名字。应该就是用那样的姿势，靠近自己，一遍遍轻声把自己从幻觉中拉回来。

从艳阳高照的书房，到灯火通明的水岸边。从过去，到现在。

她想着想着，就觉得很幸福。

想笑。

过了一会儿，倒是真的笑起来，悄悄把他的手抬起来，低头亲了亲，然后再轻轻放回原位。

女孩子来给她取下针头，周生辰这才醒过来。

时宜征询他，是不是能陪他一起去看看外婆。周生辰似乎在犹豫，时宜马上又说，外婆那么喜欢自己，去的话，老人家肯定能高兴些，更何况有他陪在身边也不会有什么问题。他最终还是同意了，吩咐林叔去准备车。

到的时候，很凑巧遇到了周文川和佟佳人。

两人正在陪老人说话，她进门，略微颔首，算是打了招呼。对于这个弟弟和弟媳，她总找不到好的态度相处，反倒是祈祷少见到的好，不过如此碰到了也没什么办法。

"不知道，还能不能等到看他出生。"老人家用手轻抚着佟佳人的腹部，淡淡笑着，一面说话，另一只手却仍旧不间断地转着念珠。

"怎么见不到，"佟佳人小声笑着，说，"还等着您给起个小名呢。"

"是啊，"外婆心情似乎很好，"你的名字，都是我给起的，一晃啊，就这么大了。"

她们说着话。

外婆对佟佳人和周生辰，格外地疼爱。

听交谈也知道，佟佳人当真是和周生辰一起长大，那时老人家似乎照顾了他们两个很久。青梅竹马，应该就是形容这种感情吧？

她坐在床边的椅子上，身边不远是周文川。

两个暂时被冷落的人，都沉默着。

只不过时宜是看着老人家，等外婆看过来，就笑一笑，让老人家知道自己一直在这里陪着。而周文川，只是看着佟佳人，看起来很在意这个妻子。

"母亲一直想来看您。"佟佳人忽然提起了周生辰的母亲。

老人家淡淡地"嗯"了一声。

没有任何回答，也轻易地转开了这个话题。

"我看你们兄弟两个，也不太经常见面，"外婆转而去看周文川，"怎么难得碰到了，也不说说话？"

周文川笑了声："您外孙媳妇多陪陪您就好，我们都是旁听、陪坐的。"

周生辰也是微笑着，说："今天主要是来看您，我们小辈想要说话，有很多机会。"

看起来，兄弟两个似乎是一唱一和。

不过也只是看起来。

时宜想，自己这样最后进门的都能看出，老人家又何尝看不出。

果然，外婆轻轻叹口气，慢慢地说："君子有三戒：少之时，血气未定，戒之在色；及其壮也，血气方刚，戒之在斗；及其老也，血气既衰，戒之在得。"

她疑惑，看周生辰。

周生辰似乎猜到老人家想说什么，略微笑了笑。

"你们两个，正是壮年时，切忌为了身外物，起什么争斗……"外婆很快点破了那层含义，"手足兄弟，是难得的缘分啊。"

周文川好笑地摇摇头，"您啊，就是想得太多了。"

佟佳人也温柔地摸摸老人家的手，"外婆，不会的，他们就兄弟两个。若真有什么隔膜，也还有我呢。"

老人家似笑非笑，继续去捏自己的一百零八颗念珠。

认真又虔诚。

或许每个敬佛的老人家，都是如此。

诵经念佛着，就随时忘记了身边陪伴说话的人。

四人离开那幢小楼，也接近晚饭的时辰，佟佳人看看两个兄弟，忽然提议说不如一起在外边吃个饭。也算是许久未见，叙叙旧。

"去吧。"时宜在周生辰征询地看自己时，低声表达了自己的意愿。

这里离周家用来招待客人的饭庄不远，索性就去了那里。

四人一桌，临着窗。

窗外是荷塘，水中荷花未衰败，却已没有盛夏时的繁华。

"我听母亲说，上次时宜小姐来的时候，曾作画一幅？"佟佳人亲自拿起茶壶，给她添了茶，"能让陈伯伯赞不绝口，我也真想见一见。"

她笑，谦逊道："我也只会画一些莲荷，画得多了，就熟练了。"

佟佳人笑而不语，放下茶壶。

正巧有人端了两盅汤过来，分别放在了佟佳人和时宜手边。

四人都有些奇怪，这还没吩咐做什么，怎么就送来汤了？

"这是夫人吩咐的，"端来的管家，马上就做了解释，"一盅给二少奶奶养胎，一盅给时宜小姐补身子。"

她有些惊喜，太意外了。

佟佳人说知道了，很快打开来，闻了闻，"嗯……估计不太好喝。"

周文川笑着摇头,"喝不喝呢,随你。"

时宜也打开来,浓郁的汤水,有清淡的中药味道。
她拿起汤匙,略微搅拌了下,就舀起一匙。
刚想要喝,却被周生辰的手攥住了,"你在用着西药,不太适合喝有中药的汤。"
他的声音不高,虽然是突然阻止,话也算在理。
可是……时宜想了想,还是轻声表达了自己的意思:"我就喝一两口,你妈妈知道会开心的。"周生辰仍旧犹豫着什么,看不出情绪。
她已经低头抿了一小口,蹙起眉。
"怎么?"他也蹙眉,追问她。
"苦——"时宜吐了吐舌头,笑了。
周生辰哑然,继而也笑了:"一会儿,让他们给你做些甜的吃。"
"嗯。"

自从落水之后,周生辰对她身边人的安排更加谨慎。
在这个老宅里走动,都是女孩子、林叔和她一起,时宜有时候怕麻烦,反倒更加安于在自己的房间里,想着等鬼月过去了,也就好了。
毕竟在上海,还能有她自己的朋友圈子,这里真的除了文幸,就没有什么能够说话的人了。不过也有了安静的地方,让她好好写书。
有时候一天能写几千字的片段,再摘出认为好的,最后抄写在正式的纸上。
字字句句,都很讲究。

周生辰的母亲的态度,真的在慢慢转变。
甚至有的时候会请她过去喝茶。
她怕周生辰会担心,只在他陪着的时候,才会去。幸好有"身体不好"来做借口,否则估计父母知道了,也会说她不尊重长辈。
她妈妈总会单独给她准备一些补品,让她当面吃了。
这个做法很奇怪,就像周生辰对她一样,吃什么用什么,都要亲眼见了才安心。
"我听文幸说,你读过很多的古书?"他母亲等她放下汤匙,才说话。

"读过一些,"她笑,"觉得古文的字句都很美。"

"比较喜欢哪些?"

"很杂,嗯……大概市面上出版过的,都读过,还有一些藏书。"

她不喜欢太复杂的人际关系,所以这一世的二十多年,大部分的时间都用在了阅读上,读那些之后的朝代更迭,诗词歌赋。

"读书的女孩子,我很喜欢。"他母亲微微笑着,看她。

这是这么久以来,他母亲对自己第一次的肯定。

她笑了笑。

"可是——我还是坚持我的想法,你不适合我们这个家庭,"他母亲看着她,继续说下去,"你家庭很好,并非达官显贵,却也是书香门第。父母和睦,没有兄弟姐妹,成年后的社会圈子也很简单,固定的作息,固定的事情,很规律,也很随意的职业。对不对?"

她想了想,说:"是。周末陪父母,工作日上午阅读,下午到午夜十二点左右,都是在录音棚录音,只需要对着稿子和录音师。"

周生辰看了她一眼。

他似乎想阻止自己母亲的发问,但却不知为何,放弃了这个想法。

"除了同学关系,还有配音演员,你的上司,你的邻居朋友,你的社会圈子从来没有扩大过,对不对?"

"是,"她回答得也很认真,"我喜欢把时间放在专业配音和阅读上,余下的大部分时间用来陪父母,所以简单的人际关系,很适合我。"

周生辰的母亲略微笑起来:"你把自己的生活安排得很好,也过得很平稳,为什么不重新回去,继续你的生活呢?"

时宜愣了一瞬,想要说话,却被制止。

"时宜小姐,听我说下去,"她眉目间的气度,都绝非一朝一夕可就,"我给你举个例子。十年前,从沿海某个码头驶出一艘游轮到公海,游客都以灰色地带的生意为主。"

她记得类似的话,周生辰曾说过。

关于小仁生母的死因。

"而这艘游轮的主人,是周家,"他母亲略微挽住自己的披肩,似乎在回忆,"当时,船上死了人,其中一个是周家自己人,也就是小仁的生母,其余都是外人。船上的资金、物产,涉数十亿美金。而我们,在自己的船上,拿到了进驻某国车市的代理权，同时也拿到了世界唯一一处碲独立原生矿床。"

他母亲略微停顿下来，唤人换了新茶。

是碧涧明月。

"听着，像不像你配音的电影？"他母亲示意她喝茶。

她略微颔首。

如此具象的例子，轻易就描绘了周家的生活。过往猜测的都得以印证，这是一个传承数百年的"隐形望族"，有着自己的家族版图。

其实，真的更像听故事。

太远离现实生活，听着只像是传奇。

"你的接受能力很好，起码在上次的事情里，反应都很得体，"周生辰的母亲轻轻叹了口气，声音渐温柔，"但是，你并不适应周家的生活。对不对？"

时宜"嗯"了一声。

不适应，也不认同。

他母亲淡然笑着，不再说什么。

点到即止，她已经说完她想说的一切。这个家族的往事，无论哪一件，可能都会让这个女孩子崩溃。

时宜去看手执茶杯的周生辰，黑衣白裤，戴着黑色金属框的眼镜。他喝茶，他说话，他做任何事情都没有什么特别，就像当初她站在西安的研究所外，看他穿着实验室的白大褂，大步向自己走来时的样子。

严谨低调，不论生活还是工作。

她问过他，为什么会投身科研。他的回答是，可以造福更多的人。

这句话她记得很清楚，他和她说的每句话，她都很清楚。

所以她很坚定。

她能陪着他，做他真正想做的事。

时宜和周生辰的母亲的交谈，他全程没有参与。

只是有时累了，手肘撑在椅子扶手上，摘下眼镜，略微揉捏着自己的鼻梁和眉心，或是偶尔去看看时宜。他母亲说完想说的话，话题很快又回到了文学和诗词歌赋。文幸陪佟佳人来时，听到他们的谈话，也饶有兴致地加入。这次不只是佟佳人，甚至文幸都提到了时宜曾作的那幅画，还有那位世伯对她的赞赏。

"陈老是我的老朋友了，"他母亲微微笑着，回忆着说，"孤傲得很，极少夸奖别人。"

"嫂……"文幸及时收口，"时宜小姐，我是真的很想看你那幅画，可惜送给了陈伯伯。"佟佳人笑了声："不如今日再作一幅，收在周家好了。"

"好啊，"文幸笑眯眯去看时宜，"好不好，时宜？"

她倒也不太介意。

刚想要应承，周生辰却忽然出了声音："作画很耗精力，她身体还没有恢复。"

"也对。"文幸有些失落。

"不过，"他不紧不慢地说着，给出了另外的提议，"我可以试着默临一幅。"

声音淡淡的，像是很简单的事情。

众人都有些愕然，毕竟这幅画才刚作完，就已被收起，哪怕他见过，也只是那日一次而已。默临出一幅只见过一次的画，说来容易，真正落笔却很难。

时宜也有些犹疑不定，直到看到他站在书案旁，落笔。

起初是芦草，独枝多叶。

层层下来，略有停顿，像是在回忆着。

到芦草根部，他笔锋再次停顿，清水涤笔，蘸淡墨，再落笔即是她曾画的那株无骨荷花。他很专注，整个背脊都是笔直的，视线透过镜片，只落在面前的宣纸。

一茎荷。

也相似，也不同。

当初她笔下的荷花芦草，笔法更加轻盈，像夏末池塘内独剩的荷花，稍嫌清冷。

而如今这幅，笔法却更风流，仿佛初夏的第一株新荷。

画境，即是心境。

周生辰的母亲笑着感叹，这幅虽意境不同，却已有七八分相像。文幸和佟佳人都看着那幅画有些出神，各自想着什么。周生辰略微侧头，看她，"像吗？"

时宜说不出，轻轻笑着，只知道看着他。

他在乎自己。他始终遵守最初的承诺，认真学着在乎和爱护自己。

匆匆一次观摩，便可落笔成画。

若非用心，实难如此。

周生辰也看她，微笑了笑，换笔，在画旁又落了字：

　　看取莲花净，应知不染心。

你看到，这莲花出淤泥而不染，也应警示自己，不要被世俗困扰，守住自己的心。

简单十字，字字入心。

她的视线从画卷，移到他身上。

文幸很欣喜："倒也配这幅画。"

佟佳人也笑了笑，轻声说："是，很配。"

在这个房间里，只有周生辰的母亲和时宜看得懂，他借这句在说什么。

刚才的谈话，他未曾参与。

却并非是在妥协。

他所做的事，所选择的人，从始至终都不会改变。

看取莲花净，应知不染心。

他心里的时宜，便是如此的时宜。他的时宜。

夏末荷塘，总有些落败感。

可时宜走在水上蜿蜒的石桥上，却不觉得这些都是衰败的景象。入秋后的枯萎，冬日厚重的冰面，在来年河开后，又会蔓延开大片浓郁的绿。

夏去秋来，年复一年。

她转过身，倒着走，去看自己身后两三步远的周生辰。不管是曾经素手一挥，便可让数十万将士铿然下跪的他，还是眼前手插裤兜，闲走白色石桥的他，都无可替代。

时宜在笑，他也微微笑起来。

"我……真的不适合你们家。"

他不甚在意："我也不适合。"

"你从小就是这样吗？"

他笑了一声："和你从小差不多，不太合群。"

她想到他对自己的了如指掌，略微觉得不自在，"你手里的……我的资料，到底有多详细?""有多详细?"周生辰略微回忆,"详细到你喜欢喝咖啡,加奶不加糖。"

还真的很详细。

在两人初相识,甚至还未见第二面时,他就已经知道了这些。

曾经在西安短暂地接触,她已经完全透明地被他熟悉,而他对她来说,始终是个谜。每段时间,甚至每一日都会让她察觉,过去所知道的都是假象。

她慢慢停住脚步,周生辰也自然停下来。

"你过去,也是在这样的环境里生活,习惯吗?"

矿产、土地、珠宝,还有一些无法见光的交易。

她觉得,这些都违背了他的价值观。

"我?"他似乎在考虑如何说,略微沉默了一会儿,"我不习惯,也不喜欢,但无法摆脱,血缘关系是唯一无法摆脱的人际关系。我喜欢……简单的生活。"

她"嗯"了一声,轻声玩笑:"喜欢金星,胜过喜欢自己居住的地球。"

他被她逗笑,低了声音,语气认真:"但首先,要保护脚下的土地。脚下的土地都守不住,同胞就没有赖以生存的基础,对不对?"

时宜顺着他的话,想到了很多。

过了会儿才颔首说:"对,就像……过去犹太人之所以被屠杀,是因为他们没有自己的祖国。"她想,她懂周生辰的意思。

纵然,你移民数代后,仍旧是华人。

不管你生活在世界哪个角落,如果没有强大的祖国,你随时都会朝不保夕。

时宜略微看了他一会儿,伸手,轻轻拍了拍他的心口,"你的心,装了太多的东西,我只要占一小部分就可以了。"

晚膳,她和他是在自己的院子吃的。

这也是这一个月来,两个人难得安静地坐在一处吃饭。时宜特意开了简单的方子,自己给他做了药膳,周生辰似乎对中药味道很排斥,吃进去的瞬间表情,竟然像个十几岁的男孩子。她讶然猜测:"你小时候,是不是吃太多,心里抵触了?"

他却已低下头,继续去喝那烫手、烫嘴的汤。

似乎不太愿意承认的感觉。

她嘴角微动,像是在笑:"怕吃药就承认嘛。"

他再抬头，已经恢复了平淡的表情："嗯，不太喜欢。"

一本正经，不苟言笑。

她掩不住的好心情，又取笑他两句。

林叔见了也忍俊不禁，难得见大少爷被人逼着承认弱点。

周生辰轻轻咳嗽了一声，轻声说："好了，再闹，就执行家法了。"

"家法？"她脱口而出，瞬间恍然。

那暧昧不明，却又情爱分明的话。他难得说，却一说便让她面红耳赤。

她再不敢揶揄他，开始吃自己的那份饭。

或许是他饭间的玩笑，或许是他今日不同的举动。

平日用来看书的时辰，她却再也安心不下，坐在窗边的书桌旁，余光里都是周生辰。他背靠着沙发，坐得略显随意，穿着简单的衬衫长裤。手臂搭在一侧，无意识地玩着沙发靠垫的流苏，静悄悄的，看起来很投入。

她动了动身子，想要投入自己的书里。

"时宜。"

"啊？"她回头。

他看她："有心事？"

"没有啊，"她随口搪塞，"我不是一直在看书吗？"

"你每隔两分钟，就会动一动，"他微微笑着，揭穿她，"不像是看书的样子。"

"我……"她努力想借口，可转而一想，却也笑了，"喏，你也没有认真看书，竟然知道我一直心神不宁。"

他扬眉："让我看看，你今晚看的是什么书。"

她"嗯"了一声，拿着书走过去，把书放到他腿上。

却忽然被他挽住腰，直接压在了沙发上，突如其来的动作，吓了她一跳。惊吓刚刚散去，已经感觉到他身体贴在自己身体上，早已有了明显的变化。

热息慢慢地贴近脖颈和胸口，她很快就闭上眼睛，心猿意马。

他抱她上床。

很快，睡衣的扣子都被他解开来。

她的手不自觉抓住他的衬衫，轻轻地辗转身子。但不知为何，腹部隐隐有些不适的感觉，可又不像腹部，像是胸口辐射开来的隐痛。

她想要开口，告诉他，自己好像忽然不太舒服。

猝不及防地，门外传来一声轻唤："大少爷。"

很突然。

通常不是急事，这个时间不会有人上二楼。

他有一瞬的意外神情，停下来，替她拉拢好睡衣的前襟，略微收整，起身去开门。

门外站着的是那个小女孩子，看到他开门，轻声说着来意。

因为是刻意压低声音，时宜听不到状况，只看到周生辰的背影。很快，他转过身对她说："家里出了些事情，我需要马上离开。"

她颔首，"你去吧。"

他没有任何交代，匆匆离去。

看得出是非常紧急的事情。时宜轻轻呼出口气，腹部疼痛仍是隐隐的，索性就拉过锦被，躺在床上休息，渐渐就陷入了睡梦中。梦魇，一个接着一个。

她难以从梦魇中脱身。

只觉得浑身肌肉骨骼，甚至血脉中都流窜着痛意。

胸口早已被痛感逼得透不过气，她想要从睡梦中脱身，挣扎辗转。

很痛，撕心裂肺。

醒不来，困在梦和疼痛里。

最后滚到地板上，在落地的瞬间，失去了知觉。

在老宅的另一侧，同样也有人承受着痛苦。

在场的家庭医生都很熟悉文幸的身体状况，在低声交流着最有效的治疗方案。其实这次回来前，文幸就已经要接受手术，但她执意回国。

周生辰的母亲说服不了她，只能最快安排所有的治疗。

那天夜里，她救时宜，已经吓坏了所有人，幸好没什么太大的问题。

可是眼前，却是迟来的后果。

刚清醒的她，蒙眬地看着四周人的迷茫神情，略微在众人后的梅行那里，停顿了几秒。直到梅行对她微笑，她才慢慢地，移开视线。

陪伴的人并不多。

周生辰就站在母亲身后，看着她。

她手指动了动，被母亲轻拢住手，却又无力地挣脱开，手指的方向，一直指着自己的大哥哥。周生辰看懂了，靠近了半蹲下身子。

在他握住文幸的手时，文幸食指开始滑动。

很虚弱，很缓慢地写了两个字母：go。

她看看周生辰的眼睛，一眨不眨的，带着期冀，希望周生辰能懂自己的意思。离开这里，离开镇江这个老宅子。

海阔天空，任你过自己想过的生活。

周生辰也回视她，漆黑的眼睛里没有任何情绪波澜，或者说，自己这个妹妹的想法，他早就很清楚。因为她和时宜一样，问过他，是不是不喜欢这个家的生活，他没否认过。

她很慢地，又画了两道竖线：11。

然后执着地，又写了一次 go。

文幸努力地眨了下眼睛，很吃力地吸着氧。

这简短隐秘的交流，除了周生辰和文幸两个人，没人看到。她很快又陷入了沉睡，周生辰的母亲非常冷静地站起来，和身后的四位医生低声交谈，大意都不过是需要尽快安排手术，情况很不乐观。

周生辰在一旁听着，等到房间里所有人都离开了，只剩他和母亲的时候，母子两个竟然没有交流。"这次你妹妹的事情，"终究还是母亲先开口，"本没有这么严重。"

"这件事，并不是时宜的错。"他说。

母亲看着他，语气平淡，声调却很低沉："我认为，这个女孩子不祥。"

"她很普通。是有不祥的东西，一直缠着她。"周生辰丝毫不留情面。

"你觉得，我们的家庭，如果想要一个女孩子消失，需要用这么温和的手段吗？"

母亲眼神冷淡生疏。

周生辰也不说话。

为了让文幸静养，这里很安静，连蝉鸣都没有。

他就站在窗边，陪了整个晚上。

到天快要亮起来，大概晨膳的时辰，小仁才被告知周文幸这里的事情，匆匆赶来。他推门而入，就察觉到气氛很低沉，空气几乎凝固的感觉。

小仁走到周生辰的母亲身边，忽然说："叔父回来了。"

"你叔父回来了？"周生辰的母亲倒是很意外。

"刚到，"他眼里有很多话，不方便开口，只是看向周生辰，"哥哥要不要去看望下？"

间章 心头血

太子五岁才知道，自己降生那年，宫外诸王怀疑宫中内乱，皇帝死得不明不白，他这太子也得的不明不白。可他也冤枉，皇后没有子嗣，便拣了个年纪最小的，做了太子。

这是他，捡来的便宜。

五岁时，他便懂得这道理。

不争，不抢，不夺，不想。

太后让他行，他便行；让他停，他便停。

太子病弱，自幼吃药比进食还要多。太后训斥，他捧着药碗，站在宫门前一昼夜，不敢动不能动，那时的他也不过七岁。爱鸟，鸟便死，贪恋鱼游水中，便自七岁到十六岁，都未曾再见过鱼。生杀大权，连同他这个小人儿的性命，都在那个自称太后的女人手中。

他渐渐不再贪恋任何有生命的物事。

直到见到她的画像。

清河崔氏之女，时宜。

眉目清秀，也只得清秀而已。身边两个太监，躬身低声说道："殿下，这便是您未来的太子妃。"他看那画中不过十岁的少女,在执笔作画。

她,是他唯一被赏赐的东西。

他欣喜若狂,却不敢表露。

自那日起,便每月都能拿到她的画像,她的起居笔录。她不会言语,只喜读书作画,读的书千奇百怪,也有趣得很。作画,只肯画莲荷,莲荷?莲荷有何好?许是小女子的情趣,他不懂,也无须懂。

不过,那莲荷却真是画得好。

他每每临摹,总不得精髓。

时宜,十一。

她在小南辰王府的徒儿里,不过排行十一。七岁那年,入府被欺负,不能言语,处处忍让。后常常隐身在藏书楼中,整日不见踪迹。可如自己一般,不喜与人交心?无妨,你日后便是这宫中最尊贵的女子,你不喜与人交心,便只有你我。我断然不会欺负你。

过了几年工夫,年岁渐长,她已被一众师兄师姐呵护备至,得南辰王独宠。

收集天下名茶,搜罗前朝遗落曲谱。

小南辰王与命定的太子妃间,不清不楚,不明不白。

太后生辰那日,有人递上小南辰王谋反的奏折。

这奏折,年年有,年年压下来,这一年倒是多了一条与那未来太子妃的传闻。太后朝堂横眉,扔了折子,厉声质问:哪个奏了,哪个站出来,若能将南辰王拉下马来,那数千家臣便是你的。

无人敢应,皆是噤若寒蝉。

笑话,南辰王少年领兵,从未有败绩。

太子在东宫得知,也未曾开口。

这傀儡,在此位十年,素来是个哑巴太子,谁人不知?

太后何尝不怕,当日诸王叛乱,便是这小南辰王的一句话所致:

"疑宫中有变。"

他若想要这天下,便只得拱手相送,区区一个太子妃又有何妨?太后如此对身边内宦说着,这世人角色都是互相给个薄面。她置那西北江山,不管不顾,只求一生太平，能让小南辰王留了这皇宫皇朝，能让自己这半老之人安享富贵。

然世事无常，太后暴毙内宫。

太子封禁皇城，不得昭告天下，以太后之笔，写的第一道懿旨，便是太子妃入宫完婚。同日，密诏清河崔氏入宫。

那日，清河崔氏行过重重宫门，跪在东宫外，足足两个时辰。雪积有半尺，衣衫尽湿，膝盖早已冻得麻木。跪到半夜，才有宦官引入。

东宫太子，宫外从未有人见过，清河崔氏父子，可当得无上荣宠。

卧榻上面色苍白却眼如点墨的男人，裹着厚重的狐裘看他们，足足看了一个时辰。

不言不语，偶尔喝水润喉。

近天明时，有人捧来药，蒸腾的白雾中，他面容模糊，始才咳嗽起来。

偌大的东宫，悄无声息，唯有他阵阵低咳。

清河崔氏父子忙不迭叩头，将来时商议的如何以十一为饵，谋害小南辰王的话说出。太子静听着，却有些不快："小南辰王终究是皇后的师父，你等的计策……太过阴毒了。若让皇后得知，要朕如何交代？"

未曾有继位大典，却自称朕。

"陛下……"清河崔氏父子忙叩头，"周生辰乃大患，不除，则难定江山！"

他继续低头喝药，眉目被雾气浸染得不甚分明。

这场谋算，终是困住了那个小南辰王。

他自为太子来，初与这王相见，却是在灯火昏暗的地牢内。他是君，他为臣，他立于他面前，他却不跪他。

彼时太子，此时天子。

能得天下，却得不到他一跪。

也怪不得他，他已死了。

他披着厚重的袍帔，仍旧受不住牢内阴冷湿气，宫中十年，他拜太后所赐，日日饮毒，如今只得日日以药续命。

他所想要的，不过是他唯一被赏赐，所拥有的人。

"当日圣旨，朕要你认她做义女，便是要将这江山换美人，"他冷冷清清地笑着，略有自嘲地对着已死的人说着，"朕最多十年阳寿，十年后，天下谁还敢与你抢？"

"你的身世之谜，这天下只有太后与朕知道，太后已死，朕也不会说。是朕，对不起你。"夜风打散了烛烟。

他离去，命厚葬，仍留谋逆罪名。

都是你们在逼朕。
若非太后想要成全你与她，朕怎会毒害母后？
若非你抗旨不从，朕又怎会谋害你？小南辰王一死，朝堂谁能担此天下？无人可担。生灵涂炭，百姓流离。
朕不想，也不愿，可朕……

后记：

　　东陵帝，自幼被困东宫，终日不得见光，后有清河崔氏辅佐，俘逆臣小南辰王，正朝纲。帝因太子妃秘闻，恨小南辰王入骨，赐剔骨之刑。
　　小南辰王刑罚整整三个时辰，却无一声哀号，拒死不悔。
　　后得厚葬，留谋反罪名。
　　登基三载，帝暴毙。未有子嗣。

江雨霏霏江草齐，六朝如梦鸟空啼。无情最是台城柳，依旧烟笼十里堤。
六朝尽空，仇怨已去，长安仍在。
你可否能，让我真的见一见你。

第十四章 繁华若空候

"好,"周生辰颔首,身体已因整夜站立略微僵硬,"我很快回来。"

小仁目光闪烁,他看得明白。

是什么事情让他想说,又不敢开口?他走下楼,一直在思量小仁奇怪的表现,一楼有两个女孩子在打扫房间,他从裤兜里拿出深蓝格子的手帕,轻轻按住口鼻,避开可能会扬起的烟尘。

避而不谈……在母亲面前避而不谈……

他略微顿住脚步,想到了时宜。

在想到她的瞬间,已经加快脚步,沿着青石路,大步向院外走去。

整个院子因为文幸的病,处在绝对隔离的空间,任何人想要进入,都须周生辰的母亲允许,才能被放进来。他忘了这点,太牵挂文幸而忘了这个问题。

果然走出院子,看到林叔的心腹在不远处非常焦急却无望地看着他。

他走过去,那些守住的人才被迫让开一条路。

"时宜怎么了?"周生辰一把抓住那人手臂,五指紧扣。

"时宜小姐在抢救。"

"抢救?"

男人马上解释:"昨晚,半夜时……"

周生辰已经容不得他再说什么,推开他,快步而去。这个宅子,大小院落有六十八座，房屋一千一百一十八间，人很多，也很杂。他永远冷静，永远旁观，这些人与人的关系，都能直接分离，为了利益，没有感情是不能拆分的。

目的性，利益性，人性。

这些他都自信能应付。

只有时宜，只有一个时宜，他看不透，解不开。

无法冷静，无法旁观。

他想要思考，到底是哪里出了问题，棋局已经开始收官，却仍旧不能保她。可他完全没有思考的能力。还有恐惧，从没尝过的恐惧感，紧紧缠绕，捆绑住他的手脚。

他走上楼梯，只不过听到二楼抢救人员的交谈，竟不敢再走上去。

一步都不敢。

他信奉自然科学，不怕死。

可他怕她会死。

巨大的恐惧，残忍地腐蚀着神经、血脉。

周生辰忽然狠狠攥紧拳头，砸向楼梯扶手，过大的力气，让整个楼梯都震动不已。所有在场的人都惊住了，二楼正走下来的小女孩儿，也被吓傻了，怔怔地看着他。

"大少爷……"

慢慢地，她不再做梦。

该睡醒了，差不多，该睡醒了吧？

她再次努力从梦魇中醒来，眼睛肿胀着，硬撑着睁开来，看到一线光。不太刺眼，像是被一层布料遮挡住了，只留了舒服的光亮，这布料的颜色和上海家里的窗帘相似……似乎是完全相同……

在家里？真的在上海？

她一瞬怀疑，自己还没挣扎出来，只是进入了另外的梦魇。

直到真的看清楚了他的脸和眉眼，她勉强扬起嘴角，却没力气说话。

"急性阑尾炎，"他轻声说，"怕家里的医生看不好，就带你回了上海。"

急性阑尾炎？

还真是痛得要死。她不想再回忆那种痛，只佩服那些曾经历这种问题的人。

不过为了急性阑尾炎回上海，是不是太小题大做了？

她闭了眼睛，轻轻抿嘴，嘴唇有些发干，嗯……

不知道为什么，可能是身体太虚弱，她莫名地有些感伤和恐惧。

怕离开他。

时宜啊时宜，你越来越娇气了。

她暗暗鄙夷自己，却仍旧被什么诱惑着，轻声叫他："周生辰？"

"嗯。"他俯身过来，离得近些，让她说话可以省力些。

眉眼真干净。

时宜仔细看他，"我……告诉你个秘密。"

"说吧。"他的声音略低，很平稳。

"我上辈子死后，"她轻声说着，略微停顿了几秒，"没喝孟婆汤。"

也不知道，他能否听懂什么是孟婆汤。

他微微笑起来："在地府？"

她笑，他真好，还知道配合自己，"是啊。"

他"嗯"了一声："那么，那个老婆婆放过你了？"

时宜微微蹙眉，她在回忆，可是记不清了，"是啊，可能因为……我没做过坏事。"

他忍俊不禁："那我一定做过坏事，所以，被迫喝了？"

"不是，"她有那么一瞬认真，很快就放松下来，怕他觉得奇怪，"你很好。"

"我很好？"

"嗯。"

很好很好，再没有比你更好的人了。

他低声问："你知道我？"

"是啊，"她轻轻笑着，"上辈子，我认识你。"

她看着他。

我认识你，也会遗憾你不再记得我。

但没关系，我一直记得你。

周生辰仍旧俯身看着她，直到她闭上眼睛，在她额头上轻轻吻了吻。

他渐渐进入了不带任何感情的、客观的思考模式。

他记忆力很好，仍旧记得自己怎么听着医生说她脱离危险，而自己又是如何走下二楼。林叔以最简洁的方式，告诉他时宜的突发情况。

毒性不大，古旧成分。长久侵蚀才是最致命的伤害。

是什么诱发？一盏茶，或者是一炷香，或者是精致茶点，皆有可能。

"你觉得，我们的家庭，如果想要一个女孩子消失，需要用这么温和的手段吗？"

这也是他怀疑的原因所在。

既然目的明确，如果是母亲，又何须如此点滴渗透？

或者是自己太容易信任别人了。能自由接近时宜的人，很少，除了心腹，也有梅行……最怕的事情终究会发生。身边的每个人都是多年跟随，每个人都牵扯了背后太多的关系。人的行为，最终都是为了某种目的，是什么，需要一而再再而三地要她的命？

他在清算着，所有人背后的关系，以及各种目的的可能性。

时宜再入睡，显得踏实了很多。

很快就呼吸均匀。

周生辰不经意地抬起手，轻轻弯曲起食指，碰了碰她的脸。

静养的日子里，周生辰都在家里陪着她，到最后时宜都开始抗议了，让他去做自己需要做的事情。有些话，她没好意思说，像他这样二十四小时在自己身边，她也基本做不了任何事情，总是分神去留意他。

倒是周生辰，该看书看书，该工作工作。

她怕他长久住在这里不习惯，提出要去他为新婚准备的独幢小楼。他拒绝了，只是稍许对这里的格局和摆设做了些变动，让环境更适合她休养。

处处舒适，细节用心。

这场病，她真是元气大伤。

父母来时，真是被她的憔悴模样吓到了。

时宜怕父母怪周生辰没有好好照顾自己，连连说是自己最近半年很少去健身房，身体太差了，以至于阑尾炎就搞成了这个样子。

对于治疗，周生辰说当时他选择了保守治疗，没有手术，她也觉得如果能药物消炎，最好不要进手术室。"我怕疼，"她用手指轻轻地，在他手背和胳膊上敲打着，"这么想，我其实很娇气……不仅怕疼，还怕黑，"她开玩笑，看他，"你会觉得我娇气吗？"

在乌镇时，因为一些若有似无的声音，会让他陪自己说话到天亮。

周生辰一丝不苟地,用湿热的毛巾擦干净她的每根手指,"不会。"

"认真的?"

"很认真。"

"我除了会读书、会画画、会做饭、会收拾房间、会配音……"

他笑了一声:"很全才了。"

其实最让人骄傲的那些,都是他曾经教给她的。

他给她擦干净手后,随手替她把羊绒毯拉上去一些,又拿来了糕点。她看他刚洗完澡,还微湿的头发,随手摸了摸,"都秋天了,总这样,你会感冒的。"

"不怕,有你的秘方。"他笑笑,声音略微柔软。

她知道他说的是,曾经给他泡的紫苏叶。

两个人眼睛,隔着薄薄的镜片,对视着。

某种感觉,悄然滋生。

他轻咳了一声,从沙发上站起来,去翻影碟柜里的碟片,"看个电影?"

时宜觉得好笑,想了想:"看《寻秦记》吧,可以看好几天,打发时间。"

"好。"他倒是无所谓,弯下腰去插影碟机开关。

从她这里,能看到未开启的电视屏幕上,有他的影子。

很清晰的轮廓。

他看影碟机,她看他。

浅蓝色的绒料长裤,白衬衫,和上次住在自己家里的穿着相同。干净简单,时宜看得意乱情迷,顺着沙发侧躺下来,脸埋在毯子里,看得都快痴了。

周生辰终于弄好碟片,从电视旁拿起黑色遥控器,回头想和她说什么。

但一看她这种姿态,立刻识破了她的小心思,"你有时候看我的感觉,真让我觉得,我是什么明星。"

"我有那么肤浅吗?"时宜用毯子蒙着半张脸,闷着声音说,"周生辰,我爱你。"

他应了声,绷不住就笑了。

九月下旬。

王家婆婆突然而至,跟着的是曾有一面之缘的王家长孙和几个衣着精致的中年女人。距离上次相见,已是数月,年迈的婆婆待她依旧客气,甚至还多了几分亲厚。婆婆在沙发上坐下时,轻轻拽着时宜的手,也坐下来,像是很清楚她身体不好。

"这位大少爷呢，性子急了些，婚期太近，不给婆婆多留些时间，"婆婆微笑着，轻握住时宜的手，"只有六套，你看看，有没有喜欢的？"

时宜恍然，去看周生辰。

不自觉地抿起嘴角。

他把沙发让给了她们，坐着木椅，手肘撑在扶手上，也对她笑。

"这只是初样，"婆婆将他们两个的反应看在眼中，忍俊不禁，"估摸着，还要过来三四次，你先看看这些。"

"下次我过去好了，"时宜实在不好意思，让这么大年纪的婆婆到处跑，"婆婆下次做好了，提前告诉我们，我可以过去的。"

"无妨的，"婆婆笑，"你大病初愈，文幸又在上海的医院，我来一次，能看两个人。否则啊……还不知道文幸什么时候能痊愈，来小镇看我。"

文幸住院的事，周生辰告诉过她。

不过因为她身体的原因，始终没有同意她去医院探望。

婆婆如此一说，她倒也有了机会，顺水推舟说，自己恰好一同前去探病。周生辰这次倒是没有拦她。

有人拆开匣子，不多会儿，就有了悬挂衣物的暗红色架子。

六套中式、西式的结婚礼服，都被一一挂出来。

她穿过多套衣服，都出自王家的手。

不过大多是小辈缝制。

这次是婚宴的礼服，王家婆婆亲自打样，到底是不同。说不出的华贵，却又内敛，无论从选料、样子，还是缝制的手工，都无懈可击。

时宜试衣服时，是在书房，只有王家婆婆和周生辰在。

不经意就问了句，为何王曼这次没有来？她知道王家因为她是女眷，所以大多时候，出于避讳，会让王曼陪时宜试装，就算有王家婆婆来，估计也会是相同的做法。

时宜如此问，本是关心。

却不料，坐在身边的婆婆有些沉默，她察觉时，婆婆已经略微叹气，说："她也在上海，不过是在养胎。"

养胎？

时宜记得王曼还是未婚。

怎么会……

她不敢再追问。

倒是周生辰很轻地咳嗽了声，说："王婆婆，很抱歉……"

"都是那丫头自己选的，"王婆婆摇头，"大少爷无须抱歉，那丫头明知道二少爷已成婚，还要……如今她已经搬离王家。周家的规矩她是懂的，正室之外，都不得入祖宅。"

时宜恍然。

她试好衣服，王婆婆先出了书房，时宜这才轻声问："王曼是什么时候怀孕的？"

"和佟佳人时间差不多，"周生辰轻轻拍了拍她的手臂，"去换衣服。"

"嗯……可惜了。"

照着王家婆婆的"正室之外，都不得入祖宅"，王曼应该已经"嫁"给周文川了。

究竟可惜的是什么？

她也说不清。

曾求而不得，于是委曲求全。

只是真得到了，可算是偿了心愿？

两人在试衣间换衣服。她为他穿上衬衫，轻轻地，从下至上，逐一系好每粒纽扣。他手撑在壁柜上，微微含胸，配合她的动作。待她扣好，手指在他领口滑了一圈，确认细节妥帖，周生辰这才低声解释："周家有些事，你如果看不习惯，只当作不知道。"

她"嗯"了一声。

文幸的检查指标一直不合格，手术日期推了又推。

她自己读的医科，自己注意休养，情况似乎开始好转。

王家婆婆年岁大了，和文幸说了三两句，便离开了医院。时宜和周生辰陪着她，到草坪的长椅上晒太阳。文幸坐下来，时宜便伸手问周生辰要来薄毯，压在她腿上。

初秋的午后，日光落在人身上，暖暖的，却不燥热。

她挨着文幸坐，周生辰就在一旁，站着陪着。

"农历已经……九月了？"文幸笑，眼睛弯弯地看着时宜。

时宜点头："九月初七。"

"农历九月……是菊月，对吧？"

"对。"

文幸蹙眉，有些抱怨："也就九月和十二月好记，一个菊花开的季节，叫菊月，一个是冰天雪地的，叫冰月。其余的，我小时候被逼着记，说是记下来了吧，现在又全都忘了。"

时宜被她逗笑："这些都用不到，不记也罢。"

"可是，"文幸轻声说，"梅行喜欢……名门闺秀一样的女孩子。"

她愣了愣，约莫猜到文幸的意思。

这个小姑娘，她心里放着的人，是那个"残柳枯荷，梅如故"。

或许先前有些感觉，但并未落实。算起来，文幸比梅行要小了十二三岁，梅行那个人看起来深藏不露，三十五六岁的未婚男人，没有故事是不可能的吧？就算周生辰这种不太热衷男女情事的人，也曾为应付家人，订过两次婚。

她不了解梅行，但却知道文幸在吐露隐藏的心事。

而她，恰恰也最不会开解人。

幸好，文幸换了个话题。她说话的时候，眼睛时而弯弯，时而又睁大，非常地入戏，像是好久都没有说话了，难得碰上投契的人。就如此坐了四十多分钟，被周生辰和时宜送回房间，脸颊还红扑扑的，兴奋不已。

到最后，他们离开时，文幸忽然对她嘱咐："王曼身份特殊，大嫂……尽量不要去探望她。"

说完，还去看周生辰，"记得哦。"

周生辰笑着，轻摇头，"好好养病，不要想这些事情。"

"我挂念你们，"文幸抿嘴笑，"还有，你们的婚宴呢，我是一定要去的，一定。"

"那就先养好身体，指标合格了，做手术。"

她轻轻地"啊"了一声，握住周生辰的右手，"手术推后吧……换了其他人的心，万一，我不是最爱你这个哥哥了怎么办？"

她的语气，有些撒娇。

周生辰的眼底都是温暖，低声叮咛，都不过是些寻常的医嘱。

夜深人静时，她再去想文幸的话，总觉有种遗憾在里面。她躺在床上，随口问他，是否知道文幸喜欢梅行？周生辰倒不意外："看得出。"

"看得出？"

他不置可否："很容易看出来，就像你第一次见我，就有种……让人意外的感情。"

她"哦"了一声："继续说。"

虽然佯装不在意，话音却已经轻飘飘的。

周生辰倒是真的解析起来，"最难掩饰的东西，就是感情。一个女孩子，喜欢谁，非常容易识破。看眼神，看动作，还有说话的语调，差不多就是这些，足够判断了。"

他说的是大范围的女人心理。

可她联想的，却是曾经那些细微的小心思，都被他以旁观的姿态观赏着。

她咳嗽了一声："那么，过去有人……嗯，喜欢你，你都旁观着。"

"是，旁观，"他想了想，"或者，避免独处，以免给人错误的心理暗示。"

"那……如果是需要你回应的人呢？"

她避开了"未婚妻"三个字。

他低笑了一声，也不点破她说的是谁："除非是我太太，才需要回应。"

最佳答案。

时宜不再去追问，显然已经满意。

可却牵挂着文幸的事情，她并没有那么热衷做红娘，不过既然周生辰了解，倒很想私下问得清楚些。她轻轻扯了扯他的衣袖，"那么，梅行对文幸……"

"不知道。"

"不知道？"

他略微沉吟："我和他，不交流这些。"

"可文幸是你妹妹，略微关心也好。"

"这世间最难的，就是你情我愿。"

时宜不敢相信，这是周生辰说的话。

果然，他很快就告诉她："这是梅行说的。"

时宜想了想，忽然问他："农历二月，别名是什么？"

"绀香。"

"四月呢？"

"槐序，"他笑一笑，"怎么忽然问这个？"

"我在想，一个人偏执地要求另一半喜好古文学，是不是很神奇？"

他"嗯"了一声。

她侧躺在他身边，还沉浸在文幸对梅行求而不得的故事里，察觉壁灯被调亮了些。他俯下身子，低声问："会说苏州话吗？"

"会，"她有些奇怪，"家里有亲戚在苏州，和沪语相通，小时候就会了。"

两个人，都喝了一些莲子心芽泡的水。

说话间，有微乎其微的清香，呼吸可闻。

"用苏州话，念些我教过你的诗词，好不好？"他微微偏过头。

她轻轻说了个"好"。

哪里有教过，分明就是他……时的吴歌。

那些暧昧的，或者明显调情的词句。

"我会慢一些，你如果难受，就告诉我？"

她"嗯"了一声，觉得身子都烧起来了。

明明是体贴的话，偏就让他说的，调情意味浓重。却不知是有心，还是无意。

她凭着记忆，轻声念给他听，偶尔不好意思了，就停顿下来。初秋的晚上，已经有些凉意，两个人辗转在薄被里，虽有汗，他却不敢贸然掀开，怕她受凉。

她渐渐念不出，诗词断断续续，思维不再连贯。

……

熟睡前，她终于想起心头疑惑："周生辰？"

"嗯。"

"为什么要我用苏州话……"

黑暗中，他似乎在笑："有没有听过一句词，'醉里吴音相媚好，白发谁家翁媪'？吴音吴语念吴歌，挺有趣的。"

她恍然，这词是夸赞吴音的名句。

吴语里又以苏白最软糯。吴侬软语，好不温柔。

可词中意境分明是微醺时，用温言软语来说话，到他这里，却又掺了些粉色……

周生辰忽然又说:"要求自己的另一半爱好古文学,没什么奇怪的,本身就可以是一种情趣。"比如背茶诗,背茶名,再比如,他念给她听的吴歌,为她提的诗句。

时宜想想,倒也不错。

可也因为这句话,终于察觉出了什么,她用脸贴近他的心口,听着节奏分明的心跳,低声笑:"周生辰,你吃醋了。"

过了两天,她和周生辰去看文幸。

她看起来状态很好,指标却始终不合格,就这半个月,已经错过了一个合适的供体。这些都是周生辰简述给她的。她不懂器官移植,却懂得,先天性的,一定比后天危险系数高很多,由此更不免心疼文幸。医人者,始终难以自医。

这次去,她遇到了梅行。

文幸的病房有自己的客厅和沙发,时宜在周生辰去和医生谈话时,先进了文幸的病房。文幸披着浅蓝色的运动服外衣,低声笑着,梅行也摇头笑,摘下眼镜,从口袋里拿出手帕擦拭。

"嫂子?"

"嗯。"

"嫂子,我这里有好茶,泡了两杯,"文幸把自己那盏,轻轻推到时宜面前,"我不能喝,你喝。"时宜觉得好笑:"你的确不能喝茶,怎么还要给自己泡一杯?"

"看到梅行来,一高兴就忘记了,"文幸轻飘飘地看梅行,"梅祸水。"

梅行犹自笑着,却是笑而不语。

有护士进来为文幸例行检查,时宜在单人沙发上坐下来,想要去拿那杯茶,手刚碰到茶杯底座边沿,梅行却同时按住了底座的另外一侧。

梅行眼若点墨,眸光更是深不可测,看了她一眼。

时宜疑惑着回看他,却听到文幸在叫自己,就暂时没去深想。

后来周生辰来了,和梅行在小客厅说了会儿话,梅行离开前,若无其事地嘱人倒了那两杯茶。她看着他离开的背影,想起刚才对视的一瞬,竟被梅行的气场感染,认为那杯茶有什么问题。

他和文幸相比,远近亲疏应该很明显……

她不该怀疑的。

时宜身体好些了，就补自己离开两个月落下的工作，准备下周进棚录音。美霖听说她要开工，边细数工作，边抱怨自己要被各个制片人逼死了，当天下午就快递来最新的文档，足有一本书那么厚。为了配合她的声线，又以古装角色偏多。
她随手翻看着，熟悉角色。
倒是自己那本书，反而被搁置了。
书到收尾阶段，写得很慢，因为她记不清他的结局。
记不清他是为何而死，又是如何死的。记不清，就只能返回去修改前面的，却又因为太看重，纠结在词句上，改了又改。

周生辰最近很忙，她绝大部分时间都自己吃饭，也很习惯他晚归。上午去看完文幸，他把她送回家就离开了。
她看了会儿剧本，就开始分心修改自己的手稿，一改就改到了七点多。
她脑子里斟酌着字句，两只手握着那一沓纸，不由自主地轻敲打桌面。过了会儿就偏过头，将脸贴在了书桌上。眉头蹙起来，放松，渐渐地又蹙起来，入神到了一定境地，竟没察觉到周生辰回来。
他挂起还有些细小水滴的外衣，透过敞开的门，看到她在书房。
他走进书房，"遇到什么难题了？"
时宜下意识合上文件夹，想要起身，却被他按住肩。
他半蹲下身子，示意她如此说就好。
她想了想，不得不承认："心结。"
"心结？"
"我在写一个东西，总想写到最好，遣词用句太计较，"她轻呼出口气，"是心结。"
"嗯，"他表示懂了，"让我想想，怎么开解你。"
她"扑哧"笑了："这就不劳烦你这个大科学家了。"
"嘘……让我想想，好像想到了。"
她觉得好笑，点头。
"记得我曾经回答你，二月被称作什么？"
"绀香。"

他颔首,"这只是我习惯性的说法,认真说起来,二月有很多别称,出处各有不同,硬要说哪个略胜一筹,是不是很难?"

她承认,他说的是事实。

"就像在实验室,我从不要求学生完全复制我,每个人都有自己适合的方法,"他略微思考,又说,"我不太写文章,但我知道过去的文人墨客,也都有各自偏好的、习惯使用的词句。做科研和写文章,核心都是这里,"他用食指轻点了点自己的太阳穴,"用你习惯的方式,写你想要的东西。"

"嗯。"

"没吃饭?"他拍了拍她的小腹,"饿不饿?"

她老实回答:"饿了。"

"走吧,"他起身,"我们出去吃。"

"现在?"她听到雨声,能想象出外面的天气。

"我看过天气预报,一个小时后雨会停,我们慢慢开车,到车程远一些的地方吃。"

"天气预报?"时宜对天气预报的印象素来不好,"万一不准怎么办呢?"

时宜跟着他的脚步,亦步亦趋,和他说话。

周生辰忽然停下来,转身,"也有雨停的概率,对不对?"

她仍在犹豫:"我是怕麻烦林叔,下雨天还要接送我们吃饭。"

"这次我开车。"

"你开车?"

他忍不住笑了一声:"我会开车。"

她不是不相信他,而是真没见过他开车。直到在地下车库,坐上副驾驶位,仍旧忍不住看他手握方向盘的模样,总觉得有些微妙的违和感。不过车开上高架后,她倒是渐渐习惯了,他做任何事情都很专注,包括开车,也是安静平稳。

雨刷不停摆动着,雨看起来有越来越小的趋势。

到车开出上海时,雨真停了。

上海周边有很多小镇,如同王家的宅院,她只去过那么一次,也是深夜,至今也搞不清是什么地名。今晚他开来的地方,她也不认得。

他把车停在小镇入口的停车场。

雨刚停,石板路还有积水。

幸好她没穿高跟鞋,在他手扶下,跳过过大的水洼。

临河岸，靠着几艘船，岸上便是小巧的饭店。船都不大，最多能容纳两桌，周生辰定了其中一艘，两个人坐上船，船家便递来了菜单。

"今晚就这艘还空着，两位真是好运气。"

时宜笑，低头翻看简单的只有两页的菜单。

由不得挑拣，来这种地方，吃的只能是风景了。

她怕他吃不饱，点了几个硬菜。

"二位稍等，菜好了，就离岸。"

船家跳上岸，就剩了他们两个在船上。两侧只有齐胸高的围栏，有烛台，没有灯，最舒适的竟然是座椅，相对着，都是暗红色的沙发式样，身子小些完全可以躺着。如此端坐，也是深陷进去，舒服得让人想睡。

"你来过？"她好奇地看他。

周生辰笑着摇头，"第一次来，临时问的别人。"

她估计也是，这位大少爷，绝对不是享受这种生活的人。

船微微晃动，船家折返，有些不太好意思地问："岸上有两个年轻人，也想上船，我说这船被包了，他们……想要我和两位商量商量，能不能将空着的桌子让给他们？"

船家手指岸上。

两人同时望了一眼，看上去最多二十出头的模样，小情侣。

男孩子很紧张地望着他们，看到他们转头，忙悄悄双手合十，拜托他们一定要同意。时宜笑了声，听到周生辰说："我没问题，我太太也应该没问题。"

"嗯，让他们上船吧。"

船家越发对这一对眉目良善的男女有好感，招呼那两个小青年上了船。两桌之间本就有竹帘，放下来也便隔开了。菜上了，船也开了。

才离开河岸没多久，竟又下起了雨。

她听到珠帘后年轻男女的小声说话，大概在算着这一日的花费，核对得十分仔细，从头到尾女孩子都在哀怨，这里多用了，那处该省下，"你看你，钱这么少了，还要在这船上吃饭……"

声音很小，她听清了。

她想起，刚毕业时进棚录音，有个实习的录音师和他的小女友。两个人每天精打细算，从周一到周五每顿饭是什么菜都安排好，就是为了周末能吃顿好的，或者每月末到周边去走走。这是绝对属于年轻人的浪漫。

她忍不住对他打眼色，小声笑。

"怎么了？"

周生辰靠在沙发上，右手臂搭在一侧，不解地看她。时宜换到他身边，悄悄在他耳边，重复那个女孩子的话。她说完，想要简述自己的心情，周生辰却懂了的神情，"羡慕？"

她笑："嗯。"

他兀自笑起来。

外边雨没有立刻停的迹象，船家把船暂停在一侧古树形成的"帷幕"下，对他们说，要避会儿雨，免得水溅到船里，湿了衣裳。

临着岸边，又有风，看得到水浪拍打石壁。

烛台在竹帘上，摇曳出一道影子。

"你看没看过手影戏？"

"手影戏？"

"嗯……估计你没看过。"

她记得小时候看电视里，有手影戏的节目，连着好几期。电视里两个人各自挽指，做成动物和人形，编纂出短小的故事，或是调侃时事。那时候她看到这些节目，隐约记得自己无聊时，也曾在藏书楼里借灯烛做过手影。

因为是自学，会的样子不多。

倒是看到电视节目时，跟着学会了不少。

时宜做了个兔子，想要说什么，忽就顿住，"今天是九月初九？"

难怪，桌上菜中有花糕。

他"嗯"了一声："你在做兔子的影子？"

"看出来了？"时宜笑着动了动手指，竹帘上的兔子耳朵也微晃了晃，即兴给它配了音："唉……这广寒宫真是清冷，转眼就过了中秋，到重阳节了，倒不如去人间走走。"

因为怕隔壁那对年轻人看到，她声音很轻，却戏感十足。

他偏过身子，端详她的表演。

时宜轻轻吹了下烛台。

烛影晃了晃，兔子消失了，她转而跪坐在沙发上，自己的影子落在竹帘上，清晰而又单薄，"这位公子，我们……可曾在何处见过……"

淡淡的，温柔的。

这是她最擅长的古风腔。

他兀自扬起嘴角,配合着她,低声反问:"哦?是吗?"

"公子贵姓……"她双眼莹莹,声音越发轻。

他略微沉吟,去看她的眼:"周生,单名一个辰。"

第十五章 独留半面妆

周生，单名一个辰。

周生，辰。

周生辰。

悠悠生死别经年，魂魄不曾来入梦。

船外细雨绵绵，没有风。

船内，那竹帘上的光影被无限拉长，微微晃动着，隔壁的年轻人也怕打扰他们，并没有大声说话。所以她只听得到他，他也只能听到她。

她轻轻呼出口气，低声说："公子的名讳……小女曾听过。"

他眸光清澈："于何处听到？"

她仿佛认真："公子盛名在外，自然是从百姓口中听到的。"

"哦？"他笑，"都说了些什么？"

时宜轻着声音，望着他的眼睛，"醉卧白骨滩，放意且狂歌。一匹马，一壶酒，世上如王有几人？"

周生辰略微沉默，仔细品味她的话。

他想，他猜到了她所指何人："你很喜欢那个小南辰王？"

"你知道？"

"知道，"他告诉她，"他在周生族谱上，我的名字就取自他。"

"对……"她恍然，"小仁和我说过。你家族谱上，记载得可比民间的多些？"

"只有寥寥几句。"

"那个太子妃呢？"

"崔氏女？"

女子名讳，本就难有记载。如"崔氏女"这种，已是因为她身份尊贵，有所厚待。

"嗯，有吗？"她轻声追问。

周生辰略微回忆，摇头说："没有。"

悠悠生死别经年。除了她，真的不会有人再记得。

她有一瞬失神。

船微微晃动，船家说雨似乎要下整晚了，还是尽快靠岸，让客人都来得及回去。船从古树围就的帷幕下驶出，沿来时的路回去。离开屏障，有不少雨水溅入，两侧有雨水，躲自然是没处躲的，周生辰随手把外衣脱下来，盖在她腿上。

他自己的裤子，没一会儿就淋湿了。

今晚之前，仍旧还有些夏日余温，可这雨，却真是落了秋意。

她只是湿了裤脚和鞋，就觉得冰冷难耐。

他去车里拿雨伞接她，一来一回，连衬衫都湿透了。两人上车后，他从后备箱的小箱子里拿出两条运动裤和衬衫，折身回来，放下座椅，把其中一条长裤给她，"有些大，先换上。"幸好此时时间晚了，停车场已经没有人。

"嗯。"她接过来，在狭小的空间里，慢慢脱下长裤和鞋袜。

再套上他的，何止是有些大，还很长……

她光着脚，踩在裤脚上，完全不用穿鞋。

她长出口气："今天才发现，你比我腿长这么多。"

周生辰觉得有趣，多看了两眼。

他拿着一件干净的衬衫，叠好放在她脚下，手碰到她的脚，冰冷得吓人，"很冷？"

"有一点儿。"她已经有了些淡淡的鼻音。

他就势握住她的两只脚，放到自己膝盖上，轻轻给她揉搓着。

时宜有些意外，顺从地任由他这么做。

他从来不擅长说表达感情的话，却会在两人相处时，偶尔做些事情，让她能踏实感觉到他的感情。不炙热灼人，却慢慢深入。

有空调热风吹着，还有他的动作，让她的脚慢慢暖和起来。

时宜动了动脚。

他抬眸看她，"暖和了？"

"嗯，"她催促他，"你快换衣服吧。"

她收回腿，踩在他垫好的干净衬衫上，把放在后座的衣服递给他。

周生辰迅速换着衬衫和长裤，等他穿好长裤，她接过湿衣服，扔到后座，忽然感觉他靠近自己。清晰温热的气息，模糊她的意识，她也侧过头，碰到了他的嘴唇。

两个人无声地在车里亲吻。

从身体冰凉，到有些燥热难耐，她手指绞着他的衬衫，碰到他的胸口。

忽然察觉这里是停车场。

她推推他，低声说："回家了。"

他吻了吻她的脸，说了个"好"字，这才把衬衫纽扣都系好。

车开出停车场，他忽然想起什么："等到婚礼日期确认，安排我母亲和你父母吃饭，好不好？"时宜愣了一瞬，意外地看他，眼睛里都是惊喜，"真的？"

他莞尔："真的。"

两人的婚期并没有最后确定，这是时宜的意思。

她想在文幸的手术后，再举办婚礼。毕竟在这之前，周生辰的半数心思都在文幸身上，而她也和他一样。不过，她倒是很肯定地告诉父母，已经开始准备婚礼了，她相信周生辰，既然已经安排王家婆婆定做礼服，就说明他在家族的事情上已稳操胜券。

这天她在录音棚录音，而这个录音棚刚好在电视台的大楼内。

顺便和宏晓誉约了吃午饭，准备聊一会儿，就正式开工。

两个人没太讲究，就在附近的小饭店吃的。

菜上来没多会儿，宏晓誉就说起了她那个男朋友："时宜，我和你说，我觉得我真心实意了，我想结婚了。"

她笑："先让我吃饭。"

"不行不行，你要陪我说话……"

"好，你说，我听着。"

"嗯……也没什么好说的。我就觉得，他人品很好，那种从骨子里的好，能感觉得到，"宏晓誉想了想说，"和你那个科学家不同。你的科学家感觉有点儿不食人间烟火……让人很有距离感。"

"有吗？"时宜倒是觉得挺正常的。

"不食人间烟火形容男的，好像有点儿怪，总之就是好像绝大部分事情，他都不太在意。你们一起……和谐吗？"

时宜被问得真是……看了她一眼，没吭声。

"很好？很不好？"

"好了好了，"她推给宏晓誉一杯茶，"换个话题。"

平时她工作时间，都是从中午十二点到晚上十一二点。

因为才大病初愈，她开工前半个月，都会录到九点结束。今天因为录音师有事，到八点多，就已经收工了。

她给周生辰打了个电话，"我提前结束了。"

"好，我大概三十分钟后到。"

"不急，"她坐在沙发上，从身边架子上抽出本业内杂志，"我在这里有地方休息，你做完事情再过来好了。"

"好。"

周生辰挂断电话，看坐在身侧的佟佳人。

他刚进停车场，就看到她站在自己的车旁，有了四五个月的身子，身边却没有跟着任何人。他不知道她来的目的，只是请她先上车再说。

他们在车上谈话，林叔便下了车。

"是时宜？"

周生辰笑了笑，没说话。

佟佳人没有立刻说什么，只是轻轻拉了拉自己的手套，用余光看他。

身边坐着的周生辰，仍旧是喜欢素色的长裤，淡色的格纹衬衫，套上西服便能会客，换上白色长褂就能进实验室。这才是她放在心里的男人，和各种肤色的人一起，毫无国界地交流，做着对人类有益的事。

她想起，她第一次见到实验室外的他，不同于往常的周生辰。

他正在和一个黑人争论着什么，专注而激烈，她听不懂。

他十四岁进大学，就已经和她隔开了两个世界，她拼命地追，也只有资格在某些形式大于实质的会议上，可以和他一同被邀请，如此而已。

他的精神世界，是她一生的目标。

佟佳人一瞬，想到的是曾经的过往，她甚至开始怀疑，自己是为了什么来见他。是为了能安静地和他相处几分钟，还是为了……

"我不会把事情做到最坏。"

最后，却是周生辰先开口。在她未说话前，先告诉了她要的答案。

他坦言："我们始终是一家人。"

他的宽容，让她再无话可说。

自从叔父回来，周文川做出的种种动作，都让她为之不齿。

她从未见过如此动荡的周家，老辈都充耳不闻，小辈都蠢蠢欲动忙于选择，是依附在名正言顺的大少爷这里，还是选择根基稳固的叔父和周文川。就在几日前，始终沉默的周生辰的母亲，终于开始承认时宜的地位，也就等于站在了自己大儿子这里。

叔父再如何，也并非是名正言顺的继承人。而周生辰的母亲的选择，为所有人指明了方向，包括周生辰父亲过去的至交好友，都渐渐表露了态度。

"对不起。"她说。

他看她。

"我说的是，她在乌镇时的事。"

"我知道。"周生辰的语气，很淡。

"我……是因为嫉妒。"

他笑了笑，没说话。

佟佳人想，对着他这么聪明的人，好像说什么都只是在重复他已经知道的事。她是因为嫉妒，所以在知道在乌镇那会儿周文川想让人在夜里掳走时宜时，她没有阻拦，甚至连示警都没有。她记得，周文川每次提到这件事，都会嘲笑自己："我的好太太，我当时是真信你，因为你一定会嫉妒她。"

"抱歉，佳人，"他看了看腕表，"我要离开了。"

这里到时宜那里，有十五分钟车程，而刚才的谈话已经用去十分钟。

她勉强笑笑："是我该说抱歉。"

她知道他的守时，没敢再说什么，开门下了车。

林叔也同样在看表，在看到佟佳人下车后，颔首问："二少奶奶需要安排车来接吗？"

231

"不用，很快有车来接我。"

林叔再次颔首，上车后，很快就开离了车库。

她站在路边，完全看不到车窗内的人，却能轻易在脑海里勾勒出一个坐着的身影。

背脊的弧线，手臂的位置，还有对林叔说话的神情。

她几岁就和他坐过一辆轿车，到十几岁，到大学毕业，到婚礼之前，她是唯一和他共坐过一辆车的女孩子。以至于到现在，她仍旧不太习惯周文川坐在自己身边的感觉，太浮躁，无论如何掩饰，周文川的心都因为欲望而浮躁。

不像他，也不可能像他。

晚上到家，已经快九点。

两个人都还没有吃饭，时宜随手把头发绑起来，从冰箱里拿出小牛排，准备给他煎牛排，再炸些土豆什么的。她洗干净手，开始切土豆条的时候，门铃忽然响起来。

有人在轻轻拍着门，听起来是急切的，却拍得并不重。

一听就是小孩子。

果然，马上就有小女孩儿的声音喊她的名字。

"帮我开下门，是隔壁的邻居。"

周生辰依言，去开门。

有个看上去十三四岁的女孩子，抱着古琴，站在门外。

她看到周生辰傻了，周生辰看到她也有些无言。

"时宜姐姐……搬家了吗？"

"没有，"他微弯腰，说，"她在做饭。"

时宜很快切完土豆，擦干净手出来，从周生辰身后绕过来，伸手拧了拧女孩子的脸，"换新弦了？来……"话音未落，忽然从女孩子身后蹿出一个白影。

时宜眼前一花，没来得及反应，就被周生辰打横抱起来。

只差一步，狗就扑到身上了。

狗拼命汪汪着，不停地蹿上来，真就想去咬她。

她傻了。

女孩儿也傻了，很快就低斥了声："卡卡，回家去。"

狗在连番呵斥下，终于心不甘情不愿地，摇着尾巴回了自己家。女孩子很不好意思地跑回去，关上自家门，又过来说："卡卡特别傻，认生。"

周生辰心有余悸，小心把她放下来。

这个小插曲，她倒是没放在心上。从小猫狗都喜欢凶她，时宜早就习以为常了。

她把古琴放在桌上，试了试声音。

这个小姑娘很喜欢时宜，每次给自己的古琴换了新弦，都一定要拿来让她试音。时宜也乐得陪她玩，断断续续，弹了首自己熟悉的曲子。

她不常弹琴，未留指甲，声音有些瑕疵。

但瑕不掩瑜。

她弹得如何，小女孩儿辨别不出，周生辰却听得明白。

　　　　十二门前融冷光，二十三丝动紫皇。

他想到这句诗。

虽然诗中说的是箜篌，而她面前的是古琴。

时宜玩得开心，浑然忘了他。

"这次换的弦，有些软了，"她最后告诉小女孩儿，"还是上次的好。"

"我也觉得是，"女孩子虽然小，对琴的态度却非常认真，"明天再换。"

她"扑哧"笑了："小败家，习惯用什么，记住牌子就不要换了。"

这么折腾了二十几分钟，她倒是真饿了。

送走了小邻居，马上就钻进厨房。

牛排的香味，很快就溢满了房间，她用余光看到他站在厨房门口，随口问："你喜欢吃几成熟，快说哦，现在已经差不多五成了。"

"就五成熟好了。"

时宜关上火。

他递给她盘子，她将牛肉夹出来，浇汁。

"你刚才弹琴，让我想起了一句诗。"

"啊？"她看他。

"十二门前融冷光，二十三丝动紫皇。"

她"扑哧"笑了："我的大少爷，那句是用来说箜篌的。"

他笑，低声说："是意境。我借来夸你，李贺……应该不会说什么。"

233

"是啊，他早就轮回千百次了，怎么还记得自己作过这么一首诗。"

他笑："你的琴，是师从何人？"

她微微怔住，很快笑了笑："自学成才。"

周生辰越发觉得不可思议，虽然他不记得，她真的系统学过古琴。

"嗯……"她握着装土豆条的盘子，两只手臂虚架在他肩上，"是啊，看影音教材。"

"很……"

"好听？"

他笑了一声："非常。"

"非常好听？"

"是。"

她笑："过两天我去买好些的琴，多练几次，再让你听，"看着油热了，催他离开，"把牛排端出去，等我炸土豆，很快就好。"

他把牛排端出去。

她却回味起他说的话。

十二门前融冷光，二十三丝动紫皇。

一曲箜篌。

消融了长安十二道门前的冷光，也惊动了天上凡间的帝王。

这是何等的厉害，才能让人如此感叹。她回想起，他曾经教过自己的那些曲子，声动十二门，只有他……才能做到。

"土豆真不能再炸了。"周生辰屈指敲了敲她的额头，顺便替她关了火。

时宜惊呼骤起，可怜这一锅了……

炸得太过，全炸焦了。

这顿晚饭真是多灾多难，幸好牛排是完好的。时宜觉得自己实在对他不住，又要去拿一堆水果，想要给他补一份沙拉。周生辰马上阻止，"不用这么麻烦。"

她想说什么，就听到家里电话响起来。

这么晚？

肯定不是她父母。

周生辰很快走过去，非常简短地听完，几乎不发一言。挂了电话后，刚才那些放松的神情一扫而空，时宜觉得肯定出了什么大事。果然，他告诉她，文幸在急救。

时宜吓了一跳，周生辰和她说过，自己生病那晚，文幸已经被抢救过一次。

可是前几日看她情况还好，为什么这么突然……

她没敢多问，和他迅速换好衣服，直接去了医院。不知道为什么，她能感觉到他的状态变得非常不好，甚至，稍稍能感觉到隐忍的怒意。

两个人从电梯出来，整个走廊有十几个人。

周文川和王曼站在病房外，透过玻璃在看文幸，余下的人都分散在走廊的各个角落。周生辰跨出电梯时，那些分散的人都端正了站姿，微微向周生辰躬身。

"大哥。"周文川走过来，对时宜颔首示意。

他意外地保持着沉默，只是取下自己的眼镜，折叠好镜架，放到自己的裤兜里。时宜觉得有些奇怪，侧头看他……

在一刹那，亲眼看见他拎起周文川的衣领，右手成拳，狠狠挥到了周文川的脸上。

用了十分的力气，甚至能听到撞击骨头的声响。

下一秒，他已经松开周文川的衣领，紧接着又是一拳。

冷静的动作，不冷静的目光。

时宜惊呆了，看着近在咫尺的周文川失去重心，砰然撞到雪白的墙壁上，瞬间就有猩红的血从周文川鼻子里流出来。他想要再上前时，王曼已经惊呼一声，扑到周文川身上，紧紧把他护在身后，惊恐地看着周生辰。

"大少爷……"

不只是王曼在惊恐，时宜以及其他所有人，都不敢动。

不知道发生了什么事情，不知道周生辰为什么会这样。

他背脊挺直，沉默地看着周文川，时宜看不到他的神情，只能看到他的背影，还有灯光拉出的影子投在周文川和王曼身上。

"你最好祈祷文幸这次没事。"周生辰的声音冰冷，之后转身命令下人，"带二少爷去看医生。"

有人上来，搀走周文川和王曼，很快唤来医生检查包扎。

那些医生也没想到刚才这人还好好地来探病，怎么转眼就成这模样了。而且真是被打得不轻，可这里本就是 VIP 病房，也不能多问什么，迅速联系楼下检查的人，低声说要为周文川做脑部检查。

周生辰示意时宜到自己身边来。

她走过去,轻挽住他的手臂。

整个走廊渐渐清静下来,有医生过来,递给他一些报告。周生辰接过来,略微蹙眉,从口袋里重新拿出眼镜戴上,边听他们说,边一张张翻看。

文幸本来身体休养得不错,只是指标不合格。可是不知道为什么,今天和周文川见面后,两个人关在病房里大吵了一架,她就彻底受不住了。短短两三个小时,已经向着最坏的情况发展……

他时而隔着玻璃,看一眼文幸。

时宜陪着他,看着病房里陷入昏迷的文幸,偶尔也用余光看看他。

就如此,一动不动看了一个多小时。

一个小时后,周生辰的母亲也到了医院,很快有人说了这里的状况,她惊疑未定,却在同时有医生走来,非常礼貌地低声询问:"周夫人,有官方的人想要见见二少爷。"

"官方?"周生辰的母亲更是惊讶。

"让他自己去应付。"周生辰忽然开口。

声音清晰,甚至冷淡。

"周生辰……"周生辰的母亲不可思议地看着他。

"让他自己去应付。"他重复。

母亲蹙眉,"他是你弟弟。"

"我只有一个妹妹,现在生死未卜。"

母亲看了眼时宜,欲言又止:"你和我到房间里来。"

显然,她不想让时宜听到他们母子的争执。

周生辰没有拒绝。

两个人在走廊尽头的房间,谈了足足半个小时。

她坐在文幸病房外的长椅上,回想着刚才的一幕,将手握成拳。

文幸,你一定要没事。

周生辰走出房间,他母亲也走出来,时宜略微对他母亲点头,紧跟着周生辰离去。两个人走出电梯,果然就看到一楼大厅里,周文川已经站在那里,半边脸肿着,被两个穿着黑色西装的男人询问着什么。她目光匆匆扫过,却意外地看到了杜风。

杜风站在大门口,在低声讲手机。

他看到周生辰和时宜,略微停顿,目光落在了周生辰身上。周生辰清淡地看了他一眼,揽住时宜的肩,带她上车离去。

车从街角拐出去,平稳地开上灯火如昼的主路。

时宜看见他关上了隔音玻璃,他把两人之间的扶手收起,"让我抱抱你。"话音未落,已经把她抱到怀里。时宜顺从地让他抱着,也环抱住他。

"到底发生什么事了?"她声音很轻。

他回答的声音也很低,"这么久,文幸手术检查都不达标,是文川做了手脚。"

心跳忽然减缓。

她轻轻呼出口气,尽量让自己的声音平稳,"为什么……"

"为了争取时间,"他说,"我和你婚礼后,我会正式接手周家的所有事情。他需要婚礼时间延后,最好是……无限延后。"

周生辰解释得不多,慢慢松开她,独自靠在那里。

时宜没有做太多追问。

比如,周生辰和周文川之间的事。

她想,这些一定涉及了太多的周家隐秘,如果连文幸的身体都能漠视,那么也一定有更多的惊心动魄和无法容忍。生命本就脆弱,抵挡不住天灾疾病,而在周家,却还要去挡那些有心的人祸……

还有杜风,那个宏晓誉心心念念想要嫁的人。

她想起最初遇到杜风,就有种奇怪的直觉。而后来,或许是因为周生辰陪她一起,和这个人吃过饭,谈笑如常。渐渐地,这种感觉就被她漠视了。

好像在他身边,每个人都是如此,转身就变成了另外的人。

他们到家时,已经是凌晨。

从电梯间出来,她低头从包里拿钥匙,周生辰却略微顿住脚步。她疑惑地抬头,看到走廊的窗户边站着人,是身着常服的梅行。

深夜到访,不用说,一定是为了文幸。

梅行并非是周家人,这件事发生后,周生辰的母亲自然要避免所有人靠近文幸。他得了消息，却不能看到人，最后只能来找周生辰。

两个人在客厅里谈话，时宜给他们泡了茶。

关上门，自己在书房里看书。

本来挺安静的，忽然就听到一声碎响。

时宜吓了一跳，拉开门。梅行顺着门，看了她一眼，非常抱歉地笑笑。然后又转过去看周生辰，强行把情绪压了下来，声音也低沉了很多："抱歉，我刚才太激动了。"

周生辰摇头，"没关系，我在医院时，比你激动得多。"

两人同时弯腰去捡碎片。

"不要用手捡。"时宜连忙阻止，从厨房拿了干净的毛巾。周生辰自然接过来，将所有碎片一一捡起，用毛巾仔细包住，再递给她。

"还需要给你泡新茶吗？"她问梅行。

"不用，很晚了。"梅行笑了笑，从沙发上起身，就势告辞。

送走客人后，她收拾了他的茶杯，拿到厨房清洗。

客厅里始终安静着，她觉得有些异样，匆匆收拾好，走出去，看到他仍旧沉默地坐在沙发上，竟然拿着一张纸，在不停对折着。

纸不断被折小，直到已经小到无法再对折。

他听到她的脚步声，抬眸看她，忽然笑了："一张纸，最初所有人都认为，它只能对折八次，后来又有理论证明，用机器对折，可以达到九次。"

"然后呢？"她猜，肯定还有人推翻过。

"后来，又有人算出来了十二次。"

"算出来？"

他"嗯"了一声："这是一道数学题。"

"真的？"时宜在他面前半蹲下来，拿过他手里的纸，"学数学的人，真奇怪，折纸也要拿来算吗？"

"奇怪吗？"他兀自带笑，"你小学没学过？"

"小学？"时宜更惊讶了。

她努力回忆，自己应该……没学过吧？

学过吗？这种问题要怎么算？

她想得认真，凝神看着那张被折成一沓的纸。

"假的。"

"啊?"她茫然看他。

"我说的是假的,"他笑了一声,"你小学不可能学过。"

时宜这才意识到,他在和自己开玩笑。周生辰已经站起身,走到浴室去放水洗澡,他难得会有闲心用浴缸,她给他拿了干净衣物,抱到浴室时,看到他正在脱长裤。

或许因为周生辰的母亲很高。

他们家兄弟姐妹三个,都不矮。

他站在浴缸旁,双腿修长笔直,因为从小注意培养的关系,站姿坐姿,包括现在这种半弯腰试水温,腰身的弧度……都很好。

时宜把衣服放在竹筐里。

在他躺在浴缸里后,走过去,低声说:"我帮你洗吧。"

"好。"

淡淡的水雾里,她在掌心里倒了些洗发液,替他揉着头发,"别睁眼。"周生辰也很听话,任由她摆弄指挥,最后她用温热的毛巾,叠好垫在他脖颈下,然后拿着淋浴喷头,仔细给他冲洗干净头发。

被水冲洗后,发质变得很柔软。

略微擦干后,他坐直了身子,额头有些短发滑下来,凌乱地挡了眼睛。

"舒服吧。"她自得其乐,伸手替他拨开挡住眼睛的头发。

那双眼睛,波澜不惊。

她低头,在他眉骨上亲了亲,"我知道你难过,不知道怎么劝你。"

他轻捏住她的下巴,让她头压得更低了些,"你以前,难过的时候会做什么?"

时宜回忆了一会儿,笑:"看《说文解字》,因为不用动脑子。"

他也笑:"上次我问你看没看过《说文解字》,你说看过一些,我就觉得挺有趣的。为什么喜欢看……嗯……"他想了想,"古代的'字典'?"

她笑:"我有那么多时间,能翻的就都翻翻了。"

那么大的藏书楼,她看了十年,也不过看了两层的藏书。

余下的,只是记得一些名字。

他额前的头发又滑了下来。

眼睛里,除了灯光,就只有她。

她的手顺着他的头发，滑过脸侧，到肩膀，再滑下去。最后捧起一捧热水，淋到他身上，轻轻替他揉捏起肩膀。她的手烫，他的身体也热，揉捏了一会儿，他就捉住她的手腕，"时宜。"

"嗯？"她看着他，眼睛里也只有他。

周生辰伸出手，把她整个人都抱进了浴缸里，放在自己身上。

时宜的睡衣被水全浸湿了。他的手始终很有耐心地撩拨着她。

足足一个小时，两个人都耗在水里。

最后周生辰把她直接抱出了浴缸，两个人都擦干躺到床上，他才轻声说："对不起，今天……不是很有心情。"

时宜没吭声，疲累地和他的腿缠在一起，侧躺着搂住他的腰。

她很快就要睡着了，却又挣扎着从梦里迷糊地醒来，叫他的名字："周生辰。"

他摸了摸她的手，应了声。

"我爱你。"

他"嗯"了一声："我知道，睡吧。"

她踏实下来，沉沉睡去。

迷糊中，她感觉手腕冰凉着，好像是被他套上了什么。

次日很早就醒来，时宜发现他竟拿出自己一直仔细收藏好的十八子念珠，在昨晚给自己戴上了。她身上本就戴着他送给自己的平安扣，现在又是十八子念珠，虽然周生辰不说，但是她能感觉到，他怕自己真的出什么事情。

这一波几折，她都开始怕。

怕稍有一步走错，就会发生什么可怕的事情。

她和周生辰到医院时，昨晚楼下的那些人已经不见了。但是仍旧在各个出入口留着人，负责监视周文川的一切动向。周生辰亲自带着梅行一同入内，不再有人敢阻拦，毕竟周家的人都知道这位梅少爷和周家的关系。

他们坐在楼层单独隔开的餐厅。

落地窗，将外边看得清晰。

他们坐在南侧，而周文川和王曼就坐在餐厅的另外一侧。

非常诡异的场面。

但是除了时宜，似乎所有人都觉得如此很正常。她想，或许这种家族内斗，最终争出你死我活后，还是要为对方筹办不失体面的丧事。

坐了一会儿，周生辰就暂时离开，去看今天出来的报告。

这里只剩了她和梅行。

时宜随便看了眼楼下，却又看到了杜风。

这个人……究竟是什么存在？她始终没有问周生辰，一定程度上来说，她有些愧疚自己给周家引来了这个"麻烦"。她的视线停顿的时间过久，梅行也发现了，顺着她的视线看了眼，随口道："这不是你朋友身边的国际刑警吗？"

"国际刑警？"

"他们这些人，负责调查恐怖活动、毒品、军火走私……"梅行略微沉吟，似乎在思考，"从不来梅那次的枪战开始，他就开始调查周家了。"

一瞬间获取了太多信息。

时宜脑子里飞速地将从德国回来后，所有的事情都串联起来。

所以不来梅那场枪战根本就不是意外，那么……很有可能是周文川做的。后来她回国，这个杜风就出现了，周生辰知道不知道？他一定知道，就连梅行都这么清楚，他怎么会不知道这个刑警的身份？

她看着一楼杜风的背影，有些出神，"他现在……在调查周文川？"

梅行不置可否，冷淡地笑了笑："周家的二少爷，也的确值得他们好好调查一番，我觉得……差不多快有结果了。"

周生辰始终在和医生说话，她心里发慌，没有接话。

比起周文川如何，她更担心的是文幸的生死……

"昨晚……"梅行眸光很深，看着她。

"啊？"时宜不太明白，回看她。

"很抱歉，打坏了你的茶杯。"

她恍然，笑一笑："没关系的。"

都不是什么值钱的茶杯，不知道为什么能让他再提起。

他也笑了："让我请你喝杯茶吧？"

他没等时宜回答，已经起身去问餐厅的人要了两杯热的港式奶茶。

他亲自把茶端来，放在时宜面前。

"谢谢，"时宜笑，"我以为你会请我喝中式茶。"

"中式茶……应该都比不过你泡的。"

他说的时候，声音有些低沉，有些玩笑的感觉，可是又像是发自肺腑。

时宜有些尴尬，她想要找个话题带过去，"文幸她……"

梅行低声打断她的话:"文幸如果能渡过这关,我会带她离开中国,去国外定居,"他说,"我会照顾她一辈子。"

"一定会的,"时宜笑着说,"她知道你这么说,肯定会好的。"

"不过要先帮周生辰,做完他想要做的事,"梅行摇头苦笑,"我不知道上辈子欠了他什么,就这么义无反顾地陪着他,做这种吃力不讨好的事情。"

语气转换得很快,这次真是玩笑了。

时宜"扑哧"笑了:"上辈子啊?欠他的人太多了。"

梅行忍俊不禁:"真的?你知道?"

"真的,我知道。"时宜笑着,用玩笑的语气告诉他。

如此的笑容……

梅行有些出神,时宜不解地看他。

他忽然轻声说:"时宜,不要对着我笑。我真怕,我会和他抢。"

她愣住。

梅行这一瞬看她的眼神,让她想起在周家老宅时,文幸说起的那个用来选妻子的对子……很快,她就认真告诉梅行:"好,我记得了。"

梅行坦然笑了,有种说出心意的怅然感,举杯去喝自己那杯奶茶。

曾经她机缘巧合替他泡过茶,他记在心里,也还给了她。

情不知所起,爱而不能得。

却只有一杯茶的缘分而已。

第十六章 世人的角色

不停有医生进出，周生辰也走进了病房。

她更慌了。

不停去看艳阳高照，看树影斑驳，看楼下寥寥无几的国际刑警和周家人。过了一会儿，又有些心神不宁地去拿奶茶，十八子念珠的绳带晃荡着，绳带下的粉色碧玺撞击着玻璃杯，发出轻微的声响。

不知道为什么，总觉得有人在看自己。

她找寻让自己不舒服的目光，是周文川。

可是当她发现他时，后者已经避开了视线，轻轻伸手去摸王曼的小腹。

王曼低头看他，轻轻按在他的手上，两个人的手都放在孩子在的位置。王家并不像是周家那么家大业大，但也从来都过得平稳。她为周文川一退再退，却不懂为什么事情会越来越复杂……调查者们渐渐把调查的圈子缩小到他一个人身上。

偌大的周家，何止他一个人沾手不干净的生意？却只有他一个人泥足深陷……

病房门忽然被打开。

有个中年医生跑出来，指挥护士打电话给另外几个医生，表情非常严肃。所有在病房外的人都紧张地站起来，看着进出奔走的人。

从今天早晨到现在，已经有三次病危，这是第四次……

十几分钟后，周生辰忽然从病房里走出来，向梅行和时宜这里看了一眼。

时宜和梅行走过去,时宜轻轻握住周生辰的手,周生辰也反手握住她的手,说:"文幸想最后看你们一眼。"

　　她喉咙一涩,眼泪险些夺眶而出。

　　本来应该是无菌病房,但显然,后来进去的人已经不再要求套上消毒隔离服。他们穿过两道自动门,走进去。周生辰的母亲已经站不住,坐在病房的一侧,不断用手帕擦着眼泪。文幸躺在病床上,睁着眼睛,看着时宜和梅行。

　　他们两个走过去。

　　文幸先握住了时宜的手,在她手心里很艰难地写了几个字:手机,录音,听。

　　时宜颔首,回头对周生辰说:"给我文幸的手机。"

　　周生辰立刻走出去,不一会儿就拿进来一个袋子,从里边拿出手机,递给时宜。文幸看到时宜接过手机,就慢慢移开视线,去看梅行。

　　她已经没能力再说什么话,氧气罩里不停有淡淡的白雾喷出来。

　　很淡,连呼吸都很费力。

　　她就是看着梅行,眼睛一眨不眨地看着。

　　梅行蹲下身子,配合她的视线,让她看得舒服一些。

　　时宜不忍心再看下去,低头打开手机,戴上耳机。

　　录音存储文件里,有个文件就叫11。

　　她知道一定是这个,点开来,是文幸的声音:

　　"嫂子,抱歉。

　　我是个自私的人。如果我要死了,一定会把死前的时间都留给梅行。我要记住他,下辈子才能找到他。所以这段录音很早就准备好了,要送给你。

　　这段录音……我不知道从何说起。

　　我从小长在国外,和家里人并不算太熟,唯一对我好的只有两个哥哥。当然,对我最好的一定是大哥。但是,小时候我就有感觉,妈妈并不喜欢大哥。

　　后来慢慢长大了,我知道了一个秘密。"

　　录音里有文幸的笑声,略微停顿后,她继续说下去:

"但是这个秘密,我不能告诉你,我觉得每个知道这件事的人,都不会有好运,比如我,比如二哥。"

时宜听得很困惑。
但她感觉,文幸要说的重点在后边。

"我好像又说了很多没用的话,开始浪费时间了。
时宜,其实……我想对你说,非常非常的对不起。
你在乌镇住的那几天,我的二哥想要对你做不好的事情……我想,这件事大哥一定没对你说过,如果不是他事先有准备,可能你就会受到伤害。这件事发生后,有很多人都在第一时间知道了消息,但大家选择保持沉默。
这其中也包括我自己。我承认,我们家的人都很自私,都护内。
后来只有小仁在大哥回国前,去了乌镇……你知道,小仁在周家很特殊,他在那里陪着你,就不会有人再去靠近你们……我承认,我比不上小仁。

后来,你来我们家住。
我回来看病……后来……你落水,你中毒昏迷,这些都不是意外。
我不知道你能猜到多少,能靠近你的人,安排这一切都是为了什么?时宜,我多希望你能猜到,这样我的内疚就会少一些……
能让大哥无条件信任的人,只有我和梅行,对不对?
好像也不对。大哥他甚至怀疑过梅行……
时宜,你那么聪明,我说到现在,你应该猜到是谁了,对吗?"

时宜抬头看文幸。
她的录音就在耳边,可是她现在眼睛里,只有梅行。
或者只有这个时候,她才能肆无忌惮地,用这种方式让梅行陪着她。

"我……没有伤害你的本意,可我真的伤害了你很多次。
害你落水,我去救你。

害你中毒，我也让自己进行抢救。

　　我想用这样的方式，让大哥最在乎的两个人都受到伤害的方式，让他害怕失去你，害怕牵连我，让他放弃……这个家，离开这里。时宜，我是个很自私的人，最关键的时候我只能顾及自己的家人，我不想看到他们真的分出你死我活。

　　所以，我现在的一切结果，都是我自己造成的。

　　你信佛对不对，因果轮回，现世报应。

　　时宜，对不起。如果有下辈子，我一定会补偿你。"

　　录音就此结束。

　　时宜攥着手机，说不出心里是什么感觉。

　　很多她不知道的事情，都浮出水面，而这之后又有着很多的因缘纠葛。或许是当时落水窒息和腹部绞痛的痛苦已经过去了，也许是因为她知道死后，一定还有下一段的生命旅程，所以她并没有那么大的怨。

　　她脑子里有些空，不知道自己要想什么，只是很难过。

　　在压抑的安静里，眼泪毫无预兆地流下来，再也止不住。

　　文幸的眼睛轻轻地眨了一下。

　　看得太久，她累了。

　　眼睛很酸，很想闭上休息一会儿……

　　她似乎想要对梅行笑笑，只是不知道经过十几个小时的抢救，自己的脸是不是已经变得不能看了，是狼狈憔悴，还是面容可憎……

　　她轻轻动了动手。

　　梅行似乎明白她想要什么，将脸贴上她的脸。

　　他记得，她小时候坐在自己腿上，就喜欢这样贴着自己的脸，然后眨着眼睛笑。如果想要放她下去，她立刻就会捂着胸口说："不要放不要放，我会不高兴。我一不高兴就会心疼，哎哟，心疼了……"

　　孰真孰假，少女的情怀，变成如此深刻的感情。

　　文幸看他看到累极，毫无征兆地，闭上了眼睛……在令人窒息的安静里，梅行慢慢低下额头，压在了文幸的手心上。

　　时宜哭得难以自抑，抬起手，拼命咬住自己的手背，让自己不要发出哭声……

病房里监测生命迹象的仪器，静默宣告她离开了。

她真的说到做到，自私地，把最后所有的力气都留给了梅行。

始终未被允许进入病房的周文川站在病房外，看到所有人的反应，明白事情已经到了最坏的情况……他紧紧攥住拳头，瞬间红了眼眶，推开那些拦着自己的人。

进入第一道自动门。

可是第二道门始终紧闭着，他使劲拍玻璃，病房里的人都仿佛没有听到。最后他又狠狠砸了一下，周生辰终于回头看了他一眼。

很冷的目光，从未有过的。

周文川在一瞬间竟然觉得恐惧，就在他愣住的时候，周生辰已经让人打开门，走出来揪起他的衣领，把他拎到病房里，对着他的腿狠狠踹了一脚，同时卸了他暗藏在腰间的枪。

周文川"扑通"跪到地上，几秒后，黝黑的枪口已经顶住了他的后脑。

拿枪的是周生辰。

他一语不发，垂下眼眸，没有任何感情地看着周文川。

眼睛因为痛苦的情绪，已经红得吓人。

"周生辰……"周生辰的母亲惊呆了，扶着椅子站起来，"周生辰……你放下枪，我问过医生……那些药没有多大伤害，你弟弟也不想……"

王曼也扑身跪到周生辰脚下，抽泣得几乎要昏厥过去，不停磕头叫大少爷。

周生辰没有任何反应，手指扣在扳机上。

王曼忽然哭得没了声音，紧紧揪着周生辰的长裤，渐渐缩成一团，有大片的血从长裙下浸透过来，"大少爷……求你……"她痛得脸完全扭曲了，骤然的小产，是所有人都始料未及的。

周文川忽然就转身，紧紧抱住她，打横抱起来。

就这么顶着周生辰的枪口，站起来。

兄弟两个就这样相互对望着，眼睛同样的赤红。

"小辰……"周生辰的母亲紧紧揪着自己的胸口，眼泪"唰"地流了下来，"妈妈求你这一次，你不能让妈妈刚没了女儿，又要没有一个儿子……"

周生辰看了一眼病床，视线又移到时宜的身上。

她也看着他，心口怦怦直跳。她知道，周生辰现在的心情，包括之前周文川对自己做的那些事……包括文幸对自己做的事，他一定也都加诸在了周文川的身上。

时宜费力地呼吸着，眼睛一眨不眨地看着他。

"小辰……"周生辰的母亲脸色苍白地看着他，有些站不住，"妈妈求你，放下枪好不好……小辰……"

没有人敢说话。

周生辰整个人立在那里，和枪像是一体的，轻易就将室内的气压降到了最低点。他的眼睛，隔着薄薄的眼镜片，看不出任何感情波动。

周文川抱着王曼，自己的裤子也被血染了一片，"周生辰，你现在拿枪指着我，是为了文幸，还是为了你老婆？文幸走了，你终于能找我算账了？啊？"

周文川笑了两声，眼泪就下来了。

王曼紧紧咬着嘴唇，在他臂弯里痛得五官扭曲。

他紧紧抱着怀里的人，终于紧咬住牙关，一字一句地对他求饶："你放我去救王曼，我回来还你一条命，"他说着说着，忽然就跪下来，明明恨得想杀人，却还是跪在了周生辰面前，"大哥，我求你放我走……"

"小辰……"周生辰的母亲泣不成声，却不敢上前一步，唯恐周生辰做出什么事，"小辰……你弟弟给文幸吃的药，真的不是致死原因。还有时宜，时宜的事也和你弟弟没有关系……你听妈妈说，除了乌镇那一次，所有事情，都是妈妈安排的，完全和你弟弟没有任何关系……"

哽咽的恳求，还有王曼的痛苦呻吟。

时宜脑海中，反复都是文幸的那段录音。

所有一切的真相，都会被人知道，但不应该是这么爱着文幸的周生辰……

生死一瞬，只有弥漫不散的寂静。

周生辰在漫长的僵持后，终于缓慢地放下了手中的枪。

周文川没有任何停留，抱着王曼大步而出。

他和王曼都属于被监控的人，就在刑警的注视下，将王曼抱到推车上，立刻有医生上来，将车推进电梯，离开这个楼层。

电梯门关上后，周文川手臂都有些发软，俯身搂住王曼，有眼泪流下来，落到她的身上，"曼曼，谢谢你。过了这关，我们就还有机会……"

他边说着，脸已经埋在王曼的手臂上。

王曼痛得脸色青白，却还是紧紧抱住他。流产的药，是他亲自交给她的，她要在生死一线拿自己和孩子来赌，赌周生辰的于心不忍，哪怕自己微不足道，也可以押上最轻的那个砝码……如今佟佳人已经提出解除婚姻关系，周文川身边唯一能支持他的，只剩下了她一个。

王曼紧紧攥住他的手臂，让自己稍微减轻痛楚，渐渐陷入了昏迷。

……

周生辰的母亲颓然坐下来，轻声对床上的文幸说着话。

病房里太过让人窒息，大悲过后的大惊，让她有些承受不住。时宜删掉文幸的录音，把手机放在了窗边。走过去，安静地靠在了周生辰的身边。

林叔在病房外，有条不紊地安排着文幸的后事。

时间一点一滴过去，很快，也很慢。

当所有事都安排妥当后，文幸被带离医院，准备在镇江安葬。众人都离开医院时，已经是凌晨四点半。

黎明前最黑暗的时间。

周生辰的母亲留在医院里，陪着周文川和王曼，当他们走出医院大楼时，守在底下的刑警开始上前例行公事，询问登记每个人离开的去处。梅行始终一言不发，却在此时和他们发生了冲突，杜风拨开自己的人，上前说："抱歉，周生先生、梅先生，我们只需要了解各位的去向。例行公事而已。"

周生辰看了杜风一眼，林叔立刻上前，低声交涉。

他们的人，和周生辰几个人，只隔着一个林叔，却始终没有任何语言的交流。就在这种压抑的安静里，杜风身后忽然变得混乱起来。

时宜听到非常熟悉的声音，宏晓誉？

她听到的同时，杜风也听到了，立刻就转身拨开众人，边示意拉扯宏晓誉的人松开她，边对身边人低声嘱咐："每个离开的周家人，都要有一组人跟着——"

"啪"的一声响，彻底打碎了杜风的话。

宏晓誉一把推开身边杜风的同事，狠狠扇了杜风一巴掌。

所有人都愣住了。

"宏晓誉，你不要在这里胡闹——"杜风压抑着情绪，深深吸了一口气。

下一秒，宏晓誉竟然把手里的相机砸向他，"我去你妈的，杜风！"

离得太近，杜风来不及躲过，被相机狠狠砸中额头，瞬间就有血流下来。

宏晓誉也惊呆了。

眼泪夺眶而出，怔怔地看了他三秒，就冲向了时宜。

那些训练有素的刑警竟然被这种胡闹场面唬住，忘了拦住她。还没等时宜反应，她已经把时宜整个人都抱住。虽然带着哭腔，却还是抖着声音不停告诉她："时宜对不起，我不知道，我根本不知道，我来采访，我知道周家出事，知道有警察……时宜，时宜，我不知道他是警察，我不知道这个王八蛋要害你。时宜，你别怕，我从小就保护你。我不会让他对你怎么样的……"

时宜抱住她，不停地说："好了好了，没事没事。"

杜风的同事听到这一串话，终于明白了七八。可是也对这个突然闯出来的女人很无奈，明明是公事公办，却被这个女人把白的说成黑的。

害周家人？

他们自从调查周家开始，真算得上是举步维艰。好不容易有点儿进展，还碰上周家自己人出现问题，正是越搅越乱时，又冒出个完全不知道状况的女人……看起来还是头儿的女人……

有人让杜风去包扎，杜风只是匆忙摸出手帕，按住自己的伤口，"你们拉开那个女人！还有，登记完，让他们走，一组人负责监控。"

宏晓誉立刻就被两个人拽走。

杜风狠狠闭了下眼睛，擦去挡住视线的血，"周生先生，我们只是例行公事。"

周生辰终于开口："没关系，我会尽量配合你们。"

毕竟杜风重点监视的是周文川，所以很快就对他们放行了。时宜看着那些拉住宏晓誉的人，直觉杜风不会真的为难她，就先跟着周生辰离开了医院。

她怕牵连宏晓誉，匆匆给她发了个短信：

我没事，不要关心任何周家的事。忘记这件事，我会照顾好自己。

很快就关上了手机。

对于文幸的那段录音，周生辰只在文幸下葬的那天，问过她。

她没有告诉他真正的内容。

本来她以为，这一辈子她都不会有任何事情瞒着周生辰，一定对他知无不言。但是这件事，时宜还是决定瞒到底。不管周生辰对他母亲的话相信多少，他一定不会去怀疑已经离世的文幸，这就足够了。
　　她不想，反复去推敲一个已过世人的行为。
　　更不想，让周生辰尝到另外的一种难过。

　　下葬的那天，意外的秋高气爽，是个艳阳高照的好天气。
　　周家的墓地，就在曾经上香的那座寺庙的后山，很多先祖都埋葬在这里，时宜站在林立而不拥挤的坟墓间，远近都是周家的人，只有梅行一个外人。
　　没人阻拦梅行，每个经历过文幸最后时刻的人，都知道这是她最想见的人……

　　周生辰穿着黑色西装和衬衫，从头到尾没有其他颜色。时宜也是一身黑色的大衣和长裤，站在他身边。
　　深秋的后山，总会有风，卷起一层又一层的落叶，无休无止。
　　所有人都看着墓碑，默默出神。

　　文幸。
　　世间事，生死为大。
　　我不会记恨一个已经死去的人。死了，就和这辈子再没有关系了。
　　我不会再提起那些事情，让你做过的事情困扰你的哥哥。他很爱你，真的很爱你，我猜不到他如果知道了，会有多痛苦……如果真的想偿还我，就和我一起护佑他吧。

　　两个人从墓地回老宅，并没有坐车。
　　从山下一路向着山上走，约莫一个小时后，看到了熟悉的高耸着的石雕牌坊。
　　这里的树木更是高耸，落叶铺满了整条路。
　　没有浓密的树叶，阳光轻易就穿过那些高耸的树枝，落到地上，叠出影子。

　　"你妈妈说……过几天是你外婆的九十大寿，要在这里办。"
　　周生辰清淡地"嗯"了一声："外婆身体和精神都不太好，我们都没有把文幸的事情告诉她。"时宜颔首，表示自己明白他的意思。

"佟佳人也会来，"他想到什么，告诉她，"外婆很喜欢她。"

时宜再次点点头。

在来镇江之前，周生辰就已经告诉她，佟佳人已经在和周文川办离婚。

两人并没有太多的纠缠，离婚也是你情我愿，而且周文川对于自己和佟佳人的孩子并不执着，不知道是因为调查缠身，还是因为王曼的缘故，他很爽快地同意孩子生下来后让佟佳人抚养，并没有强行要来放在周家。

"你当初和她……"她欲言又止，也不知道自己想问什么。

佟佳人和周家的关系，错综复杂。

她和每个人似乎都有着那么一层关系。和周生辰两小无猜的婚约，和周文川的夫妻关系，和周生仁的血缘关系……

"我和她，就像我和你说过的那么简单。"

时宜笑："我知道。"

她相信周生辰的为人，如果真有过一段情，他也一定会告诉自己。

对于佟佳人主动放弃婚约，时宜多少也能猜到。

毕竟周生辰从十四岁进大学后，就始终对科研表现出热情。如果一家里有两个姐妹，一个喜欢掌管整个周家的叔父，一个喜欢有名无实的周生辰，那么这个家庭一定会选择拉拢那个已经掌握实权的叔父。

周生辰把外衣脱下来，搭在自己手臂上，感觉到她在看自己，"时宜。"

"嗯？"

"我一直对你很内疚，"周生辰忽然词穷，"或者说不只是内疚，我想和你说些真话。"

"嗯，你说。"

"你遇到我之后，曾有过很多危险，甚至都威胁到生命，"他轻轻嘘出一口气，"我的亲人，都多少做过伤害你的事情。比如，你遇到的那几次意外。"

时宜猜到，他要说的就是这些。

她保持着沉默。

周生辰或许真的是内疚，没有再继续深入说下去，反问她："怕过吗？"

她略微颔首。

最怕的是那场在异国的枪战，硝烟弥漫，是她从来没有面对过的场面。剩下的那些，她都被隔离在了真相之外。乌镇对她来说，是和周生辰拥有最美好回忆的地方，而第一次落水，谁都不会怀疑那是场阴谋……

只有最后一次，让周生辰带着她离开周家那次，她是真的害怕。

他不在她身边，她却觉得自己痛得能死过去。

……

"如果全部告诉你，你会发现，从你到周家的第一天起，这里就是全世界最可怕的地方。这里的人，每个都心怀鬼胎，每个人都有秘密……"

周生辰略微沉默，停下了脚步，转身面对她。

他比她高了很多，从这个角度去看自然是逆光的，他的眉眼，他的轮廓，都让她觉得很安心。即使是背对着阳光，却不会给人任何的阴霾感。

时宜在等他说下去。

周生辰却忽然想起，自己和她第一次名副其实的约会。

那天她不可思议地看着自己的样子，笑着绕了一圈，才非常赞叹地告诉他："你今天的样子，感觉上非常配你的名字。"

周生辰。

这个名字在她心里似乎非常完美。

他想起十年前在那艘船上，小仁在母亲死后，在他怀里哭了睡，睡了哭，始终都在说要报仇。后来小仁长大了，知道了事情的真相，知道自己的母亲只不过是因为内鬼身份，被家族查出后，怕面对残酷家法，而被迫选择了非常残忍的自杀方式……他不再提任何报仇的事情，除了有些内向之外，似乎早就忘记了自己母亲的事情。

因为小仁懂得了一个道理：

周家的人，很难被外人要了性命。真正能威胁到他们的，只有自己的亲人。

周生辰。

这个名字并没有什么美感，只代表了各种危险。

"周家的事，我一直不想说得太明白，是因为……"

山路的尽头，忽然有落叶扬起来。

他停住话。

两人的视线里出现二十几个人，非常有序地分成两路，由山顶往下边走边清扫着落叶，都是周家的人。

他们看到周生辰和时宜，很快就停下来，唤了句大少爷、时宜小姐。

周生辰示意他们继续扫落叶，很快就有辆车从转弯的地方开下来，车停在身边，探头出来的是先他们一步上山的小仁。

"我到了一个多小时,你们竟还在这里,"他莫名地从上至下看了看时宜,悠悠叹口气,"姐姐穿着高跟鞋,从山下走上来很累吧?"

小男孩儿自嘴角扬起一个弧度,说自己下山有事情,很快就离开了。

车从视线里消失,周生辰这才低头看她,"累吗?"

"有一点儿。"时宜老实交代。

他略弯腰,勾住她的腿和身子,横抱起她。

她看了看身边,低声说:"快到了,我自己走吧?"

四周扫落叶的人,完全把两个人当了空气,没有任何人敢侧目看一眼。只有哗哗清扫的声音,这种安静,更让她觉得有些不好意思……

他倒是不以为意,已经开始往山上走。

"周生辰?"她靠在他身上,抬头看他。

"嗯?"

"你刚才的话……还没说完,"她倒还记得,"为什么,你一直不肯对我说实话?"

"你猜不到?"

"猜不到。"

"如果告诉你,某间旅店经常会有鬼出没,你会入住吗?"

"不会……我怕鬼。"

"我也怕,"他略停顿,告诉她,"我怕如果你知道这里到处是鬼,会选择离开。"

他说,他会害怕。

而且怕的是,她会离开。

这是他第一次说自己会害怕什么。

除了文幸的事,他会让自己置身其中,余下的那些人和事,他都更像是个旁观者,始终保持着应有的理智、态度和价值观。

甚至对文幸的死,他最后还是保留了自己的价值观。

她相信,那天让他放下枪的,不是别人的劝解,而是他自己的内心。他终究和周家人不同,不会自己任性地宣判罪名,定夺任何人的生死。

山路蜿蜒,几个转弯后,那些清扫落叶的人,就已经看不到了。

她的手勾住他的脖颈，抬起头来。

他停住脚步，低头看她，"怎么了？"

"如果现在吻你，你抱得动我吗？"她轻声问。

他有些意外，旋即声音轻下来："没问题。"

周生辰稍微调整手臂力度，把她的身子抱高了一些。

他感觉到她想要主动，便任由她凑上来。时宜闭着眼睛，像猫一样慢慢地舔着他的嘴角、嘴唇，然后深入，和他吻在一起。

情至深处，最怕失去。

怕无端情淡，怕生离，更怕死别。

她记得，她曾经也很怕，甚至在两个人有夫妻名分后，都会怕他忽然离开自己。然，君子一诺，重若千金，他从那个求婚的电话起，就始终谨守承诺。

接受她，熟悉她，了解她，爱护她。

而她对他，就如棋局：无论生死，落子无悔。

两个人到老宅时，正是下午三点，一天中日光最好的时候。

他们到自己住的院子里，非常意外地看到厅里坐着叔父和周生辰的母亲，还有家里的几位长辈，自从时宜和周生辰订婚以来，这还是初次直面周生辰的叔父。

这位周家现任掌舵人，两鬓头发雪白，却精神矍铄。

周生辰的母亲仍旧是精致装扮，也是刚从墓地回到周家，仍旧穿着黑旗袍，眼神暗淡。

"时宜小姐，"周生辰叔父对时宜微微颔首，"你好。"

时宜应声，礼貌地颔首说："你好。"

简单的招呼，如同一个表态，他接受时宜的身份，同样也会和平交出自己的权柄。

所有在座的长辈都笑起来，纷纷对时宜嘘寒问暖，像是寻常长辈般慈爱地看着她。毕竟所有人都知道，很快，周生辰就将是周家做主的人，而这位看起来善良无害的女孩子，也将接手周生辰母亲手中所有的生意。

对于如此一个家族来说，没有什么比和平过渡更让人欣慰的了。

毕竟这数月来，周生这个姓氏太过动荡，如今的结果，是众人期望很久的。

周生辰似乎并不喜欢她应酬周家人，示意她可以先上楼。

时宜独自上楼后，坐在最喜欢坐的书房，翻看上次来时从藏书楼里拿的书，书签的位置都没有变，甚至连书摆放的位置也没变。

她手翻着书，就有两个女孩子分别端着茶和香炉上了楼。

香炉里已有香粉，用香印压成了梅花形，放在香几上，这才点燃了。

楼下隐约有谈话的声音，但是很快就消失了，看来并没有什么正经事。时宜听到周生辰的母亲和他说了一句话："小辰，我只有一个要求，善待你弟弟。"

时宜没有听到周生辰的答案。

很快他就从楼梯走上来。她斜靠在沙发上，听着他不紧不慢的脚步声，直到他慢慢地出现在视线里，才低声问他："都走了？"

"走了，"他问，"要不要先睡一会儿？"

"现在？"她想了想，"我不太累。"

主要是他选的是伽蓝香，本就有醒神的功效。

"我好像从没见你喜欢这个，"她有些出神，问他，"怎么今天忽然有兴致了？"

"是梅行的建议。"

"梅行？"这个答案很意外。

他思考着，如何给她解释这个问题："狗是非常敏感的动物，在国外曾经有几个病例，都是有人得了癌症，自己并未发现，却忽然被家中狗发疯咬伤后，就医检查出了自己的癌症，"他笑，"我只是几次见你遇到狗吠，联想到这些，所以翻了翻你最近体检的记录，但发现你身体很健康。"

时宜听得忍俊不禁："我的大科学家，你还真是小心。所以呢？和沉香有什么关系？"

"然后，偶然和梅行提到这件事，他用他的异教邪说，成功影响了我。"

"异教邪说？"

周生辰笑，"他说，或许还有另外一种情况，狗能看到一些普通人看不到的东西，比如特殊的魂魄，而沉香蕴含灵气，能感应鬼神、拂污秽，或许会对你比较好。"

时宜有些不可思议地看着她。

他笑："怎么？"

伽蓝香。

千年才得，是沉香里的上品，过去皇室常用。

她隐约记得，那时小南辰王府里的伽蓝香，周生辰都会送到她那里，却又唯恐香气太浓郁，只准许用在她住的院子里，而非房内。

他曾对她的宠爱，都在点滴。

"就为了狗对我叫，你们两个男人真的就从现代科学理论，讨论到了古代神鬼魂魄，"时宜双手搭在周生辰的肩膀上，"而且，你竟然会相信这些……"

"是，"他看着她的眼睛说，"我相信了。"

第十七章 月光照故里

点点滴滴，他所做的一切都在慢慢浸透她的生活。

不管前世今生，周生辰始终都没有变过，不谈情不言爱，却能让她知道，他在乎她。

接下来的几日，周生辰一如既往地忙碌。到外婆九十大寿的前一日，他略微清闲，回到他们住的院子。还未来得及换衣服，时宜就像是想起什么似的忽然问："你累吗？"

"不是很累。"

"我们去藏书楼好不好？"

"藏书楼？"

"嗯，"时宜从沙发上站起身，"还有……能不能让人准备一些笔墨，不要研磨的那种，就大桶的墨汁好了。"

周生辰觉得有趣，很快吩咐人去准备。

两个人换了衣服，来到藏书楼。这里平日并没有人来，现在也只有他们两个，时宜要的东西已经准备好，放在了书架旁。她走上来，手搭在楼梯尽头的木雕扶手上，透过三米高的书架缝隙，去看那面挂着字画的墙壁，似乎在思考什么。

周生辰倒也不急着打扰她，走过去，随手从最近的书架上，拿了一册书。

他翻看着书,和整个空间融为了一体。

时宜的视线,从墙和三米高的书架移到他的身上,天蓝色长裤和白衬衫,戴着一副银色金属框架的眼镜,西装上衣被他随手搭在了书架旁的木梯上。

已近黄昏,这书楼里的灯都早早被点燃了。

窗外夕阳余晖,明亮的灯火,还有他,在她眼中就如同一幅水墨图。背景浅淡,而至人影,笔锋由淡转浓……时宜走过去,从身后抱住他的腰,脸贴在他身上。

他一只手覆在她的手上,"想好要怎么写了?"

"嗯。"

"这书楼都过百年了,"他笑,"你还是第一个想要在墙上留墨宝的人。"

"你怎么知道我想在墙上写字?"

他不置可否。

好吧,她意图很明显。

这里果然是一尘不染,即便从墙上取了字画,仍旧没有明显的久挂印记。时宜从备好的笔架上挑了笔,站在三层木质扶梯上,一字一句,写下烂熟于心的《上林赋》。盛墨的小桶被挂在扶梯一角,随着她不时调整的姿势,微微晃动着。

她写得专心,周生辰也安静陪着。

洋洋洒洒写下来,堪堪停在了那句话。

"忘记了?"周生辰神色有趣,温声问她。

她抿起嘴唇,转过头来,看他。

他笑了笑:"后半句是:色授魂与,心愉于侧。"

她神情有一瞬的恍惚,有什么叠加了,重合了,让她再难静心写下去。她从扶梯上跳下来,把笔放在架子上。

"怎么不写了?"周生辰靠在窗边,看着窗外的夜色。

不知不觉天已全黑,这里能望见大半个老宅,灯火通明,已经开始有老人家九十大寿的氛围。周家极看重这些,自然早就筹备好,今晚就开了彻夜老戏。

三天三夜,明天就是寿宴。

藏书楼虽然位置偏僻,但也隐约能听到一些声音。

他在思考,要不要先让人送饭来,时宜已经悄无声息灭了所有的灯,走过来。她的手,从他的腰滑到胸口,然后手指停在了他衬衫的第二粒纽扣上。

手心有些热,她的身体也有些烫,贴上他。

嘴唇也贴到他的皮肤上。

她想要他。

"时宜?"

"嗯。"她轻轻咬住他的锁骨,并不重的力度,如同猫狗轻舔掌心的痒。

周生辰随手把窗关上,他环住她,让她靠在上边,"这里有些冷。"

"嗯。"她抽出他衬衫下摆,手滑到他衣服里。

真是冷,冷的是她的手,热的是他的身体。

他的手也有些冷,怕冰到时宜,只是隔着她的上衣,覆在她胸口。很快就摸到她的下巴,抬起她的头,低头,去吻她。

四周静悄悄,黑漆漆的。

关了窗,就只能看到他的眼睛和脸的轮廓。

她轻轻呼吸着,感觉他的手,隔着衣衫,在她身上流连。

起初是她主动,到后来却开始不受她的控制。周生辰一边解她的衣裳,一边分神听整个楼内的动静,她衣衫半褪,他把自己的上衣垫在她身下,两个人的身体就已经贴合在一起。时宜咬着下唇,闭着眼睛,后背贴在窗上,紧紧搂着他。

他的鼻尖擦过她的下巴、锁骨。

手臂环住她,让她的衬衫不致全掉落。

她和他亲吻,又分开。

遥远的喧闹声,都被一扇窗隔开。

"浮生若梦,为欢几何?"他的声音,压在她耳边,"独有时宜,为我所求……"

她身子酸软,靠在他身上,温柔地和他亲吻着。

前朝旧梦,她一笔笔封在了纸笔下。

此生此地,此时此刻,她辗转承欢,尽心爱着的是他,是眼前的这个人。

……

两个人收整好衣衫,下了楼。周生辰将褶皱的上衣搭在自己手臂上,并没有任何多余的表现,正经得像是一直在楼上看书而已……但灯灭了那么久,楼下人又岂会不知他们在做什么,却也和他一样,镇定自若。

唯有时宜,眼睛湿润润的,目光有些闪烁。

他带她去昼夜不息的私人会所。入口的回廊上,都是龙飞凤舞的诗词,时宜能认出不少是他喜好的那种"淫诗艳曲",忍不住笑。

周生辰自然知道她笑的是什么,略微屈指,弹了弹她的额头。

两个人往深入走。

整个空间都被一道道垂下的珠帘分隔开,珠帘里,影影绰绰的都是人。

珠帘外,只有几十个招待的女孩子,端着酒水和薰香,到处穿走。

都是前来祝寿的内外姓的亲朋好友,大家也早在前些日子就有所耳闻,这位大少爷很快就会接手周家,所以往来寒暄,都很是尊敬。他穿行而过,时宜也跟在他身边,看这从未见过的场面。

也难怪周文川虎视眈眈这个位子,身为周家二少爷,他所缺的绝不是钱财,而是……如此风景,如此身份。

周生辰只闲走了一个过场,便和她回到自己的院子。

她真是累了,趴在窗边的卧榻上,懒懒地看着他换衣服。他侧身对着她,隐约能看到腰上刚刚被她抓出的两道痕迹,时宜瞬间就红了脸,去看窗外。

脸贴着软绵的狐皮,很快上下眼皮就有些贴合。

困意上涌。

腰上有温热,他手环过来,俯了身子看她,"困了?"

"嗯。"

耳鬓厮磨,她却想起来,墙壁上的字还没有抄写完,恰好就停在了那一句,莫名就有些心神不宁。周生辰察觉了,她这才告诉他原委,他倒是不以为意,"等明天晚上,我再陪你去一次。"

"好……"

"时宜?"他仔细思考,"你想不想要孩子?"

"想。"要个他的孩子,估计她天天抱着都不舍得放下来。

他沉吟片刻:"要几个?"

"啊?"这个……时宜微窘。

"想要男孩儿还是女孩儿?"他继续问。

"这个还能选的吗……"

他笑了声,不置可否。

她已经睁不开眼了。

他替她脱下长裙,盖上毯子。

时宜仍旧趴在那里，迷迷糊糊地，感觉他的手在毯子下，从她的腰滑到大腿、小腿，然后是脚踝、脚。她觉得痒，却躲不开，最后他松开，侧躺在她身边。

手在她身上，慢悠悠地抚摸着。

她在困意中，又被他撩拨得有些浮躁，微微动着身子，"困……"

"睡吧。"

"……你这样，我睡不着。"

他低声说："等你睡熟了，我再……"

声音诱人……

她磨不过他，只能由着他继续。

到半夜，开始下雨。

雨不小，敲打着窗户。

她被吵醒，发觉两个人身上只有一层毯子，有些凉。她反手摸摸他的后背，竟然被他随便扯了衣服，半遮住了。估计是睡着前怕她着凉，把大部分的毯子都用来裹着她，自己乏了，也懒得去床上，就摸了衣服遮住了事。

大多数时候，他真的不是个太讲究的人，很随意。

身上这么凉了，难道都不觉得冷？

时宜用手轻轻暖着他的腰，轻声叫他。

迷糊着，他应了声，然后似乎让自己清醒了会儿，才喑哑着声音问："冻醒了？"

"嗯。"

"刚才看你睡着，就没叫醒你。"他光着身子把她连人带毯子抱到床上，扯过锦被盖住两人后，又把她抱在怀里，很快就沉沉睡去。

她把温热的手心，覆在他冰凉的后腰上，轻轻摩挲着。

慢慢地，也就睡着了。

寿宴当晚，外婆被接到老宅。

老人家喜欢听戏，老宅里长久未用过的戏楼都开了。

灯光摇曳。

他们到时，戏院已坐满。一楼大堂是三位一桌，分散着三四十桌，仰头看上去，能看见二楼和三楼的珠帘，其后影影绰绰，却不分明。

如此景象，竟如旧时。

在座无论老少，男人无一例外都穿了中式的服装，女人皆是旗袍加身。一楼大多是比周生辰辈分小的人，都纷纷起身，周生辰只是微笑颔首，并未顿步。

时宜竟然意外地，看到大厅角落坐着杜风和两个男人。

周生辰察觉到她的异样，也看了一眼，"他们需要寸步不离地监控周文川。"

她犹豫着，问他："杜风的真实身份，你是不是早就知道？"

他颔首，"从他出现在你朋友身边，我就已经知道。"

"周文川……"她想问，他想如何做。

他了然，简单告诉她："在正式指控前，我会给他安排好去处，只是不能再离开那里，否则谁也保不住他。这样，对他，对所有人都是最好的结果。"

两人沿着楼梯，已经走到二楼。

这层倒是老辈居多，他和她这才略顿了脚步，停下轻声地交流，和长辈们一一招呼。这些长辈在她初次来老宅时，也曾匆匆见过，只不过此时彼时已全然不同。

底下当真是热闹，倒显得三楼安静。

敞开的空间里，除了端茶送水的女孩子，也不过寥寥数人，都是周生辰的同辈人。

甚至如此大事，周生辰的叔父都没有露面。

周家，在悄无声息地交接着所有的家业，前任隐退的速度，出乎意料地快。

时宜不知道周生辰是如何在盘根错节的关系中，从掌权多年的叔父手中接过周家……但她想，他既然能以周生的姓氏降生，到三十岁都没有遭遇任何"意外身亡"，足以说明，他是个合格的继承人。

外婆早早坐在珠帘后等着看戏。

老人家身边陪着的是周生辰的母亲和佟佳人，两个人陪着老人家低声笑着，说着一些闲话。如此其乐融融的氛围，完全看不出佟佳人和周文川已无关系。

单看此景，佟佳人更像是最贤惠懂事的外孙媳妇，深得老太太的喜爱。

他们到时，几个往来奉茶的女孩子，都唤了声大少爷。

老人家听到了，自然就回头来，自珠帘后向时宜招手，"时宜啊，来。"

周生辰微笑，示意她过去。

时宜忙穿过那道帘子，在老人家面前蹲下来。

"你坐这里好了,"佟佳人托着自己隆起的腹部,低声说,"这里空气不太好,我想去楼外走走。"她边说,边笑着站起身子。

她虽没说什么,但大家都明白今日一别,佟佳人和周家再无关系。

时宜在珠帘后,只看到佟佳人最后让个小姑娘扶着,和周文川擦肩而过,两个人甚至连目光都没有交汇过……

珠帘后的那些人,一举一动,一颦一笑,都像是一场场事先编排好的戏。和睦、温情,如同从未有过钩心斗角、你死我活;如同文幸当真只是出国疗养,赶不及来贺寿;如同佟佳人仍旧和周文川夫妻和睦……

唯一特殊的是,周文川身边跟着两个人,看起来,似乎只是二少爷的随从,但明显是要限制他行动的自由。为了让外婆不察觉什么,周文川应当出现,或许,这也是他最后一次因为需要而出现。

时宜略微出神,看周生辰在小仁面前落座。

他闲闲地捻起一枚白子,夹在两指间,小仁低声喊了声大哥,他笑了笑。

"坐啊,时宜。"

外婆轻握住她的手,把她的注意力拉了回来。

她摇头,"不用,外婆,这样就好。"她如此半蹲着,刚好适合和老人家说话,老人家微微笑:"你和文幸似的,和我这老人家说话,总喜欢蹲在我面前,"她说着,还轻轻拍了拍自己的膝盖,"她小时候,还喜欢趴在这里……"

时宜也微笑,"嗯"了一声。

楼下渐渐安静下来,戏开了场。

时宜不太听得懂,倒觉得新鲜,只觉得这戏剧的伴奏清新悦耳,唱腔婉转。外婆倒是好兴致,听到妙处,少不了夸赞一句,清曲功底如何的好。

她应着声,不时去看一眼珠帘后的周生辰。

他时不时会微笑,提点小仁。

这感觉,有些熟悉。

就像他曾经对文幸的宠溺。

一场戏结束,外婆称赞连连。

她轻轻呼出口气,发觉腿有些麻了。

"看你啊,总是看外边,"外婆笑着,低声说,"陪我这老太太看整场戏,真

264

是难为你了，出去透透气吧。"老人家轻轻拍着她的手，视线落在那串十八子念珠上，略微地出神后，轻叹口气："周家正统，你才是名副其实的长房长媳，幸好啊……幸好……"

外婆似乎沉浸在自己的世界。

说着的，是她听不太懂的话。

她听得模糊，欲要深想，周生辰的母亲已经按住她的手，"时宜，外婆要休息了。"

声音淡淡的，甚至有些冷。

她颔首，"好。"

她站起身，因为腿有些麻，便停在珠帘后，略微顿了几秒。

"母亲，"周文川走到珠帘外，低声说，"我想和外婆说几句话。"

周生辰的母亲似乎不觉得什么，淡淡地应了声。

这里空间并不大，看戏所用。

只容得下四张木椅，二少爷掀开珠帘进来，跟着的两个人自然无处可去，就在珠帘外候着，当真是寸步不离……

她想要回避开周文川，起身去掀珠帘。

这一瞬间，就被握住了手腕。

周生辰猛地站起身，却堪堪停住。

他看见，一把明晃晃的刀抵在了时宜的后心。

周文川早被卸了枪，这刀，是如何拿到的？他已无暇去想。

周文川低声笑，如同耳语："大嫂。"

时宜僵住身子。

两个人挨得近。

她能听到自己骤然急促的心跳，还有周文川略微紊乱的呼吸声……

背对着他们的周母，很快就察觉异样，回过头来，看到刀，"小川……"

周文川却抢先一步，无声地用口型对母亲说：我现在，是您唯一的儿子。

他微笑，周母却慢慢地蹙起眉，"你不可以……"

"我可以。"周文川不置可否。

"小仁，外婆累了，"周生辰开了口，却是对着身边早就眼眸冰冷、紧紧盯着周文川的小仁，"你陪着外婆一起下楼。"

他明白，周文川既然如此，就是做了最后一搏。

他说完，轻轻在小仁的肩膀上，拍了拍。

小仁终究忍住，沉默走到珠帘后，弯腰说："外婆，我们回去休息吧？"

"啊……小仁啊，"外婆笑呵呵地说，"好啊好啊……休息……"

老人家似乎也真是累了，慢慢从椅子上站起来，颤颤巍巍地任由周母和小仁搀扶起来，慢悠悠地走到楼梯口。那里早就有人等着，小心翼翼背起老人家，下楼。

这一层里，安静得吓人。

只有楼下有人在丝竹声中，闲聊着。

老人家的一举一动，都像是慢放的电影。

直到离去，她都没察觉，自己身后的人早已悄无声息地举枪，上膛，瞄准了周文川。

周文川倒是不以为意。

刀从时宜后心滑上来，抵住她的脖颈，"麻烦大哥，把你的枪给我。"

周文川笑吟吟看着周生辰。

在所有无关的人离开后，周生辰一言不发，把身上的枪拿出来，扔到珠帘后。"啪"的一声，枪落在了周文川的脚下，他轻易用脚一勾，枪被踢上来，落到他空着的右手里。

周文川没有耽搁，拿到枪，很快上膛，直接瞄准了周生辰。

"还想要什么？"周生辰双眸深沉，看着他。

周文川笑了声："想要你死。"

"然后，你接手周家？"

周生辰慢慢说着。

挥手示意，所有人都不要有任何动作。

甚至为了让周文川不为难时宜，他所有要害都完全暴露，对着周文川的枪口。

"这周家，只有你和她是外人，"周文川的声音，近在咫尺，有着让人不寒而栗的嘲讽，"我是小仁的亲哥哥，是母亲唯一的儿子。你死，就是我活。"

惊人而疯狂的言论。

所有秘密都不再是隐秘。

周生辰是父亲唯一的骨肉。周母作为他的"生母"，在他真正的母亲死后，抚养了他近三十年，作为回报。他在知道这对弟妹不可告人的身世后，保持了沉默。

可惜，人情冷暖。

他在周家，能感受到的，永远是冷甚于暖。

"放了她。"

"周生辰，"周文川打断他，"不要躲，如果你躲，她就死。向着我走过来。"

周文川知道，自己可以现在就开枪。

但是他不相信，他怕自己射偏，更怕周生辰真的会在生死瞬间，躲开他的子弹。

他需要周生辰走近。

近到躲都没得躲，才是万无一失。

"管好你的刀，"周生辰说，"她死，你也一定会死，我死，你或许还有活着的机会。"他毫不犹豫，走向微微晃动的珠帘。

"无论发生什么，不许开枪。"他告诉所有人。

越来越近。

只有十步之遥，避无可避的距离，一枪就可以正中要害。

楼下忽然爆出喝彩声，台上的戏渐入高潮。

没人注意到三层的这场大戏。

所有人能看到的，只是低矮的围栏前，二少爷的一个背影。

时宜听着周生辰的声音，拼命想要出声。

大滴的眼泪涌出来，却被刀柄狠狠压住咽喉，丧失了语言能力。

"时宜，不要说话。"

周生辰低声说道，有着安抚的力量。

却蒙着水雾，听不分明……她已经濒临窒息。大片的白光从眼前划过，刀柄的按压，让她完全哑住，只有眼泪止不住地流着。她不知道他是否已走近，是否已经避不开周文川的枪……绝望的情绪，自内心最深处蔓延开来。

忽然，一声扣动扳机的轻响。

她一瞬间恐惧到了极点，猛地握住周文川的手臂，把他整个人撞向围栏。

她要他活。

哪怕自己死。

紧接着，又有两声枪响。

措手不及的力度，周文川失去重心，和时宜一起摔下围栏。

谁也不知道当时三楼到底发生了什么，只听到枪响，看到二少爷和大少奶奶坠下高楼，砸碎了整张桌椅。不论是台上台下，还有二楼，都瞬间静下来。

幸好有林叔在楼下守着，马上就上前，看时宜和周文川。

"林叔，"周生仁从一楼的东南角走出来，十几岁的男孩子，脸上却比别人都要镇静得多，"你去楼上，楼下的事交给我。"

他没有说楼上发生了什么。

他不知道周文川是否开了枪。

但他真实地听到了两声枪响……他的视线落在杜风身上，没想到关键时刻，竟然是外人出了手。

整个周家乱了套。

不管是同时进行抢救治疗的周生辰、时宜，还是已经确认死亡的周文川。所有变故都太突然，整个老宅的彻夜通明，再不是为了寿宴，而是这一连串的意外。

所有人，包括周母、叔父周生行，甚至是周生仁，都不被允许靠近抢救的人。

叔父终于在后半夜出现，匆匆让人料理了周文川的后事，让身边的心腹将周母带回了山下的大宅子。周母的眼神已经完全涣散，不停流着眼泪。

车子里，周生仁就坐在前座。

周生行关上隔音玻璃，重重叹了口气："婉娘，我不知该如何劝你。"

周母双眼尽红，缓缓扭过头看他，"我的孩子，我的两个孩子……如果你肯帮文川，他就不会这么拼命一搏……"

"周生辰会在十年后把周家交给小仁，这就是最好的结局。"

"文川也是你儿子，"周母哽咽得说不下去，"他也是你儿子……"

周生行微微闭合双眼，不再去看周母，"就算所有人都知道了文幸、文川的身世，我也不能承认。你在周家这么多年，还不懂吗？就像大哥他多么不甘心，也要娶你进周家，就是为了给他第一个儿子，最爱的那个儿子一个名正言顺的母亲，因为只有你配得上。"

那年，婉娘带着"未婚先孕"的传闻嫁入周家，只为给周生辰这个早产又丧母的大少爷一个母亲。他和婉娘年少相识，却不得不为周家放弃。可朝夕相对，终究情难自已，有了这对不该有的孪生兄妹……

因果循环。

没有当日因，何来今日果？

若不是他为周家清理内鬼，亲自命人在十年前的游轮上追杀小仁的母亲，她又怎会自杀？

若能在十年后将周家交给小仁，也算是补偿。

这一生谁无过错，又如何偿还得清，所有的人情亏欠？

周生辰在深夜醒来。

他中枪的位置并非要害，而是手臂，或者说原本是要害，子弹却因时宜的阻挡而偏了。身边有人给他做着检查。

周生辰要起身，所有医生都慌了，却又不敢劝说他。

林叔忙走上前，周生辰用好的那只手臂，撑起自己的身体，"时宜在哪里？"

林叔略微沉默。

"时宜在哪里？！"他一把抓住林叔的手臂。

伤口瞬间爆裂，有血慢慢从纱布里渗出来。

"时宜小姐……一直没有醒。"

他手指紧扣住林叔，紧紧闭了闭眼睛，掀开身上的白色棉被，下床。有医生要上前阻止，被林叔挥手挡下来。他推开门，带着周生辰走向时宜的房间，为了防止再有意外，所有医护人员都被安排在这里，她的房间已成了病房。

他走到门口，竟然就止步了。

手臂的疼痛，远不及蚀心入骨的恐惧和痛苦。

一而再，再而三。

他护不住她。

他撑在门上的手，渐渐握成拳，有温热的眼泪夺眶而出。

林叔和走廊上的人都不敢出声，就看着他慢慢将头压在自己的手臂上。长久的，就这样隔着一道门，紧紧靠着门，却不敢入内。

忽然，房间里有人说了话：

"她手指是不是动了……"

周生辰猛推开门，里边的医生都停住，回头看向他。

而他，只是看着床上躺着的人。

心电诊断装置的跳跃……非常平稳，慢慢地消融着他血脉中蔓延的恐惧感。

他记得她说过的每句话，是那些话慢慢地渗入他的心，如今说话的人，在睡着，却像是随时都会醒过来，和他说话。

她对他，像是永远都小心翼翼，唯恐失去……

……

"等等我，我需要和你说句话……"

"我一直很好奇，研究所是什么样子，方便带我看看吗……"

"你相信前世吗？我或许能看到你的前世……"

"你今天的样子，感觉上非常配你的名字。周生辰，给人的感觉，应该就是这个样子。"

"有好感……就订婚吗？"

"你妈妈……喜欢女孩子穿什么？"

"到我家坐坐？我想……给你泡杯驱寒的药。"

"我不知道……你习不习惯吃这个，挺好吃的。"

"为什么你会做科研，真的是因为不知道做什么，才随便选择的吗？"

"柳公权的字，太过严谨，会不会不适宜订婚的请柬……"

"那戴完戒指……需要吻未婚妻吗？"

"只要你让我和你在一起，我会无条件相信你……"

"我累了……你拉着我走，好不好？"

"周生辰……你和太太睡在一张床上，很为难吗？"

"对不起……我真的从没遇到过枪战……"

"所以……我不会配不上你，对不对？"

"除了怕我有事，有没有一些原因，是因为……想我了？"

"如果我先死了，就委屈你一段时间，下辈子……我再补偿你。"

……

"你肯定想错了，周生辰，想错了我的意思。

我想的是，既然人生无常，就不要耽搁了。等到你把要做的事情做完，就放下这里的所有，以后你只需要每天去研究你的金星，余下的都交给我。以后有我，周生辰，我就是你的倚靠，你的亲人。"

有阳光，隔着白色窗帘，照进来。
在时宜身上留下斑驳的光影。
她看上去并没有任何痛苦，只是闭着眼睛，像是每次他凌晨四五点醒来，她躺在他身边的样子。从不为俗世烦恼，连睡着，都是这么安然。
她安静地，就这么躺着。

谁也不知道，她在一场怎样的梦里，能睡得如此宁静。
连周生辰也不知道。

***

"十一，一会儿走上高台的，就是你以后的师父哦。"三哥哥抱着她，她被裹得严严实实的，只有一双眼睛露在外边，微微动了动身子，有些激动。
那双亮晶晶的眼睛，只是望着城外。

从这里，只能看到天边有晨光，慢慢渗入黑暗中，融成了青白色。
城下的高台上，空无一人，却有数面大旗在狂风下，翻卷在一起，已不见字。
她觉得手冷，却只能继续扣住城墙，否则三哥哥也抱不住她……若不是这个师父的传闻太多，她怎么都不会随着三哥哥只带了四名随从偷跑出来，只为看看这个三日后就能见到的小南辰王。
周生辰。
听起来儒雅清贵，仿佛饱读诗书。
他应该是书房中，长身而立、眉目清润的王爷。
而非……
这城门外的数十万大军，都风尘加身，静默地立着，远看上去仿佛一片死寂。自远处有数匹马前来，看不清为首男人的面貌，只看得出那身白色，着实晃人眼。
"来了来了，十一，"三哥哥哎哟了声，"小丫头别乱动。"
马上人行至高台前，骤然勒马。

几声嘶鸣中，为首的男人跳下马，一步步走上了那空无一人的高台。

长夜破晓，三军齐出。狼烟为景，黄沙袭天。

他立于高台，素手一挥，七十万将士铿然跪于身前，齐声喊王。那冲天的声响穿破黄沙，透过所有的雾霭，传入她的耳膜……有人用手捂住她的耳朵。

这就是真正的周生辰，家臣上千，手握七十万大军的小南辰王。

是色授魂与，还是情迷心窍？

六七岁的她，并不懂得这些，只是被眼前所见震慑。双手紧紧扣住城墙青砖，心跳若擂。

很快，天就彻底大亮。

清河崔氏的小公子，自然知道此处不能常留，看时辰差不多了，拉着十一的小手，从城墙的另一侧走下去。十一人小，步子也小，又因着不愿离开，自然走得更慢。

"哎哟，我的小祖宗，"三哥哥都带了哭腔，一把抱起她，"你哥哥我才十二岁啊，你都快七岁了，竟然还要我抱着到处走……"

她搂住哥哥脖子，用脸蹭了蹭，微微地笑了。

"……"三哥最疼这个妹妹，看她如此模样，心都酥了。

也不再抱怨，抱着她三步并着两步地，往外走。清河崔氏嫡出算来算去，就十一这么个女孩儿，又早早定了太子妃的身份，当真是金贵得很，比他这个妾生的可要紧多了。

这要是被爹发现他们偷溜出来，保不准又是一顿家法。

三哥走得急，十一怕他被风吹冷了，还不住拿手去拉扯他的袍袂。

两人在四个护卫的围拢下，顺利下了城墙，还没走出两步，就被人喝止了……

十一吓了一跳，眨着眼睛看三哥。

"不怕，有三哥。"三哥拍拍她后背。

有十几匹马近前，仍旧在轻轻喷着鼻息，历经沙场的战马，也当真自带着煞气。

她紧抓着三哥的衣襟，仰头去看马上的人。在两人身后的那个人，手握缰绳，背对着日光，略微仔细地看他们两个半大的孩子。

那一双漆黑清润的眸子，越过四个护卫，悄无声息地望进了她的眼睛里。
十一小心翼翼地回望着他，四周好静……静得只有她自己的心跳。

醉卧白骨滩，放意且狂歌，一匹马，一壶酒，世上如王有几人？
若非我，你本该是那个高高在上的王。
浮生若梦，为欢几何？
倘知因果，你可曾后悔收我为徒……

尾声

浮生若梦,为欢几何

雨水淅淅沥沥的,把西安弄得如同烟雨江南。

明明是三秦大地,却已不见长安古城。

米家泡馍,非常小的店面,人挨人,环境嘈杂,生意却格外好。

有个男人坐在角落里,眉宇间书卷气极浓,面容普通,说不上难看,却是过目即忘。他穿着实验室内专用的白大褂,却没有系上纽扣,只是这么敞开着,露出里边的素色格子衬衫和长裤。

非常整洁,没有任何的不妥,就是和周围的环境极不搭调。

他身边不时有人穿行,甚至还有人端着碗,等着位子。

这里的生意一直都很好,好得不像话。

店主把泡馍端来,男人接过,拿了副一次性筷子,掰开,相互摩擦着两根筷子,去掉上边的碎木毛刺。他低下头,开始安静地吃着午饭。

他吃饭的习惯很好,从开始落筷就不再说话。

当然,这一桌只有他自己,旁边的位子是空着的,也不会有人和他闲聊。

他的身边,有几个年轻人在讨论着长江三角洲地区的经济。

年轻人们讨论的话题，慢慢都转移到那些企业的背景，还有诱惑人心的工作机会上。

他随便听着，这些都是梅行最擅长的，交给他运作，完全不需要他费心。
"周生老师。"
有人从门口跑进来，收了伞就往这里走，是何善，"我每天负责给您手机充电，好不好？只求您为我二十四小时开机，"他估计是一路走得急，牛仔裤脚都湿透了，"我都跑了好几个地方了，要不是看见研究所的车，还不知道要找多久。"
何善话没说完，周生辰口袋里的手机就响起来。
何善忙停住话，他知道这是周生辰的私人手机，只有师娘有事情的时候，才会响。

周生辰听着电话那边说的话，忽然就站起来。
他向外大步走，竟然无视了站在自己桌旁的何善。
直到他上了研究所的车，何善才转过身子，看着扬长而去的车，哑口无言。

窗外，有风雨。
他坐在她的床边。一如两个月以来的模样，她始终这样睡着，活在自己的梦境里。倘若不是午后的电话，他甚至不敢相信她曾经醒来过几秒。或许是因为没有看到他，她又睡着了，他不急，他等着她醒过来。
周生辰眸色清澈如水。
静静地看着她。
过了很久，时宜的睫毛微微动了动，像是感觉他在，手指也略微动了动。
"时宜？"他握住她的手，俯下身子。
她听到他的声音，努力想要睁眼，可是眼皮太重，竟然一时难以睁开。
"不急，慢慢来。"
她在漫长的黑暗中，终于看到了一线光。
他怕她醒来不适，将整个房间的光线调得很弱，弱到她起初只能看清他的轮廓，渐渐地适应了，才看清他的眉眼。她想告诉他，自己从梦境中醒来，是因为想见他，这次的梦像是前世的轮回，很美好，可是她……想见他。
她怕他等，等到不耐。

时宜想说话，但太久的昏迷，让她一时难以开口，只是轻轻动了动嘴唇。

"这里是西安，"他声音略低，平稳温柔，"我们以后就住在这里。"

西安？长安……

她眼睛里，有难掩的情绪波动。

他微微笑起来："想在城里骑马很难，不过，我还是可以带你走遍这里。"

她愣了愣，视线瞬间就模糊了。

他握住她的手，引着她的手，去摸自己的脸。

她的手指从他的眉眼、鼻梁滑下来。

每一寸，都很慢。

这样的细微曲折，鼻梁和眉骨，没有丝毫改变。

……

"《上林赋》，我写完了，一字不落。"他轻声说。

她笑，眼泪流下来。

"美人骨，世间罕见。有骨者，而未有皮，有皮者，而未有骨。然，世人大多眼孔浅显，只见皮相，未见骨相，"他的声音，清澈如水，重复着她写在书扉页上的话，"时宜，叫我的名字。"

她眼睛模糊着，看不清他。

却被他的声音蛊惑着，开口叫他："周生辰……"

他应了一声，低声说："我想，我应该是用一身美人骨，换了你的倾国倾城，换了你能记得我，换了你能开口，叫我的名字。"

她笑，如此煽情，太不像他。

他也笑："似乎，不算太亏。"

"那……"她佯装蹙眉，"下辈子呢……"

他忍俊不禁："你继续倾国倾城，这个……我不太需要。"

时宜轻轻笑着，看着他。

她听到他说：

"我不记得，但我都相信。时宜，你所有写下来的，我都相信。"

浮生若梦，为欢几何？

千载荒凉，白骨成沙，独有时宜，为我所求。

番外一

若有来生

都说,先帝在的时候,这宫中皇子命都难长,十中有七,都逃不过夭折的命数。

幸好,她是个公主。

幸好,她最喜欢的哥哥,是太子。

她母妃只有她一个女儿,因在众多妃嫔中最得皇后信任,所以太子尚是皇子时,和她一起住在母妃宫里。那时,这个哥哥身子弱,吃药比进食还多,母妃每每劝药,她都趴在哥哥床边,去玩他的衣袖。

绕来绕去,就将他的衣袖缠在了手指上。

只轻轻一扯,哥哥便端不住药碗,总有褐色的药汁落在锦被上,引得母妃笑骂。唯有此时,哥哥那双美如点墨的眼睛里,才有些笑意。

先帝驾崩,太后亲政,皇子成了太子,她便再没见过哥哥。

只有次听母妃说起,太子如何捧着药碗,立在宫门前一昼夜,不能动也不敢动。她怕极了,悄悄溜到宫门前,看着那一抹端着价值千金药碗的白色身影。

那晚,没有月。

太子哥哥七岁,她六岁。

多年后想起那夜,仍旧清晰如昨日。她,幸华公主从那时起,懂事了。

她每日最关心的，都不过是这个太子哥哥。太子可否有被太后斥责，可否得太傅夸赞，可否进食无碍，可否睡得安稳……这些，都是她用首饰买通太后身边人，才得的消息，唯有太后身边人，才清楚太子的饮食起居，甚至一言一语。

　　后来，她知道太子有了太子妃人选。

　　有人拿来画卷，是个普通女子，除了眉目间那难掩的温柔笑意，稍许纯真，稍许倔强。那是她不曾有的，自六岁起在宫门见到哥哥的独立身影后，就渐渐消失退散的东西。

　　自此，她再不是哥哥唯一认得的女子，再不是他曾依赖的妹妹。

　　或者，太子已经忘记了，还有她这么个妹妹。

　　自他为太子起，她唯一一次靠近他，竟然是母妃离世的当夜。她哭得昏沉，似乎听见有人唤了句："太子殿下。"

　　她回头，看见那面色苍白、眼若点墨的男人，披着厚重的狐裘站在宫门外。他没有说话，只是默默注视着这个宫殿，这个年少时他曾和她嬉笑的宫殿。她看着太子，想起幼时的很多事，天气好时她陪哥哥在荷塘边看书，落雨时，她陪哥哥在荷塘边看雨……

　　层层叠叠，往昔暖意，渐渐渗入她心底。

　　纵然太子并未发一言，便已转身离去，她却知，他与自己一样地悲伤。

　　她，幸华公主从那时起，便只剩了太子哥哥这一个亲人。

　　太后视太子为眼中钉、肉中刺，多年禁足太子于东宫，甚至在得知太子妃与小南辰王私情传闻时，对近臣私下透露：小南辰王年少便已征战沙场，从未有败绩，得罪不得，若他眷顾美人，便给他美人，只求换得余生太平。

　　她听这话，惊得落了笔："太子哥哥如何说？"身侧侍女脸色变了变，替她拾了笔，轻摇头："太子未发一言，置若罔闻。"

　　置若罔闻……置若罔闻……

　　哥哥身为傀儡，这十数年间，素来是个哑巴，谁人不知？

　　可她怎能让人抢走他的心头好？

　　她彻夜未眠，想了千万种法子，最后索性将心一横，抛却性命不要，她也要夺了太后的命，让太子能顺利登基，拿回皇位和心爱的女人。

　　世事无常，太后暴毙。

太子封禁皇城，不得昭告天下，以太后之笔，写的第一道懿旨，便是召太子妃入宫完婚。同日，密诏清河崔氏入宫。

那日，她听闻清河崔氏跪在东宫外，足足两个时辰，到半夜，才有宦官引入觐见。

说了什么？她不知，却整夜未眠。

次日，太子传她入东宫。

东宫太子，宫外从未有人见过，而她身为公主，又何尝有机会见上一面？那日，雪积有半尺厚，虽有宫人及时扫开积雪，却仍湿了她的鞋。她听着自己心跳如擂，一步步走入宫中，恭顺行礼。

卧榻上的男人，经过与清河崔氏的彻夜长谈，早已倦意浓重，脸色在清晨的日光下，显得越发苍白，白得有些吓人。

有人捧来药，他接过，在蒸腾的白雾中，不停轻咳着："幸儿。"

偌大的东宫，安静极了，唯有他的声音。

这是他年幼时，唤她的名字。幸儿，他每每念这两个字都温柔至极，而也只有他会如此唤她，她已经十年没听过这两个字。

她走过去，倚靠着卧榻，靠在他身边。

面前的太子，微微抿了口药，似乎不太想喝，却还是强迫自己喝着。一小口一小口，慢慢地喝着："我为你定了婚期。"

有什么，悄然在心底碎裂开，她轻轻嗯了声。

太子哥哥慢悠悠地说着，她要远嫁到江水以南，那个据说山水极美的地方。她听他说着，未有太多言语，倘若她的远嫁能成全哥哥的天下，她自然会欢喜地披上嫁衣，为唯一爱的人，嫁出去。

那日，她在太子宫中从清晨到日暮，贴身陪伴，恍如儿时情景。

雪映红梅，她陪他，赏雪亦赏梅。

"残柳枯荷，梅如故，"他看着雪，眉目间的神情不甚分明，"不知你出嫁后，是否还能看见雪映红梅。"

她匆匆出嫁，没过多久，便听闻小南辰王谋反，被太子赐剔骨刑。

随后，太后暴毙的噩耗传遍朝野，太子登基，称东陵帝。

那晚，她的新婚夫婿感慨：小南辰王一死，这天下必将大乱，幸而她已远嫁。那民间传闻中，太子妃与小南辰王曾经的旖旎情事，就连这江水以南的百姓都有听闻，甚至连夫婿都玩笑过，那场谋反，或许是东陵帝一怒为红颜，所做下的一场戏。

她不语。

是与不是，都已成事实。

东陵帝登基三载，暴毙，未有子嗣，天下大乱。

她这个幸华公主，却因远嫁，远离了那些疆土之争。

后史记：

　　幸华公主，与东陵帝手足情深，后远嫁江水以南。

　　帝登基三载，暴毙，天下纷争渐起，公主因忧心故土，于翌年郁郁而终。

太子哥哥。

江水以南，气候宜人，唯一遗憾的是，这里……当真没有雪映红梅。

若有来生，仍愿相伴，夏观莲荷，冬赏红梅。

番外二

人间炊烟

"站住,那两个孩子!"

十一吓了一跳,眨着眼睛看抱着自己的三哥。

"不怕,有三哥。"三哥拍拍她后背。

有十几匹马近前,仍旧在轻轻喷着鼻息,历经沙场的战马,也当真自带着煞气。

她紧抓着三哥的衣襟,仰头去看马上的人。在两人身后的那个人,手握缰绳,背对着日光,略微仔细地去看他们两个半大的孩子。

那一双漆黑清润的眸子,越过四个护卫,悄无声息地望进了她的眼睛里。

十一小心翼翼地回望着他,四周好静……静得只有她自己的心跳。

几声尖锐的响声,四个护卫的剑已出鞘,明晃晃的四把长剑将三哥和她护在了当中。虽然面对那十几匹战马,面对那些洗不去一身煞气的将领,甚至要面对连当朝太子都要礼让三分的小南辰王,他们四个护卫也要守住自家小姐。

她何曾见过如此阵仗,吓得往三哥怀里扎了扎,只是眼睛仍旧忍不住去瞄他。

周生辰终是收了视线,持鞭的手,随意挥了挥:"不必为难两个孩子,我们走。"说完先行喝马,就如此扬长而去。他身后的将领虽然仍有疑虑,却不敢再说什么，一一喝马，紧跟上小南辰王。

这就是她的师父。

十一望着远处的尘土飞扬，还有那一抹白影，心跳得越来越慢。她知道三日后就要随父亲前去拜师，而他，就是她日后要对着的人……

如此意外的初见，在她心中一埋就是七年。

七年前的她，要借助三哥的手臂，才能趴在城墙上看到周生辰，而七年后的她，已经能站在任何一地方，看到想要看的他。

只是他来去匆匆，在这七年间，哪怕是逢年过节也大多在边疆度过。

即便是归来，也多有师兄师姐陪伴左右，似乎出了藏书楼，她便只得远望着他。

除夕前几日，崔府遣人来接，她却说自己染了风寒，不宜远行，擅自做主留在了王府。三哥听了信儿，倒是真慌了，从宫中带了御医来诊脉，老御医蹙眉半晌，也说不出个所以然，把三哥急得团团转。

"十一，你何处难过，写给三哥看？"三哥猜想或许是她不愿说给外人听，将御医遣到门外，俯身在床边，轻声问她。

她眼睛亮晶晶的，"扑哧"就笑了。

"怎么笑了？"三哥摸不到头脑，伸手摸她额头，"莫非真是病坏了？"

她摇头，伸出食指，想要在三哥手心写些什么，却迟迟未有动作。

三哥自幼宠她，为她甘愿放弃逍遥生活，在朝中谋一闲职，只为能在长安守着她。若这世上对谁能说实话，怕也就只有三哥了。

她犹豫着，终于写了出来：我想等师父回来。

"等小南辰王？"

她轻颔首。算起来，这半年总有捷报传来，师父却从未回王府，她就如此从初夏盼到了深秋，再到今日……已是除夕夜了。

她想，他该回来了。

三哥莫名沉默半晌，眼中深意满满："他的徒弟都已早早回家过年。倘若他不回王府，你岂不是要独自守夜？"

她想了会儿，笑笑，默默地点了下头。

师父若不在，她就替师父在王府守夜，也算清净。

三哥终是成全了她,她满心欢喜,将三哥送出王府。昨夜落了雪,此时王府中的红梅尽积了雪,红白一片,煞是好看。她送走了人,带着两个侍女,一路慢悠悠走过来,忽然就站在一枝红梅下,屈指,弹向枝头。

　　小树枝颤巍巍地抖动着,落了雪,露出湿漉漉的花瓣。

　　去年今日,他就如此做过一次。

　　她笑,闭上眼睛,想着他站在红梅下的模样。心系江山百姓的小南辰王,站在梅树下做如此无聊事,当真率性,也当真让人惊奇。去年的她跟在他身侧,看到了,就忍不住笑,而他也似乎察觉了,回头看她。

　　那双温润漆黑的眼眸里,只有她和红梅。

　　"小姐?是否要准备用晚膳了?"身侧侍女轻声打断她。

　　十一回过神,仿佛被看破心思,竟一瞬红了耳根。摇头,再摇头。

　　侍女见她忽然如此玩闹,只觉得小姐的病似乎好了些,也算是略松口气。但一见小姐摇头拒绝用膳,又添了几分忧心,在十一回房看书时,仍旧去准备了极丰盛的晚膳。虽不是团圆饭,但除夕夜还是要讲究一些。

　　毕竟十一身份尊贵,委屈不得。

　　岂料饭是备好了,十一却捧着一卷书,直看到灯火满堂。她只在饿到极点之时,起身去挑了一盘点心,便又回到书案旁,不紧不慢地摆起了棋局。

　　到夜极深了,也不见何困顿。

　　面前的黑白子,早已模糊了时间,她撑着下巴看许久,才会落一子。

　　人影在窗上,也始终静悄悄的,如同这影子的主人一般,耐心极了……

　　"热些酒来,"忽然有声音闯入,她猛地抬头,乌溜溜的大眼睛里尽是那人的身影……他走近前,垂眸看棋盘。

　　一时身后尽是此起彼伏的问安声。

　　他却又像想起什么,随口道:"今日是除夕夜,再拿些花椒来。十一在和自己弈棋?"

　　她颔首,从榻上下来,亲自倒了杯热茶。

　　茶是热的,她早已叮嘱过,一旦茶温了便要立刻换滚烫的。因为她知道,他会回来。

　　侍女见小姐肯动了,满心欢喜嘱人去重新热了饭菜,准备晚膳。她见满桌饭菜和笑吟吟坐在身侧的师父，忽觉饥肠辘辘，终有了用膳的念头。

周生辰自手边拿过温热的酒壶，为她倒了一小口，反手也为自己添了满杯。十一意外地看他，这么多年，他竟是头次要自己饮酒？他仿佛看透她的疑惑，温声道："除夕之夜，就要和家人喝一杯花椒酒，才算是开始守岁。"

她恍然，记起杜甫确有诗说过：守岁阿戎家，椒盘已颂花。

只不过崔家并未有此习惯，在王府……似乎也从未如此过，她反倒是忘了。

他边说着，边将琉璃盏中的花椒撮出一些，为她放到杯中，也为自己添了些。这一桌只有他和她，所以杯子也是一对的，十一看着那一对翠色酒杯，眨眨眼睛，笑了。

团圆饭，守岁夜。

这是她和他过的第一个除夕，只有她和他两个人的除夕夜。

而这也是她和他过的最后一个除夕夜。

三年后，她离开王府回到崔家，学习大婚礼仪，他领旨出征，肃清边关。

返家途中，恰逢大雪。

她竟在从未到过的地方，度过了一个除夕夜。

如今她将要奉旨完婚，身份越发尊贵，沿途官员均是恭敬随侍，更为她让出宅子。来接她的是三哥，似乎母亲知道，也只有三哥能让她安心。偌大的王府，唯有小南辰王能让她开怀一笑，偌大的崔家，也仅有三哥一人能让她尽情落泪。

那夜，她只要了纸墨笔砚，和一壶酒，一盘花椒。

就连三哥也不得入内。

王府十年，她最擅棋和画。

她喜好执笔作画，却连独自一人时，都不敢画下他的眉眼，唯有将他藏在山水花草的风景中。那一幅幅画，她尽数留在了王府，挂在了自己曾住的房里。她想，这些画并非仅有她一人懂得，她画中藏着的那个人一定会懂。

当他凯旋而归，看到那一屋画卷……

她停笔，泪如雨下。染了纸墨，也染了纸上的人。

她两杯酒下，已有七分醉意，挥笔而就，不再是莲荷花草，竟在他身后空白画卷上补上了山川河流，百姓人家，更有炊烟袅袅，绵延千里。

他胸中天下。

并非是赫赫战功，并非是尸骨成山，而是这山川河流中的百姓人家。

人间炊烟，战场硝烟。

他一生无妻无子，置身百里硝烟，不过是为换这人间炊烟不断，千里绵延。

而她，学画十年，终于在今夜画出了一个人。

那眉目，那举手投足间的风华，都只有他。

她一卷而就，终究画成了他。

番外三

百年相守

文幸三年忌日，他们才再次回到镇江老宅。

他们从墓地返回，周生辰竟然意外提出，要来进香。她意外极了，却没有反对，只是把最小的周慕时抱在腿上，有些好笑地看他，"我的科学家，你怎么忽然开窍了？"

他笑了笑，刚想说什么，被周慕时捉住了手指。

一岁多的小孩子，张嘴就要去含他的食指，被时宜拦住，拿消毒的湿纸巾擦干净周生辰的几个手指，再把他食指塞到儿子嘴巴里……

这个研究金星的大科学家，完全沦为了儿子的玩具。

她逗着儿子玩，倒是忘了先前的问题。

周生辰看着她，笑了笑，也没有继续说下去。

那对两岁的双胞胎姐姐，倒是比这个弟弟活泼些，因为学会了走路，就喜欢慢悠悠地在寺庙里逛，身边有林叔和两个女孩子照顾着，倒也不担心。

她不太希望孩子进大殿，小心交给了身边的奶娘，独自走了进去。

她信佛，进香的时候永远虔诚，双手合十，跪在早已有两道深痕的跪垫上，对佛祖拜了三拜，待睁开眼睛，却发现身边也跪下了一个人影。

竟然是周生辰。

她不可思议地看着他，看着他双手合十，闭上眼睛，不知道对着佛祖在许什么愿。

这么多年，她可从没见过他拜佛……这变化太惊人了。

佛祖含笑，俯视大殿内的他们。

时宜一眨不眨地看着他，直到周生辰放下手，睁开眼睛。

"你什么时候信佛了？"

他笑："三年前。"

"三年前？"

"是，三年前，"他伸手把她扶起来，说，"三年前，你不愿意醒过来，一直在睡。"

"然后呢？"她迫不及待地追问。

"然后我带你回上海，收拾房间的时候，看到了你写的东西。"

"这我知道……可是和你信佛有什么关系？"

"你醒不过来，我病急乱投医，就来了这里。"他低声告诉她，回忆着，"来这里的时候是晚上，没有人。然后我就站在这里，想起来，我们曾在大殿外讨论信仰，我告诉你我是无神论者。"

她"嗯"了一声，仿佛看到他在灯火摇曳的大殿，和佛祖相对着。

"当时……"他笑了一声，"我和佛祖对峙很久，还是认输了。我求他让你醒过来，既然他让你记得所有的过去，来到我身边，那么就该醒过来，和我在一起。"

"嗯……"

这千年古刹，他从小到大，来过许多次。

他告诉过她，他是无神论者，永远是站在大殿外观赏风景。

三年前，她醒过来的时候，他告诉她，他相信所有她写下来的话，她已经不敢相信。三年后再听他说起那个夜晚，他是如何弯下双膝，跪在佛祖前，祈求让她醒过来……时宜甚至觉得有些心疼。

是痛，失去的痛苦，才能让一个人有如此转变。

她轻轻扯了下他衬衫的袖口，"你说得我好心疼……"

他笑。

"真的，"她轻声说，"特别心疼。"

真的爱一个人入骨了，就会希望这个人不要被任何事物束缚，从思想到身体，都能随心所欲。她甚至觉得，让他从相信科学到信佛，都是让他受了委屈……

"时宜。"他忍俊不禁。

"嗯？"

"我们有三个孩子，"周生辰提点她，"我觉得，你的母爱不用分配给我，给他们就好。"

这种形容……她"扑哧"就笑了。

他们走出大殿。

时宜忽然想到什么，问他："你现在看佛祖，能看到什么？"

"你是问我，答案和以前有没有变化？"

"是啊，我好奇。"

周生辰回头，看了眼殿中的佛祖，"慈悲，仍旧是慈悲，不过这种慈悲，有了些人性化的感觉。"

她笑："怎么让你说得这么怪……"

"或者，不只是对苍生慈悲，"他回过头，揽住时宜的肩膀，彻底走到阳光下，"也是对我的慈悲，他总算是……放过我一次了。"

她又被逗笑了。

自从有孩子以后，周生辰越来越爱开玩笑。

她甚至觉得，这个男人和最初在机场见到的，完全成了两个人。那时候他虽然礼貌，也笑着，却让你感觉不敢对他开口说话，而现在……嗯，终于染了人间烟火。

午饭是在山下饭庄吃的，这还是孩子们第一次吃斋饭。

两个女儿已经能自己用勺子，有一搭没一搭地自己吃，小儿子却还需要喂。时宜抱着儿子，正低声哄着，就听见有人在不断请安说着："小少爷。"

有人掀开帘子，周生仁走进来。

还没站稳，就被两个女儿一声叠着一声地，叫着小叔叔。

"我先抱哪个好呢？"周生仁漆黑的眼睛里，难得有笑，"要不两个都不抱了，公平一些。"

时宜笑:"随便你,快坐下来才是真的,要不然她们两个马上就要扔掉勺子,从椅子上爬起来了。"

未满二十岁的少年,已经比她高了不少,站在那里就自带着威慑力。

不过倒是真听她这个大嫂的话,立刻就自己拉开椅子,坐下来,"好,我坐下来了,你们两个好好吃饭。"

他刚拿起筷子,两个女娃娃就已经扔掉了勺了,好吧,真是管不住了。

时宜也很无奈,周生辰倒是从不强迫小孩子吃饭,也不管。最后两个女儿笑眯眯地缠上了小仁,他索性也不吃了,一手抱着一个,坐到沙发上陪着她们玩,"大哥,你送我一个女儿吧……算了,两个都送我吧,我保证给你养得特别好。"

周生辰兀自摇头,懒得理会他。

回到老宅,正是午后艳阳高照时,时宜在房间里换了轻松的衣裳,周生辰则坐在二楼开放的书房里,开始收发邮件。她出来时,听到他正在打电话。

她刚想走过去,就听见儿子醒了在哭,只得又走回去。

一旦把他抱在怀里,他立刻就笑了。

时宜放不下他,索性就抱着走出来,坐在周生辰身边。

隐约能听到熟悉的声音,应该是梅行,两个人讨论的话题她听不懂,就陪坐着,逗着儿子。坏小子正玩得兴致勃勃时,周生辰已经挂了电话,饶有兴致地看着她逗儿子玩。

"说完了?"她随口问。

"说完了。"

"你这好朋友,还真是任劳任怨的。"

"他也在赚钱,又不是免费为我打工。"周生辰笑了笑,伸手,拍了拍时宜的额头。

很自然的动作,到最后倒是顿住了,美人如玉,就在身侧。他的手从她额头滑下来,轻轻勾起食指,摩挲着时宜的脸颊,温热的手指,暧昧而又温情的动作。时宜对这些永远都没有抵抗力,她觉得,她对着他,永远都像是个情窦初开的女孩子。

他的一言一行,他的每个动作,都能让她乱了心跳。

她轻轻呼吸着,手指还被儿子抓着。

周生辰手指终于滑下来，托住她的下巴，让她的头抬得更高了些，轻碰了碰她的嘴唇。时宜避开，"我还抱着儿子呢……"

岂料他倒是执着，只问她："不继续？"

她瞬间脸就红了。

如今的继续，可并非是当年的那么单纯了。

这才刚刚下午一点多……如果把儿子交给奶娘，一定会被猜到要做什么。

她还在犹豫着。

周生辰已经托起她的下巴，想要继续吻下去，瓦解她的举棋不定。

还没有碰到，就听"啪"的一声，被一个小巴掌拍到了脸上。

儿子发飙了……

周生辰愣了一瞬，忍不住笑了。

时宜也笑个不停，抱着儿子就站了起来，"喏，你打你老爸，今晚又要被罚，不能和妈妈睡了。"话还没说完，就听见周生辰喊奶娘进来，抱走儿子。

奶娘笑着抱走周慕时，低声哄着，说是别和爸爸妈妈捣乱什么的。

时宜还没来得及不好意思，已经被他从身后圈住。

"刚才，我看到你跪在大殿里，忽然觉得，我上辈子是个懦夫。"

她身材偏瘦，跪在空无一人的大殿里，对着十米高的佛像，显得渺小极了。他想到了她写下来的那些，她不能言语的那一世，她如何在他一次次领兵出征时，在王府的藏书楼里，默默看书，默默祈祷他的平安。

而他当真就这么放任她爱了自己一辈子，没有任何回应。

时宜摇头，纠正他："你是个大英雄，不是懦夫。"

你我皆非神佛，如何能未卜先知？

如此，就是最好的结局。

"周生辰。"

"嗯？"

"让我给你画一幅画吧？"

"想画什么？"

"画你，"时宜想了会儿，忽然就笑了，"我画人，画得比荷花还要好。"

番外四

汉之西都，我朝长安

"汉之西都，在于雍州，实曰长安。"

时宜等在展馆的马车前，为这一句，回首望去，念这赋的是来西安的游客。是为了应景，或是本就熟读古籍，才引出了《西都赋》？她不得而知。

而她因此被牵起的回忆，旁人也不可能看到。

汉之西都。

在到长安南辰王府前，她于崔家庭院，每每在阿娘书房内背这首赋，都会向往西北那座城。崔氏在清河郡势大，常有客至，聊起长安城，无不赞颂。

后来到了王府，她年纪尚幼，又碍于准太子妃身份，不得自由出入王府。心心念念的西都，隔着一堵墙而不得见。她怕看了念念难忘，于是将一墙外的长安藏在心里。

其后数年，师父在王府的日子不多。

那时天下未定，他领兵南征北战，常见捷报不见人。

初夏将至，一封捷报传遍九州，诸王相约划疆而治，不再战。此一封捷报，让中土同贺，王府上下更是如同过年。师姐命人翻修各个宅院的屋顶，迎小南辰王回府。

她被捷报搅得一夜兴奋，难以入眠，趁着侍女熟睡，搬了工匠留在院子里的木梯，架到屋檐边，悄然爬了上去。

"街衢洞达，闾阎且千，九市开场，货别隧分，"身后，一个影子在黑暗里说，"人不得顾，车不得旋，阗城溢郭，旁流百廛。"

念的竟是《西都赋》。

她惊讶回头。

"有没有听过？"月色里，本该在百里外的周生辰，含笑自暗走到明处。

她点头。三岁起就背，可倒背如流。

"汉之西都，"他望着墙外万家灯火，轻声道，"我朝长安。"

这是她第一次从师父眼中，见到孤独。

长安是他的家，此处是他的王府，为何他却像置身荒野，不见繁华？

那夜的她，并不懂师父为了"长安"，放弃了什么。

等到师兄师姐们回到王府，庆贺的宴席从王府摆出去，一直摆到长安街上。

每一个浴血奋战的师兄师姐讲起大胜，都难掩激动。而更令人激动的是长江沿岸的太平长约。那日，周生辰带大军南临长江，与南境大将聚首，两位领兵者以两国之名，立下划江而治、互不相犯的盟约，也由此结束了长达数十年的南北之争。

在两方的邀约下，北部、西部和西南夷外族的三位掌权者，先后赶赴长江。五人临疆筑楼，取名定疆楼，登楼一夜，于沙盘定天下五分之疆土，交杯换盏，相逢恨晚如知己。翌日天明，毁楼而去，自此一生为敌，不死无休。

"如此气魄，古今难见……师妹，你见过师父有朋友吗？"大师姐忽而问她。

她轻摇头。

"那天楼上的几人，应该是师父的朋友，"大师姐说，"师父随身带的短兵器不见了，他从少年起就带在身上的，不会丢。"

剩下的话，大师姐藏住了。

英雄见面，惺惺相惜，常会交换短兵器。他们都猜，师父的短兵器在定疆楼上，与人做了结交信物，但没人说出来。毕竟再如何互相欣赏，楼上五人都是死敌。

毁楼前夜，大师姐和南境一员大将带兵巡守，她曾闻楼上琴声，见人影，更有笑声频频传下楼。她和南境那员大将曾无数次对阵，各有胜负，是死敌，更是劲敌，但在那夜却像守在长辈房外，偷听长辈们闲话家常的少年少女。

大师姐说，只有在那夜，师父才遇到了真正的知己。

……

眼前，马车展台旁的灯闪灭了几秒，招来了几声惊疑，很快灯亮起。

身边经过了一对年轻男女。

"你看那马车有几匹马？"男人问。

"六匹。"

"那是天子的马车。"男人说。

女孩子回头看，想看的是马车，却被时宜吸引。

时宜立在马车旁，和展台内的千年马车融为一体，让人联想到大漠飞沙，驼铃车队，一辆辆华盖车伴随黄沙进城，车队后是铠甲积沙的千军万马。

车载美人，驶入长安。

时宜同时被女孩子的眉眼摄住，联想到的是江水滔天，战船千艘穿行于连绵峡谷中，一排排铠甲半湿的将士，自头盔下露出一双双无波眼眸。

船载美人，归航柴桑。

女孩子对时宜友好笑笑，回过头去，继续问身边的哥哥："几匹马有讲究吗？"

"天子驾六，诸侯驾五，卿驾四，大夫三，士二，庶一，"说话的男人始终背对着时宜，带着女孩子离开，"南北划江而治时，两个异姓王所御驾六，一南一北，一柴桑一长安。"

时宜诧异。

她没想到除了自己，竟还有人熟悉那段历史，可惜他们已离开，再见不到容貌。

周生辰单臂挽着西装外衣，和出门的年轻男女擦肩而过。博物馆的安检门内，有位工作人员认识周生辰，叫了声"周生教授"。

男人因为"周生"二字停住，周生辰因为对方的异常反应，同时看过去。周生辰从对方眼中见到了故友的目光，可他能肯定自己没见过此人。

两个男人对视一笑，礼貌颔首告辞，错身而过。

时宜忽然想到传说中的定疆楼一夜，她恍惚片刻，再回神，周生辰已在身边："还舍不得走？这里快闭馆了。"

"嗯，难得见到这个，"她不再想那对陌生男女，笑着问周生辰，"你猜，过去你坐几驾马车？"

周生辰直接道："六驾。"

她意外："你怎么知道？我提过吗？"

周生辰摇头："没提过。不过你说过，小南辰王因为与天子同尊，才招致忌惮和杀身之祸。既然同尊，应该是六驾。"

她笑而点头："是六驾。可惜他从不坐马车，只骑马。"

"马车空置在王府？"

"嗯。"

他略沉吟，评价道："很浪费资源。"

时宜满腹感慨被这句话打散，笑着挽住他的手臂："走了。"

这次展览是慈善形式，由澳门和台州沈家主办。请柬早就寄给周生辰，但因为时宜和周生辰工作行程安排得太满，一直顾不上，后来错过了邀请日期，时宜也不想再麻烦人家，自己买了双人票，和周生辰悄悄来看。

按道理说，没人知道他们来，但当两人走出安检门，一位工作人员满面笑容，递上了木匣子："这是主办方给周生夫妇的礼物。"

周生辰略一犹豫，对方又说："刚刚才知道你们来了，特地让准备的。"

刚刚？

周生辰礼貌笑笑，接了木匣子。

时宜好奇打开，本以为是定制的文物模型，未料是一柄短刀。这是……时宜打开匕首，见"南辰"二字，心中大震。这不是仿制物，是真品。

昔日南辰王贴身有两物，一柄单刃短刀，一柄双刃匕首。

匕首给了最小的徒弟，也就是时宜，用来防身。而短刀在定疆楼后，不知所终。

"每一位客人，都会有这样的礼物？"时宜问。

"对，而且每个人的礼物都不同。"工作人员解答着，并不觉这短刀有何不妥。

除了她，没人认出这是文物，包括周生辰。

返家途中，时宜慎重地拿出这把短刀，为周生辰细讲这刀的来历。

周生辰认真听着，最后评价说：礼物如果另有深意，赠物之人会留下字句，既然什么都没说，那就不用多想。

大科学家的理论是：这世上总有许多蹊跷的事，如无需要，不必深究，否则会影响自己的正常生活轨迹，徒增烦恼。

***

两人回到市区，周生辰带她去了一个熟悉的地方：米家泡馍。

"来这儿做什么？"

"我和小仁说，在西安和你相遇是在这里，他就安排了和他相亲的女孩子在这里见面。"

"他要相亲？"

周生辰笑着点头。

当初他遇到了什么麻烦，如今周生仁都要经历。家里的长辈们以为周生辰会长久留在镇江，管理照看周家，没想到周生辰仍旧一心科研，把全部摊子都给了堂弟周生仁。所以昔日操心周生辰婚姻大事的长辈们，不得不从头再来，开始安排周生仁成家。

周生仁倒没多余意见，安排谁就见谁，从不敷衍，认真相亲，比当年的周生辰要态度端正得多。只可惜从未成功，少年好似未开情窍。

时宜和周生辰佯作寻常夫妻，在周生仁邻座的桌子上，要了东西吃。

相亲的那一对，从头至尾说的话都没有他们这对"偷听"的人多。女孩子始终脸色不佳，认为周生仁挑了这个地方见面，是没有发展的诚意，周生仁也不多解释，最后绅士地把女孩送至门外、车上，折身而回，径直坐到他们这一桌。

"如果我是人家，也会以为你没诚意见面。"时宜说他。

周生仁无奈："刚才我聊的都是她读书的学校、自幼长大的城市，还有她所学相关，但凡她认真听两句，就知道我做了功课。而且我也和她说了，这个地方特殊，是我大哥和大嫂再相遇的地方。"

时宜忍俊不禁："人家会想，你大哥大嫂在这里相遇，和你们有什么关系。"

周生仁想想，也对。

周生仁总结失败经验不足三分钟，听闻时宜的一对双胞胎女儿在公寓里，由时宜父母看管，即刻离去，扔下话来，怎么好让时家长辈如此辛苦，理应他来照看才对。

时宜知道他格外喜欢望安和常安，不做阻拦，反正父母和一对小女儿全喜欢他。

难得两人独处的时间，老夫老妻想不到惊喜节目，闲走半小时，生生走到了研究所大门外。时宜口渴得慌，索性和周生辰进了实验楼。

周末，楼内人不多。

她熟门熟路地跟着周生辰进了他的实验室。一个助理研究员戴着耳机，在休息听歌；另一个则在翻看下周在西安的研讨会议题。

两人和时宜打了招呼，先后离开。

周生辰给她倒了杯水："你坐一会儿。"

他戴上塑胶手套，慢悠悠刷起瓶子。

时宜抿了口水，托着下巴看他："你刚进实验室做新人的时候，要天天刷瓶子吗？"

他摇头："导师认为，我的时间用来刷瓶子太浪费。"

"自负。"她小声笑道。

他认真道："不过我有时候想休息，反而喜欢刷，当静心。"

这点倒和过去一样。

那时周生辰在鹿苑，就喜欢独自一人做羽箭，也是为心静。

"周生辰。"她叫他。

"嗯。"水池旁的男人穿着白大褂，戴着黄色塑胶手套，把洗干净的瓶子放到晾干的架子上。

"我醒来前，你经常在这里刷瓶子吗？"她低声问。

她了解他。

那两月的周生辰，看上去每日和寻常研究员一样，往来实验室和公寓，大家知道他已婚，知道他有个大美女太太，大家开玩笑要聚餐，他从来都是微笑答应，告诉众人，等太太有空了，一定和大家聚一聚。

而在晚上，也照常回家，过已婚男人千篇一律的生活。

陪她看电视，陪她聊天，做饭，吃饭，收拾屋子，洗漱后入睡。只是他睡在客房，她由护士陪着睡在卧室。

在助理眼里，他是缺乏感情的研究员、化学教授；在医生护士眼里，他是抗压力极强的男人，可以接受妻子无休止地沉睡下去。可只有这里的水池，见证他的不安和不确定，怕她无法醒来，怕错过这一生，他无法用语言表达，只能用少年时在实验室的排解方式，一遍遍刷洗瓶子，烘干……

他回答她："偶尔来。有一天晚上，被助理研究员发现我在这里，以为我和太太吵架，被太太赶出了家。他安慰我很久，说夫妻没有隔夜的仇，尤其是新婚夫妻。"

周生辰停住，怕说多了，惹她难过。

这是她第二次从他的眼中见到孤独。

前次是为定疆楼一夜后，知己成死敌。这一次是为了她。

时宜撑着下巴，看他刷完一个个瓶子，看得毫不厌烦。

窗外一声炸雷，她抬头，第一反应是："下雨了，洗的瓶子晾不干怎么办？"

周生辰指了指烘箱。

她安下心，继续如同欣赏美景一般，看着他做这种单调、简单的工作，想象着少年时他初入实验室的样子。

一定如同曾经，他十三岁初上战马，带兵出征的少年背影。

白马将军，铠甲刺目，虽未见，心向往。

图书在版编目（CIP）数据

一生一世美人骨 / 墨宝非宝著 . -- 北京：国际文化出版公司，2023.5
　　ISBN 978-7-5125-1526-0

Ⅰ.①一… Ⅱ.①墨… Ⅲ.①长篇小说—中国—当代 Ⅳ.①I247.5

中国国家版本馆 CIP 数据核字 (2023) 第 058325 号

一生一世美人骨

作　　者	墨宝非宝
责任编辑	吴赛赛
出版发行	国际文化出版公司
经　　销	国文润华文化传媒（北京）有限责任公司
印　　刷	三河市冀华印务有限公司
开　　本	700 毫米 ×980 毫米　　16 开 19.25 印张　　　　　　　339 千字
版　　次	2023 年 5 月第 1 版 2023 年 5 月第 1 次印刷
书　　号	ISBN 978-7-5125-1526-0
定　　价	49.80 元

国际文化出版公司
北京朝阳区东土城路乙 9 号　　邮编：100013
总编室：（010）64270995　　传真：（010）64270995
销售热线：（010）64271187
传真：（010）64271187-800
E-mail：icpc@95777.sina.net